堀田善衛の文学世界

笠森　勇

目次

堀田善衞の文学世界

Ⅰ　詩人堀田善衞の誕生

一　ふるさとの風景

肉親の肖像

堀田善衞《ほったよしえ》は一九一八（大正七）年七月一七日、富山県射水《いみず》郡《ぐん》伏木《ふしき》町（現・高岡市伏木）に生まれ、一九九八（平成一〇）年九月五日に死去した（八〇歳）。墓は鎌倉の東慶寺にある。伏木尋常小学校から金沢の石川県立第二中学校に進み、一九三六（昭和一一）年四月、慶応義塾大学法学部政治学科予科に入学。三九年四月、同大学同学科に進むものの、翌四〇年、文学部仏蘭西文学科に転科。そのころから次第に文学へと眼を開かれて詩を書きはじめるが、第二次世界大戦の戦火拡大によってその文学活動も大きく制限された。四二年九月、大学を繰り上げ卒業して国際文化振興会調査部に就職し、小説や評論にも手をそめた矢先の四三年二月に召集を受ける。しかし肋骨骨折による胸部疾患で入院し、召集免除となる。戦地に赴かなかったことは、後に堀田文学の特質に深い影響をもたらすことになる。

父、勝文は慶応義塾大学を卒業して、江戸期から廻船問屋を営む堀田家に婿入りし、くにとの間に善朗、善二、善衞をもうけた。しかし時代の趨勢から事業は衰退の一途をたどり、政治家へと転じた。

ふだん、ロンドン・タイムズ紙を購読する教養人で、慶応では後に塾長となった小泉信三と同窓だった。堀田の入学の折には小泉に保証人を依頼しており、入学後学則に沿って坊主頭になって帰郷した堀田に向かって父が、「小泉の奴ならやりそうなことだ、軍部や文部省の御機嫌を先取りしやがる」と罵った（「私の中の日本人」）という。また、同文に清沢洌の『暗黒日記』が記す、小泉の戦時下における豹変振りを難じている堀田は、別のところで、時の首相近衛文麿を指して、「あんな青公卿《あおくげ》などに何が出来るものか」（「若き日の詩人たちの肖像」）と嘲笑したと父を描く。そんな一見識をもつ父からの感化は無視できないものがある。一方、家業の維持に苦労し、結局、没落の憂き目を見た父の姿（「奇妙な一族の記録」など）から、時勢に抗えない人間の生き様を間近に読み取ったことの意味は大きかったに違いない。

母・くには晩年、働く女性を助けるために富山県内で初の託児所を設け、その社会事業における功績により天皇に面会して誉められたとも記す堀田である。また、これは事実かどうか確認できないが、「若き日の詩人たちの肖像」に作者を思わせる「少年」が、金沢の粟ヶ崎遊園地のレビューの踊り子で、浅草に引き抜かれた百合文子から特殊部落の出身であると聞かされる一節がある。「少年は目を伏せた。（中略）彼の母が水平社運動に力添えしたために、警察から文句が出たこともあったうんぬん」などとあり、堀田が早くから差別という問題に敏感だったことが判る。

また、「お婆さん」と呼ばれる女性がしばしば小説に登場して作の奥行きと幅を深くも広くもしている。祖母ではなく、祖母の長女であり、他家へ嫁いだものの夫を亡くして子もないことから、妹（くに）が婿をとって継いでいる生家にもどって、家事を取り仕切っていたという「お婆さん」である。

「若き日の詩人たちの肖像」では戦時下の東京で食糧不足のなか、主人公の兄弟が共同生活をする時に現れたりして、ここでも重要な働きをなしている。自由民権運動の壮士から学んだ英語でロンドン・タイムズ紙を読み、『頓奇翁《トンキオウ》物語』（ドン・キホーテ物語）の翻訳をして、幼いころの主人公たちに読み聞かせたという。戦前に〈転向〉を強いられた「少年」の従兄の思想も、明治の自由民権の続きと見る、そんな開明的で近代的思考のできるお婆さんであるから、描かれた通りの人物であるとすれば、堀田の思想形成に果たした功績は少なからぬものがあったと思われる。

堀田家代々に受け継がれていたものは、自由という人間にとって最大の価値あるものだったと思われる。日本海を危険にさらされながらも自由に航行し、それによって財をなしてきた家柄である。その点で「若き日の詩人たちの肖像」に描かれる曾祖母の米騒動にまつわる逸話は興味深い。よく知られた米騒動は堀田の生まれた一九一八年七月に富山県の滑川《なめりかわ》で起きたものだが、貧困に苦しむ庶民のやむにやまれぬ一揆は既に明治期からあり、「大正期のそれは、滑川からすぐに少年の生れの港に波及して来た。曾祖母は、直ちに家の者、店の者の先頭に立ってきぱきと指示をし、家の者、店の者、召使たちなどのために別々にしつらえられていた巨大な風呂釜で粥《かゆ》をたくことを命じた」という。「こんながにして、騒ぎのつづいたあいだじう、ずうと人民に粥をくばって騒ぎをおさめたがや。」と、そのやり手ぶりが地方の言葉でもって生々しく描かれる。「そういう曾祖母の、漆塗りの古仏のような顔は、少年の心にある畏怖感を印《しる》したものであった。」というあたり、先の祖母同様に自由民権運動の壮士ゆずりの人民なることばを使ったというのだから、進取の気性に富み、自由に日本海を往来した廻船業の家風は、ここにも看取されて忘れがたい一節である。

「鶴のいた庭」（57・1）

堀田の生家とふるさとは、短編「鶴のいた庭」に美しくもまた哀しくも描き出されている。小学一年生の目で見た生家「鶴屋」の没落の様と、廻船問屋というものの栄華と凋落の二つながらを、身体で受け止めてきた曾祖父を抒情的に描く傑作である。大正十二年の冬から春にかけてのころ、親族会議や債務・債権者会議が断続的に開かれ、何百年も続けてきた事業がもうすっかり破綻していると判る。曾祖父はその前年の元旦に家業の終焉と時を同じくして、九六歳で静かに息をひきとった。それまで何をするわけでもなく、広い座敷に日永一日坐って、庭で飼う鶴を眺める曾祖父の傍らには、下働きのけっつあ老人がいて、鶴の世話をしたり、望楼に上りたいという曾祖父を手助けしたりしている。

鶴は千と萬と呼ばれており、けっつあ老人から「よーそろ、よーそろ」と声をかけられながら、「波立ちのおさまった水に映る、空しく白いおのれの姿を見るよりほかに、千《せん》と萬《まん》には術《すべ》もない」という飛ぶ羽のない哀れな鶴は、もう大空を飛ぶこともかなわない。そんな鶴をじっと眺める曾祖父は、「ほっ、ほっ、ほっ、ほっ」と笑うように泣く。「曾祖父は、あるいは物を見すぎて来たのかもしれず、二羽の鶴と鶴屋そのものの運命をも見透かしていたのかもしれなかった」と、曽孫の少年は感慨ひとしおである。父や祖父の苦労話はほとんど書かず、むしろ鶴に同化した曾祖父の挙措とその終焉を一筆書きした作者の技はさすがである。現実をありのままに捉えるリアリズムの手法ではなく、抒情的詩人の眼差しで浪漫的に鶴と同化する曾祖父の姿を描いている。

何といっても印象的なのは作の冒頭で少年が、「ブスブスブス……」と音をたてて、ふるさとの二上山の上に浮かぶ飛行機を見やって、「どこへ行くのだろう?」といぶかる場面である。眼下に目立つ自分の家に視線を転ずる少年の心に、その象徴としての「望楼」が飛び込んでくる。美しく懐かしいふるさとの、それも他の何物によっても代えがたい先祖代々の家が、少年の瞼に焼き付いている情景である。しかし、その家はもう人手に渡ろうとしている。もうその家に住むことはないと少年には解っている。「うつるべきときが来たならば、矢張りうつらなければならぬものであるらしいこと、そのことが、後年おぼえたことばでいえば、万物は流転す、とか、諸行は無常なり、という風なことばでいえるようなものを、まだかたちのない、それゆえに恐らくは浅からざるものとして、これだけは動きもうつろいもせぬものとして、私にうえつけた。」と、少年は早くも老成した心境を吐露するが、このあたりには早くから堀田が愛読したという牧野信一の「鶴がいた家」の投影が明らかである。信一の生誕時にすでに渡米した「父を知らぬ子」として育つうちに、宣教師から英会話を習った牧野の外国への憧れは強いものがあり、その万物流転、諸行無常に加えてまだ見ぬ異国への志向は、後の堀田文学に底流する重要な要素となってゆく。

「夜来香」(51・2)

さらに堀田のふるさと伏木を舞台にした短編「夜来香《いえらいしゃん》」を一瞥すると、そこには浪漫的詩人から小説家へと転じた堀田の特質の一端が垣間見える。すでに中国体験に基づく「祖国喪失」などを発表して戦後作家としての地位を築き上げ、芥川賞候補にのぼっていた矢先に「夜来香」は発表されている。二十九歳になった作家の披露伊作が主人公で、主計長として乗り組んだ軍艦の末路を描く「駆逐艦神風記」を書いて、様々な毀誉褒貶を世にまき起している。文筆で立とうとするからには「戦争を脱出し、つぎに彼自身を打ち出した作品を書くこと」が期待されていた。旧上流階級と密接な関係をもつ批評家のTから、「あなたは信仰を持ったらどうか」

と言われた披露は、「深く示唆するところのあるもの」と感じ、ある日、そこで海軍士官となった横須賀の軍港へ出かける。途中で出会った初子（横浜の進駐軍に勤務）とそこに建つ教会の僧院を訪れた披露は、十八か国から来た四十五人の僧が世界への布教をめざしていると聞き、いたく感動する。戦争といい、信仰といい、このあたりに堀田が戦前から戦時下にかけて愛読していたグレアム・グリーンの影がゆらめいている。

そんな披露が『駆逐艦神風記』の続編を執筆すべく、士官時代に半年ほど滞在した伏木に来て、ナギサホテルに泊まるという設定である。そこにふるさと、伏木が作品の舞台として活かされている。筆が捗らずに、覚醒と幻覚の境界が意識の奈落へ沈んでいって、蒼白い海底をさまよう戦友の姿が浮かんでくるという超現実的な世界が広がるのもグリーン風である。するとそこへ、かつて海軍中尉だった自分とよく似た青年が夜来香の花を持って、ホテルに滞在する女を訪ねてくるのに出くわす。しかし披露に気づいた青年は凶暴な殺意を眼に含みつつもその獣欲を散じることなく、深い失望と苦痛に満ちた表情を残して去って行く。そこに半身に起きあがった女の白い顔を見た披露は、青年と女にとって自分が魚雷だったのだと気づき、天使のような二人に「慈悲と恩寵」を捧げたいと願うといった一編である。

そして自らの小説をそこに構想する。「昨夜の青年とあの女にとっては、このおれ自身が魚雷だったのだ、彼らは暗い海へ放り出されたのだ、散りぢりばらばらに。人はすべて重油の海に浮いているのだ、たとえこの陸《おか》の上でも。あの海を、あの経験を忘れ否定せねばならぬという理由は毫もない。――それを書け、それこそが『続駆逐艦神風記』であろう。」と。そして披露である作者の堀田は「腹の底から祈った。──主よ、それにしてもこの秘蹟にも似た転身を与えてくれました、昨夜の、あの二人の天使たちに慈悲と恩寵を垂れ給わんことを。私は、文学という未知の糸をたぐってあなたの深淵に難破します。」と、作家としての雄々しい宣言を発する。従軍体験はないというものの、それなりに戦争から受けた大きな傷から立ち直るために堀田は自らのふるさと、伏木を舞台に生と死との葛藤や作家としてのあり方を披露に考えさせている。しかも神に対して「あなたの深淵に難破します」と告白しているのだから、何もキリスト教に救済ばかりを求めているわけではない。あるがままに東洋的な無常の海原に、漂流覚悟で船出しようと決めているようでもある。小説家としての発表当時、李香蘭（山口淑子）の歌った「夜来香」が大ヒットしたのを利用し、その花の得も言われぬ香りをも巧みに活かした佳作である。

グレアム・グリーン

エンターテインメント作家として、また「第三の男」などの映画で脚光を浴びたグリーンを、戦時下のころ堀田は愛読していたという。早くから推理小説の好きだったこともあり、アガサ・クリスティーの『白昼の悪魔』を翻訳した（51年）こともあるが、しかしグリーンの面白さはクリスティーの比ではない。二十世紀最大の作家としてもノーベル賞候補に数えられていたことから推して、一般的な推理作家とか探偵小説家というには余りにも懐が深く、グリーンを読み進めてみると、堀田が心底から惹きつけられていたのも当然と思われる。両者の類似点はいくつも見えてくる。中国滞在時の堀田が強いられた諜報活動めいたことを、グリーンもまた戦時下で行なっていたわけで、両者ともにその作品の展開に大きな役割をそれが果たしているのも興味深い。とりわけカトリック教の世界での迫害の実態調査をした点はまるでそっくりである。堀田は「波の下」（48・12）に始まる『祖国喪失』を執筆したころに、グリーンの『恐怖省』と『密使』について精細な解説文を書いており、グリーンの手法を巧みにそれら中国ものに取りこんでいる。

二　金沢で学ぶ

金沢文化圏

二人の兄と同様に地元の中学校に通わなかった堀田は、金沢市にある石川県立金沢第二中学校（現在の金沢市立紫錦台中学校が跡地）に入学した。一九三一（昭和六）年四月、十三歳から三六年春の慶應義塾大学予科入学までの五年間、最も多感な時期を金沢で学んだ。なぜ金沢だったのか。「家裡の空気の陰惨さを見せまいとする父母の心づかいによる」（「奇妙な一族の記録」）というが、それだけとも思えない。百万石の治世下、天下の書府として金沢は他のどこにも先駆けていたからである。「中学生のときに、金沢という古い藩都に育ち暮して、大学生となって東京へ出て来て私はおどろいたものであった。東京には、いわば施設としての文化というものしかなかった、と幼い私には見えたものであった。公会堂や美術館、博物館、大学などの、建物だけしかない、と私には思われた。」（「少年時」）とか、「金沢がいくらかは退屈な町であるということは、それだけの内容があるということに、ほかならない。いそがしく、めまぐるしいだけで退屈をする暇もないような町に文化が育つわけもなく、歴史も形成されはしないであろう。」（「金沢風物誌」）と、けっこう金沢を楽しんでいた気配である。

また「私はいつか金沢へかえって、そこでの生活に退屈をしながら、あのいささか退屈なブラームスやハイドンなどの音楽を聴きたいものだと思っている。」（同前）と、金沢の文化土壌を讃美する堀田は、殊のほか音楽好きで知られるのだが、金沢に叔父の営む堀田楽器店があったことも大きな働きをなしている。ヴァイオリンや管楽器以外は何でもこなしたというから驚きである。そんな中で北陸特有の宗教的で、やや暗い風土に濃厚な〈諸行無常〉について、「本来は、何やらじめじめとした、葬式かお通夜めいたものではなくて、すこぶる男性的、生産的で、精力的なものだったのではなかろうか」（「金沢にて」）などと述べるくだりは、いかにも堀田らしくて面白い。

また町の厚みということも言い、「この町では土塀の奥にかくれてなにをしているかわからぬといった、人間の生活が本来にもっているはずの、無気味なものが、たしかにそこにあると思わせられる。」とも指摘している。文学では徳田秋声や室生犀星に「一種の底なしの何物か」があり、また同じく金沢で青春をもった中野重治の「歌のわかれ」にあらわれた「激しい精神」も金沢の町の底にひめられているという（「金沢にて」）。以上に見た堀田の金沢観は年を追うごとに深まったものと察せられるが、金沢とのつながりで一番重要なことは、ここで堀田が文学への開眼を果たしたことである。犀星や秋声の他に泉鏡花という卓抜な作家もいたのだが、堀田は中でも犀星にちょっと近寄りがたい親近感を抱いていたことが、犀星に触れた数編のエッセイに垣間見える。小説「若き日の詩人たちの肖像」にも時々、犀星が登場しているのは周知のとおりである。

室生犀星

中野重治のように堀田は犀星の門を叩いたわけではない。中野は犀星逝去の時は葬儀委員長をつとめるほどの親近ぶりであるが、堀田にはそんな直接の交流はなかった。しかし先輩詩人として敬愛していた犀星が戦時下で、戦争賛美の「陥落す、シンガポール」を物したときは驚愕したものと見えて、

「若き日の詩人たちの肖像」に大きく取り上げている。仲間の詩人がその犀星詩を問題視して、「室生さんがね、こんなものを書いていたよ。ちょっと読んでみるぜ。」と言って、堀田らしき若者に疑問を投げかける場面である。「ひでぇものを書きやがったな。怒涛は天に逆巻きたぁなんだね」とも非難する友人に、「若者はただ、ああ、あの『性に目覚める頃《ママ》』の室生犀星がナ、とだけしか思わなかったが、……」と煮え切らない応答をする。そればかりか、「だけど、こんなもんのなかでは、おとなしくて品もあるし、いい方なんじゃないの」と若者が犀星を弁護する。因みに犀星自身は戦後になって、これを含む戦争詩を自作から抹殺している。とても弁護できるような代物ではないのに、堀田はここで擁護しており、別の仲間からも「だけど、歴史にもかがやけたぁ、これもまたなんだね」とやりかえされて、「それぎりで若者は黙ってしまったが、こういうふうな詩をめぐる論議には、何かしら辛いものがある、日本国家への義理だてということもあってみれば、何かが咽喉か頭かにひっかかって徹底したことが、あるいは本当のことが言いにくいという気味がある、と感じていた。」と描いている。召集を目前に控えた若者に、反犀星詩感情を上回る親犀星感情があったものかとしばし戸惑いを禁じえない箇所である。犀星が「あにもうと」で国策への御用団体から文芸懇話会賞をもらった（島木健作が国体に反するとして犀星に代わった）時、中野重治はその受賞を思いとどまるように犀星に手紙を書いたことがある。あるいは、堀田にある種のバランス感覚があって、それがここでも働いているのかと思う。堀田と同様に金沢文化圏で文学に目覚めた中野は、犀星を「文学上および人生観上の教師」と明言したが、照れ屋の堀田にそんな大仰な言葉はない。

三　少年の日の文学と思想

ヴェルレーヌ

自伝的な小説「若き日の詩人たちの肖像」は、すべてが堀田の体験した事実そのままではむろんないが、しかしそれなりに作者自身の真実を物語るものと理解して読んでゆきたい。「語れや君、若き日に何をかなせしや?・」(ヴェルレーヌ)を冒頭にすえ、さらに自作の戦後最初の詩「潟の風景」を解説するところから始まっている。

少年——たしかに僕は故郷を出る道筋にいた
そこで記憶が中断する
火田民《かでんみん》が襲って来て
そのどさくさに
機を見て僕はお前を扼殺《やくさつ》したらしい

故郷を出るほかに生きる方途がないという自覚と、戦争と戦争直後というどさくさ(「火田民」)に、僕は「甘やかな少年期」、つまり〈ふるさと〉を扼殺したと、詩人は自らの立ち位置をそこに確認している。堀田なりの「ふるさとは遠きにありて思ふもの」であり、主人公の「男」はこの詩を書く直前の一九四七年一月に上海から帰国したばかりである。大学を繰り上げ卒業したものの、まともな職業のあるはずもなく、病身で召集を免除された堀田は、東京大空襲（一九四五・三）の直後、国際文化振興会上海資料室に勤務するために日本を離れている。〈祖国喪失〉の始まりである。そして中国で体験した多くのものをかかえて、〈祖国回復〉への道を歩むことになる。そこから「若き日の詩人たちの肖像」が書き起こされているのは、やはり看過できないものをもつ。そして戦時下の一青年を描くこの物語は、「少年」が金沢から東京に出て大学受験の一九三六年二月二十六日（二・二六事件）から展開を見る。やがて「少年」は「若者」となり、「男」へと成長する。その間に詩人として多くの友人たちに恵まれるのだが、その人づきあいのよさというか、人の世話をするのが嫌でないという堀田の根っからの性格は、世界中を飛びまわった後年の行動力にもつながる、この上なく貴重なものと言える。

立原道造

仲間の詩人たちを巧みな命名で登場させる作者の諧謔好きにも着目すべきだが、モデル推定を早くに試みた鈴木亨（「或る青春群像」）は、慶大卒の多い中に東大生が混じっていることに触れて、「昭和十四年三月に立原道造が他界し、ほどなく芥川とわたしは、「四季」や堀辰雄と接触しだしたこともあって、立原道造周辺のひとたちが参加するようになった」と記している。彗星の如く消え去った立原の魅力は堀田をも惹きつけていたことが、堀田のエッセイ「未来について」や『何処へ？』―立原道造論」でもよく判る。「未来について」は文芸評論というより、苛酷な時代を生きなければならない若者の豊かな感性にあふれたエッセイであり、その冒頭、「この頃、星空がじつに美しく思はれる。星空の荘厳さ、といふものを、生れてはじめて知るやうな思ひがするのである。また、路傍のつまらぬ草花などに、小半時もぢつと見入つてゐる自分を見出す。どこに行つても、どこにゐても、いつもここにゐるとは限らぬに――といふ思ひがするのである。」は、まるで立原文かと見紛うほどに感傷的なものである。病におかされて死に怯えるものと、近づく戦争にともなう〈死〉の現実を見据える者との共感がそこにある。それは愚かな人間の犯す戦争という最大の罪への告発ともなっている。

二十五歳の前途有為な青年が、自らの死を前提に「未来について」を書く心境にしばし思いをいたしてみたい。「私は、全体この生とは、生には、何が起つてゐるのであるか、といふ一等最初へかへつてみようとしてゐるのである。さうした時、よくよく思ひめぐらしてみれば、自分一箇にとつて、己れ自らの未来は、いよいよ不可思議な唯一のものであつた。身にこたへる死の実感を胸に蔵した上では、未来があるといふことは、また現在そのものも、全く了解も何も出来ぬことに思はれるのだ。過去といふものさへ、途方もないものに思はれて来る。」

一方、死を美化せざるをえない時代の趨勢がそこにあったことも留意すべきである。よく知られているように立原の詩「何処へ?」は、立原がその死の数か月前に尊敬する先輩芳賀檀《まゆみ》に捧げた一編である。芳賀は「四季」や「日本浪曼派」での仲間であり、「寂寥の兵士よ。併し、お前は最早幸福にはなれないであらう。其の絶美の姿はお前から非ギリシア的な、あらゆる夢を奪ひ去つてしまふであらうから。お前は、寧ろ何時迄も清らかな夢のみを信ずる勇敢な戦士であればよい。」(「古典の親衛隊」)の言葉で立原を奮い立たせたことで知られる。堀田が芳賀とことに親しかったとの証言が当時を知る山本健吉(「隆暁法印と堀田善衞」)にある。そして芳賀に触れたエッセイなどを残さなかった堀田が、上海滞在のある日、「ぼくは犬とあそんだ。芝生にねころがつてはじめて秋だなと思つた。ポプラの梢がキラキラ光つてゐるのだ。秋——ぼくは梢の光るのを見ると軽井沢や芳賀さんを思ひ出し、ふと眼頭があつくなる。」（『上海日記』）と記しているのを読むと、芳賀は言うまでもなく立原もまた、そして堀田も一時的ではあれ、日本浪曼派（保田與重郎）への傾倒を示していたのを想起する。

堀辰雄

さらに保田與重郎に共鳴した堀辰雄の住まい近くに堀田が住んだこともあって、この自伝的作品に堀は「成宗の先生」としてしばし登場してくる。その敬愛は堀田のポール・ヴァレリー親炙に起因するところが大きい。堀田六十歳の年、妻と二人でスペインに住むために、横浜から貨物船に乗ってロッテルダムまで航海したおり、日常生活から隔離された船中であれこれ思索し、しきりにヴァレリーに思いを寄せている（『航西日誌』）。中でも次の一節、「しかし、人生を生き直すなどということは出来ることか。そう長い時間はない、出来なければ出来ないでいい。ただ、つもりだけでも、やってみることが必要だ。」が印象的である。続いて、ヴァレリーの「風立ちぬ!……いざ生きめやも!」を引き、「これは堀辰雄の訳だ。／自分で自分をゲキレイしている。」と記す。そして堀宅に近い阿佐ヶ谷にいたころの回想に移って、「私と散歩道が大体同じであったその頃に、詩誌「四季」の編輯を手伝っていた中村真一郎君か野村英夫君が紹介をしてくれたものであったか、あるいは紹介も何もなしで散歩仲間としていつしか話し掛け合うようになったものか覚えていないが、詩について、文学について、またその頃の私には謎であった――いまでも多少はそうだが――マルセル・プルーストについて多くの教えをうけた。」などと、当時を回想している。先に触れたように犀星から多くを学んだ堀田だったが、堀田にもまして犀星に親しんだ堀辰雄に言及せずに、そのプルースト愛を強調するばかりである。あるいは堀への焼き餅があったかも知れない。そう言えば「若き日の詩人たちの肖像」の第一章冒頭に、「中学生としての男は、文学少年といったものではなかった。むしろ音楽少年といったものであったかもしれない。」と、得意の自己韜晦をやっている。富山、東京間往復の途次に列車が軽井沢を通るとき、追分に住む堀の消息を気づかう堀田は、しかし夏の軽井沢で暑を避ける犀星には無関心の体である。中村真一郎（『戦後文学の回想』）によると、芳賀檀の別荘を借りていた堀田が、堀のいる追分の油屋にやって来たことがあるという。ちょっとつむじ曲がりの嫌いが堀田にはある。

世界的な視点

現実の堀田少年が相当な文学少年であり、思想少年でもあったと思われる記述が「若き日の詩人たちの肖像」に頻出する。まず注目されるのが、ヘンリク・シェンキヴィッチの『クオ・ヴァディス』を、中学時代に英語で読んだというくだりである。堀田は十五歳のとき金沢聖ヨハネ教会のアメリカ人宣教師宅に下宿して、ほとんど英語だけで会話をし、そこの蔵書（英語版）で、このネロ治世下のローマを舞台にしたキリスト教徒の迫害物語を読んで感動したという。ローマの一将校がキリスト教を信仰する蛮族の王女との恋を実らせ、自らもキリスト教徒に改宗するといった波乱万丈の歴史ものである。まさに後年の堀田文学の世界を思わせるものがある。

日本各地から商人が訪れだけでなく、外国人もやってきた港町伏木で育ったこと、それに加えて英会話がある程度出来たこと、宣教師宅で宗教というものについて知識をもって何らかの思索をしたこと、これらは後に国際的な場で文学者として働いた堀田の特技とも武器ともなったはずである。それだけでなく、少年が『旅行くモーツアルト』（メーリケ）や、『カサノヴァ回想録』を読んだときの感想を印す箇所も面白い。廻船問屋の広い座敷でしばしば宴会が開かれ、政治家や軍人が大勢やってきたが、「これらの著名な政治家や軍人たちは、少年の家ではいささかも尊敬などされていなかった。むしろ旅の俳諧師や絵師、能楽師や盆景の師匠、道具屋などのほうが大切にされていた。」という。「旅行くモーツアルトは、旅の箏曲《そうきょく》の師匠のようなものであり、カサノヴァは旅を行くはなし家のようなもの」という次第である。そんな「少年」は「男」になった後、好奇心にあふれ、旅行好きになり、音楽にも絵画にも石や城にも街づくりにも、人間のなすことすべてに通じた、なかなかの趣味人として成長することを予想させる。権力に迎合せずにあくまでも自由を尊び、広い世界をいつも視野に入れつつ、だれよりも奔放な空想力を存分に発揮する、そういう堀田を誕生させる地盤を伏木の廻船問屋がもっていたのは確かである。

レーニン愛読

また、その思想的な一面を垣間見ると、少年は小学六年生でガリ版刷りの『共産党宣言』を、京大に学ぶ従兄の影響で読んでいる。ずいぶん早熟な少年である。従兄はやがて逮捕され転向して、あろうことか警視庁に勤務していて、少年が大学入学の折に保証人を依頼しに行って断られたという。この従兄も少年の思想を形づくる上で父母などに劣らない重要な役割をもったものと思われる。中学生になると、「戦旗」や「少年戦旗」を買ったというのだから、驚きである。しかし東京へ出てからの少年は、次第にレーニンに強く惹かれてゆく。後楽園球場勤務に変わった従兄と会うことで日本社会の現実と革命思想に気づき、たまたま古書店で見つけたレーニン伝(英語版)を読んで、レーニンの人柄や逸話に興味を抱く。その年の夏休みにはレーニンの著作集(これも英語版)に没頭。その結果、「あのテの本」所持ということで、刑事に踏み込まれ留置場入りとなる。きわめて知識欲に富み、早熟で無鉄砲な坊ちゃんみたいなところもある。

「男」となった少年が、留置場での十三日間にいろいろ考えるくだりが面白い。まずレーニンの「ひたすらに生によってこの世の成り立ちを裏付けし直そう」という情熱に共感するくだりである。「死を決しない、暴力と死を内実とするのではない、つまりは生を、ひたすらに生を内実とする、生のための秩序、権力、社会、国家、世界——そういうものがどうしたら可能なのか。死を内実としない、ひたすらに生だけを内実とした悦ばしい認識というものがどうしたら可能なのか……。死によって裏書きされ保証をされているのではない、生によって、ひたすらに生によって保証をされた詩、文学というものが、どうしたら可能なのか。／レニン《ママ》には、たしかにそういう悦ばしい認識があった」という独特のレーニンに対する認識である。

その上でプラーテンやランボオの「詩人としての死を賭けていた」思いを偲び、芥川龍之介の遺書「或る旧友へ送る手記」に言う「末期の眼」に「勃然たる怒り」を感ずる。とは言うものの「末期の眼」もまたありうることだと認める若者は、ベートーヴェンの弦楽四重奏を連想する。そして次には、殺された学友が中原中也の「冬の長門峡」の詩を好んだのを回想し、その詩に裏打ちされた死を予見する。さらに転向した従兄の転向がたとえ偽装転向であっても、〝転向〟ということばでそれを考えないと決める。従兄の転向は鍋山貞親の転向声明の文章よりも権威と威厳をもつと考えるからである。そこまできて若者は、「じゃいったいお前は何だ?」と自問する。「おれは何でもない!」と、確信をもって答える若者は、第一次世界大戦で殺された英国詩人、シドニー・キイズの詩「復讐」を想起し、さらに室生犀星の「復讐の文学」へと思いを馳せる。要は戦時下において死と直面する青年の生への渇望であり、それを許さない国家というものへの敵愾心からくる復讐の思いである。換言すれば、これは文学志望の若者が若者なりの生活から発した、自らの生を生きるための実存的な模索であった。

四　詩人堀田善衞

詩業一覧

堀田善衞の詩は全集1巻に42編が収録されており、没後にその存在が判って陽の目をみた『別離と邂逅の詩《うた》』という生前未刊の詩集に44編（内12編が重出で新出は32編）収録されている。さらにその詩集に入らなかった草稿26編（すべて未発表）、さらに「中国滞在の末期に、そしてまた帰国後に書かれた作品をここにまとめたのか」（『別離と邂逅の詩』解説、清水徹）と推測される8編がある（一つの題で書かれた数編の連作も一編と数えている）。これが現在確認されている堀田詩のすべてのようである。他に『堀田善衞　上海日記』や小説「若き日の詩人たちの肖像」の中に、詩稿というべきものがかなり記録されている。

詩の発表（掲載誌等の判明するもの）は一九四二年初めから一九六六年終り（24歳から48歳）である。堀田の死の翌年上梓された『堀田善衞詩集』（一九九九・六）は全集を底本にしており、戦前は一九四二年から四四年までに8編、戦後は四七年から五〇年までに22編と多いが、その後は減少し、一九五一年から六〇年の間は4編、一九六三年に5編、六六年に3編の発表が見られる。『別離と邂逅の詩』所収作は「大部分昭和十二年頃から二十年の春頃までに至る、殆ど全部戦争中の作品であります。」（作者「あとがき」）というが、全集に既掲の12編を全集「解題」で見ると、一九四三年から四八年までの発表と判る。

そのころの堀田を取り巻く詩人たちの動静を見ると、一九四二年一月、雑誌統合により「詩集」（中桐雅夫編集兼発行人）に「山の樹」が合流している。三田系の「山の樹」は堀田のほか芥川比呂志、小山弘一郎、小山正孝、白井浩司、鈴木亨、中村真一郎、村次郎の計8名が加わり、「詩集」には後に「荒地」で活躍する鮎川信夫、田村隆一ら26名もの大勢が参加していた（『田村隆一全集』所収「若い荒地」にその同人名簿を転載する）。堀田は一九四二年八月に徴兵検査を受けて第三乙種合格、九月に大学を繰り上げ卒業して、国際文化振興調査部に就職。そこの伊集院清三の紹介で吉田健一を知り、「批評」同人となっている。仏文転科が一九四〇年四月で、四二年までは詩人堀田の揺籃期ということになり、『別離と邂逅の詩』に収まる作品はその頃の作と見てよさそうである。

因みに詩の発表は全集1巻「解題」によると、「批評」（16編）が最も多く、「歴程」（5）、「風景」（4）、「三田文学」（3）と続き、「個性」、「近代文学」、「南北」に2編見られ、「詩集」、「文芸世紀」、「日本未来派」、「近代文学」、「小説公園」、「季節」、「週刊文春」に各1編掲載されたとある（初出未詳1編）。総合的な文芸誌「批評」は一九三九年の創刊で、同人は吉田健一のほか、伊藤信吉、西村孝次、中村光夫ら十一名で、芳賀檀《まゆみ》、武田泰淳も堀田に少し遅れて参加している。以上の雑誌のほかに堀田が同人としての名を残した所属雑誌は、先の「山の樹」「詩集」「荒地」であるが、いずれも堀田がどの程度かかわっていたか、まだ十分に判明していない。

死の影

『別離と邂逅の詩』（「あとがき」）に堀田は、「帰国して以来約半年、少年時代と呼んでいいやうに思はれる時期の、これらの作品を読みなほしてみて、私は私流に戦争中如何に死の影に脅かされ、かつ死を予定して暮して来たかをはつきり知り、又、未来にわたつても死は私の生涯の歌となるものであることを知りました。」と、作詩当時の〈死〉を回想している。まずはその詩の「少年時代」を概観してみよう。

冒頭に「序の歌」として「しづかに雪が」(48・3)が置かれる。降る雪に「嗚咽の声」を聴くというところ、まさに北陸の人ならではの青春の哀傷と孤独を表象した美しい抒情詩である。

なにを思へといふのだらう／しづかに雪が降つてくる／水車は凍えてうごかない／すべてに休みはあるのだらう
だまつて埋る野原の草木／小鳥は死んでゆくだらう／小川だけがちろちろと／どこにも憩ひはないであらう
雪も怺へて降つてゐる／けれどもやがて高まつて／むせび泣く嗚咽の声が聞えはせぬか
しづかに雪が降つてくる／かうした夜にはさびしいものの手を／ふととりにくるものがゐる

四・四・三・三のソネット形式を模した古風な形式は、当時「四季」派のよくしたもので時に三・三・三・三(「哀歌」)、四・三・四・三(「小譚詩」)などの変形はあるものの、「宴——哀歌」「ある夜に」「旅人の夜の歌」「光りの尾をひき」などはこの定形表現を用いている。むろん形式にとらわれない詩も多い。そして主題は上掲のごとく、雪の降る夜に死んでゆく小鳥の不幸を歌うことでも知られるように、生き物の避けがたい死への想いである。蝶を歌って「やすらかに　さなり／やすらかにいま／用水桶の縁にとゞまりて／命終ふと見ゆ」（「思ひきや——」）と、はかない生き物の死を叙する若者の心情は切なるものがある。それが「ほら　あそこに死んだぼくがゐる」（「哀歌」）とか、「夜更けてついた駅前旅館の白いシーツの上に／横になつてゐるのは　あれは若い日のむくろ」（「京都」）といった死に直面する自己への凝視へと広がって行く。「さまよひの日に／世界はどこにもなかつたのだ！／鳥と花と　大きな海はあつたけれど／海辺での祈り　それは何の祈りであつたらう」と歌い、「戸の外の　涯なくひろい　ところから／しかし僕は　もう一人をつれて来た／かれの名は　死——というのだ」（「ある夜に　V」）には、希望のなさからの「祈り」も模索される。

詩集巻頭を飾るエピグラムとしての式子内親王の和歌、「桐の葉も踏みわけがたくなりにけり　必ず人を待つとなけれど」に象徴される別離の悲哀と邂逅の歓喜は、とりわけ戦中という乱世にあって、死の影に脅かされ、かつ死を予定して暮して来たものにはちよっと言葉には表せないほどの深刻さをもっていたはずである。草原でともに遊んだ一人の少女のあっけない死を歌う「挽歌」の終りには、「なにひとつのこつてはゐないのだ／やがて来る秋に何を歌はう／おれは他界といふものを信じさうだ」とある。邂逅は他界でしかなされないとはまるで新古今集的感懐である。しかし詩人堀田少年は、絶望の極みにあっても新たな生き方を希求し、死ぬことはむしろ生きることであるとの、言わば生死一如の境地に近い認識を抱くに至っているかに見える。夕陽のなかで時の移り変わりを歌う詩「夕照から」は、「ああこのうつりかはりのあひまあひまを／あやまたずいのちがつなぐとは！」と観じ、人間の営みの「これらすべての深く尨大な準備は何の為だらう」と自問し、「答へともなく／問ひにもあらで／

われらが死ぬるために／われらが生きるために」と答える。「われらが死ぬるために／われらが生きるために」に要注意である。そして「星辰あきらかにきらめく／この天空の下でこの夜は／窓あけたままねむらう／年老ひた樹と小さな草とともに」と、自然に融合することで迷いを離れ達観したかに見える。そして「夕べには夕べの風／朝には朝の風のそのなかで／枯葉を振り落しつつ／いつかわれらは／永劫に／もらひとられてゐた　と／巨きな松が巨きな声で歌つてくれる／わが身の変移幻影よ」と、沈着冷静な作者自身の「変移幻影」の様を物語る。とても並の少年の作と思えない、なかなかの老成ぶりも覗かせる一編ではある。

抒情詩

堀田詩を便宜上、戦前（上海時代を含む）と戦後に二分して一瞥する。まず、今に残る詩人堀田の出発期の詩「……のであつた」（42・2）を挙げる。

月の光を　浴び／日の光を　浴び／こう　してゐる。

朝　扉を押して一ぽんの／ききやうをつみ　夕方／一杯の牛乳を　のむ。

松かさの粉の／ふりかゝる／古い池を　ボオトに／のつて　こぎまはる。

一番小さな葉もなく　一番／大きな海も　ない／ので　あつた。

風が吹いて　風が／吹いて　故里の音／聞く　のであつた。

一読して軽井沢あたりの風景に寄せた抒情と思われる。金沢で学ぶうちに犀星を知り、朔太郎を知り、中野重治、堀辰雄、三好達治等々の抒情に接したと想像され、その後「四季」や「日本浪曼派」に近づいたと思われる。戦前の古典的世界への復帰という風潮の中で先行する詩人たちの模倣に明け暮れしていたことが知られる作は、とりわけ立原道造に詩想を借りたものがあったのは先に述べたとおりである。しかもその感傷は戦場を目前にしての、より切実な生と死への詠嘆となってゆく。

町中は憩ひにつき、明るかつた通りは静かになつて、／白い花が夕暮れの紫いろにういてゐる。／私は帰つてゆくのだらうか、見なれぬ寂寥と／悦びを抱いて、ただほのかなねむりをもとめて。

散る花の、散りぎはの一声の叫び。それはかつて私の嘆きであつた。／だが散るがままにまかせるがいい。花のねがひは／叶へられたのだ。誰も見ずとも、忘れられても、夢のやうにも。／登みきつた月にむかひ、今宵私は何を語らう。

（「今宵何を語らう……」の第1連と終連　43・7）

家々はみな　違つてゐながら／似通つてゐる　ひとが住むやうに　と／愛も死も夢も　四季の自然も／見なれぬままに　ひとは知つてゐる／静かな夕暮れの時間のうちに／それらのすべてを／

そしてひとは忘れる　朝の時間に／それらのすべてを／限りなく新しく　限りなくなつかしく／
われらの生は　孤独の深みでなんと広いのだらう　と

（「祈り」第3連　43・7）

形式も詩想もはっきりと立原道造を偲ばせつつ、堀田独自の実存とその周辺へと視野が手馴れた表現で開けてくる。そして長編詩「高原」（44・2）では、軽井沢か追分かの風景のなかで、「私は何を見てゐるのか？」と自問し、「私の身体　私の心――／私とは……なに……？／『ひとりの歌は　消えてもよい？』とさらに疑問を投げかけ、『何故に？』『何処へ？』と歌う。立原の詩「何処へ？」を念頭に、死の影におびえる若者の絶望的な心情が美しく詠嘆されている。

そして立原との訣別が「みまかれる美しき詩人に」の副題を持つ「挽歌」（43・7）に歌われる「あなたがのこしていつた　雪の上の／足跡は　意外に意味が深かつた／月の光を浴びて　長いこと　私は見つめた／乱しもせず乱れもせぬ　虔しやかな足跡を」と、まるで一途な傾倒を示す言葉で始まる。しかしその終連は「ゆくりなく出会つた　のではあつたが／いま　いまはないあなたとさへ……さう／私は一度別れようと思ふ　別れるときの／感謝の心で　面影はとはに忘れぬままに」と、意外に冷静に受け止めて立原との訣別を告げている。主情的な一面とうらはらの、感情を断ち切ってしまおうとする意志的な強さは堀田の強みである。しかし「別離をゆるされた　あの冬の夜こそ／あなたの歌は　しかし却つて深く私の胸に／届いたのであつた」と歌う後編では、「美しい時よ　木洩日のさした林の中は／永遠に朝であらうか！／そして迎へたよみがへりに　私は知つた／別れたのでは　なかつたと――」と再び立原との一体感を吐露する体のものとなっている。絶望の果てに希望を見出すことの出来る堀田に刻印された立原の人となりとその文学は、堀田の生涯にわたる生と死とをめぐる文学世界の底を流れるものとなっている。

上海の詩

一九四五年三月末に国際文化振興会から上海に派遣され、八月に敗戦を迎え、四七年一月帰国するまでは、当然、詩の発表もない。しかし明らかに上海を歌った作として発表順に「朝」(47・9)、「ジェスフィールド公園にて」(48・7)、「天の誘ひ」(48・12)、「黄浦灘花園にて」(66・11)の4編が全集に見られ、『別離と邂逅の詩』の資料編にはその制作時期は不明であるものの、中国での作と思われる草稿が数編収録される。

まず最初に、「二十・四――六　上海」とカッコ書きのある「朝」は、「眠りが尽きて　光りのなかに／眼がひらくとき　いつも私は／零落した自分の姿を考へる」と歌いだされる。そしてドイツ教会の鐘の音を聞くと、「人間のことを考へるやうだ」と続き、春の柳の木の下で、「人はどんな夢を見たらよいのだらう」とロマンチックな疑問を投げかけるが、夜になると、「しづかに自然に死のことを思ひはじめてゐるやうだ」と死への予感を記す。そして最後は汚れた風に吹かれる柳にうっとりしつつ、「私といふ名は／どこの路頭を歩いては／一番最後の歌をさがしてゐるのだらう」と締めくくる。上海在住当初の所感なのだろうが、さほどの緊迫感はないとはいえ、零落した自己に気づくとか、死を思い「最後の歌」に思いをめぐらすあたり、本来の浪漫性に加えて無常感や虚無感が揺曳しているところは見逃せない。

次に「天の誘ひ」(48・12)も、「朝」と同じく末尾に(二十・四―六　於上海)とカッコ書きのあるもの。病人の傍らにいて上海の五月の風にひるがえるアカシアの樹々が地に根をおろすのを羨み、(私はどこに生れたのか)と自問するという一編で、「樹木よお前たちは／風にゆられてゐながらも／地には自然に／極めて自然に確実に／根をおろし／明るい昼も夜もまた／しづかに何気なく立つてゐる……」と、先には感傷の対象でしかなかった樹木に自らの拠り所を求めてゆく姿勢が見られる。なにがしかの希望を求めて上海に渡ったものの、全くの根なし草である。「束の間の生命を生きながら／──私は樹木が／──私は根を持つものが／羨しい／地に足をおろせなかつたおのれは／根を中空に／次第に天に浮いてゆくではないか」と、定まらない自己の生き方を問う。戦時下にあっての、それもさしたるめあてのない中国での日々を詠嘆するものであるが、しかし全く未来や救いがないわけではない。「病人の傍にゐて／ああ庭の片隅に立ちすくみ／五月の樹木になりたいと思ふ／天の誘ひよ──」と、「天の誘ひ」を求めるところがちょっと注目される。生と死との間を揺れ動く立原道造や堀辰雄、それらへの共感に見られた「精神の王国」を生きる若き詩人の魂は、動乱の上海でより生への志向を強くしているように見える。

楽聖ベートーヴェンの宿命を論じた堀田初期のエッセイ「ハイリゲンシュタットの遺書」に、絶望や狂気の懸崖、際涯で人を救うものは何かと自問したくだりがある。「詩人を流竄の天使などといふ人がある。(中略)詩人は本来流竄の天使でさへないのだ。詩人は人間であり、しかも幼い眼、奥底の純情の心を明らさまに持ちつゞけることをわれ知らず、その心自体に命令され、それを己が生の使命とした人である。そこに切実な法悦がある。」と言い切る堀田がいる。「精神の王国」を生きるベートーヴェンもまた詩人である、と音楽好きの堀田は認識している。死を目前にしていても決して生への希望や意欲を忘れない、その堀田の実存主義とでもいうべきものを、立原とその師にあたる堀辰雄の「風立ちぬ、いざ生きめやも」から学び取っていた。自然のもつ力の大きさは上海において一段と深く感得されたものと見える。だから「天と地と／月と日の光りの漂ふなかにゐて／お前は人の子の運命と／交つてはいけないのだ／この声が樹々の会話から／洩れ聞え昇ぼ《ママ》つて来る」（「天の誘ひ」）などと、不可思議な声を樹々の会話から聞くというわけである。活力ある自然との交合をうたい、それによって不確かな自己の存在を実存感のともなう活力あるものにしたいとの願望を表象したものと思われる。

　次に、「ジェスフィールド公園にて」であるが、詩中に「去年おまへは東京にゐた／今年おまへは上海にゐる」をそのままに受け取ると四五年作となる。上海の公園で、「かたはらに／横になつてゐるのは／あれは、誰だらうと／気がついた時不意に」と歌い出され、風の吹き去った後に「若き日のおまへのむくろ」に気づくといった自己喪失感が表象される。この「若き日のおまへのむくろ」は、後出の「潟の風景」に自らの少年期を屍と見るのと発想を同じくする。しかし、ここでは「けうとい四月の空に／けうとい桜の花が咲いてゐる／池のさざなみが既に痛ましくなつたなら／おまへは眠れ／（誰も死なぬに／何故おまへはそれを言はうとするのだ）／眠りのあひだのその時に／かたはらに／横になつてゐる若き日は／起き上り」と歌い、「神様から借りて来た／黒い鉛筆で書くだらう／先づ大きな黒枠を一つ／そのなかに／天からゆつくりおりて来る／明るい歌を／明るい歌を書くだらう」と、絶望の中に希望を見出すといった魯迅的な発想が垣間見える。あるいは堀田の好きな弁証法的な、放埒きわまる表現の中に見られる楽天性というか向日性はちょっと他に例がない。融通無碍なところがあり、一読して多種多様を包容した「歴程」（掲載誌）に通う詩風でもある。

そして副題に「一九四六年春・上海」をもつ「黄浦灘花園にて」は、金もなく黄浦灘花園のベンチに坐っては、周囲の人々を眺めるという趣向である。終戦後の解放された中国人恋人などを描く一方で、白露の金髪女や黄浦江に浮かぶUS・NAVYを対置するところに、後年の中国ものを書く作家の眼差しが垣間見える。日本人としての存在感の脆弱さや大河に寄せた無常感は、小説「祖国喪失」の主人公が「死にたい」ともらす恋人とこの花園で語り合う場面を想起させる。

「荒地」派詩人

病気のために召集解除された堀田には、直接戦地での生々しい体験がない。しかし、二年足らずの上海生活ではちょっと異質な戦争体験を得ており、いわゆる戦後派詩人となる要素と可能性をもっていた。その兆しは上海から帰国直後の長編詩「潟の風景」（47・5）に見えている。まず、「冷い潟に傾いた／足跡一つない濡れた砂浜／その後景に／焼きはらわれた手も足もない木々／ほろほろくづれる土塊《つちくれ》／そして広々と黝んで光る潟を吹く風」と、まず潟に続く砂浜に吹く風を描き、「そこに／ごろりと転つてゐた／お前　屍／僕はお前を小屋にかついで帰り／土間にねかした――／ずしりと重いお前は／黙つてねたまま／僕を見てゐる」と、屍と僕とを登場させる。先に見た自己喪失はここにも明らかである。そして星々を仰ぎ、過去を思い出す。「少年――たしかに僕は故郷を出る道筋にゐた／そこで記憶が中断する／火田民が襲つて来て／そのどさくさに／機を見て僕はお前を扼殺したらしい」と続く。そして屍は僕に何かを期待していると思うが、「しかしこの荒地に誰が訪れよう／屍よ　お前は／恐らくは僕を惜しんで泣く――／そしてそれが憎しみにかはらぬうちに／ああおさらばの夢／弾力のある土地の夢！／空は白む／死魚をあさるべき朝がまた来るのだ！／いつお前は僕を殺すだらうか」で終わる。

傍線部「少年――」以下5行をもって堀田は、長編「若き日の詩人たちの肖像」を書きだした。そしてこの屍は自らの少年期であり、火田民は「戦争及び戦争直後」の意味だと解説する。そして堀田は続いて、「世界の真昼／この痛ましい明るさのなかで人間と事物に関するあらゆる自明性に／われわれは傷つけられている！／犬のように舌を垂らして」と始まる田村隆一の詩「一九四〇年代・夏」の一部を援用する。その引用箇所は「一九四…年／強烈な太陽と火の菫《すみれ》の戦線で／おれはなんの理由もなく倒れた／おれの幻影はまだ生きている」／「おれはまだ生きている／死んだのはおれの経験なのだ」／「おれの部屋は閉されている／しかしおれの記憶の椅子と／おれの幻影の窓を／あなたは否定できやしない」／われわれはこの地上をわれわれの爪で引ッかく／星の光のような汗を額にうかべながら／われわれはわれわれの死んだ経験を埋葬する／われわれはわれわれの負傷した幻影の蘇生を夢みる」である。

この田村の詩に共感する堀田は、「現代は荒地である」と認識する「荒地」派を自覚している。戦争による破壊と、生命の危機に耐えて生き、そのまま敗戦後の荒廃を体験したことを、自らの問題としてつきとめたという意味でまぎれもなく「荒地」派と見なしてもいい。座談会「戦後文学の批判と確認」(「近代文学」61・1)で、「荒地」の鮎川信夫は、堀田とどこで知ったかはっきりしないと述べて、「しかしいつのまにか雑誌でいっしょに書いていたりして、だんだん意識するようにはなったのですけれどもね。堀田君はそのころでもいろんな人とあまり境界線のはっきりしない付き合いが多かったと思うのですね。」と語っている。

ともあれ、堀田なりに戦争と戦後体験を内部の問題として追究した詩編を戦後作に見ようとすると、どうしてもそこに詩よりも「波の下」、「国なき人々」、「共犯者」、「祖国喪失」といった小説が浮かび上がってくるのは避けがたい。しかし小説家となった堀田は詩人であることを止めたわけではなかった。「鋭い風は岩をのり越えてゆく／どこへ？　風は何処へ？／黄葉は散りあるものは揚り翻り／あるものは谷底へ」と始まり、「死はひたひたと夜にみち／ほのほは死のなかにもえ／風は谷川の涯へゆく」（「断章」47・12）とか、「多くの友が死んだ――／花びらを見つめれば／花びらのひとつひとつは／亡友たちの面かげに／似てゐる……」（「戦争（二）」48・3）とか、「立枯れの樹にひつかかつてゐるのは／ガラスではない　透明な子供の屍体／美しい眼を大きく醜く見ひらいて／そのそばに　優しい日の光り／樹蔭には砲声がゆつくりと／午後三時の飯を喰つてゐる」（「序の歌」48・5）といったような死をストレートに歌う詩がある。

また、「殺したり殺されたり／唇は血に赤く／つひにこの世は／赤旗よ　進め／我らは我らの運命の命ずるままに／亡びさらん」「白鳥の羽根／誰が流すのだ／白々と／海へ海のむかふへ／過ぎ去りし未来へと」（「白鳥」48・3）いった過激な、しかもシュールレアリスム風な表現が時に見られ、「雨よ／洗へ！／星から直接来る雨よ！／洗へ！／洗ひ流せ哀歌や逃亡への古い夢を洗へ　洗ひ流せ／郷愁を洗へ　洗ひ流せ／人間的なものの一切を洗へ　洗ひ流せ」（「序の歌（Ⅳ）」）といったアナーキスチックなものがあるかと思えば、既掲の「しづかに雪が」（48・3）とか、「あの人はどういふ人かと　お前は聞くのか／あの人は風にきらきら光りつ靡く／芒の原のやうな人だと／私は答へよう」（「野辺」48・3）や、「葉のない銀杏の樹が／けふはじめて来た／早い春の光りを／ゆつくりと浴びてゐる」（「哀歌」48・3）のような戦前に見られた抒情詩風な作の復活もあり、作風は一様ではない。

「暗黒の詠唱と合唱」

長編詩「暗黒の詠唱と合唱」（49・10）は、小説的というか物語風の構想をもつ劇詩として注目される。独唱と合唱、管弦楽から成る歌劇とも異なり、「詠唱」と「合唱」が対をなしてドラマを展開し、「声」が語り手のような役割をもつ様式である。「名もない黒い　私が背後に聞き入るもの」と暗示され、「冷い溶岩の流れ　氷河のやうに／ついそこの戸口のところまで黒く光つて押し寄せて来てゐるもの／町々が粉砕され／赤黒い血も子供もその悲惨も／何百万の死者も堤防にはなりえなかつたもの／夜の深まるにつれて一層黒々と力をまし／木を倒し湖を埋め獣を追ひ家を潰しその破片をのせたまま／われらのすべてを呑み込まん勢ひで鈍く近迫して来てゐるもの」（詠唱）と具体的に明示されるものと、その「黒いものの近迫に押し出され息詰まるその果てに／アーアーアーアーと叫び／われらの頭蓋の後ろについた眼を蒙らまし恐怖を殺《ママ》ろし／夜の暗闇に一筋の稲妻でも生まうとして叫び出る……」（合唱）ものとのせめぎ合いのドラマである。戦争に押し流された過去と、その恐怖からの脱出を願う心情と読み取れる。しかし事はそうたやすいことではない。

「私」は断崖に上って夢見る、「入江に休らつた美しい船／紺碧の空より飛び下りて水にたゆたふ／大いなる白鳥／見よ　かの船を／深く滑らかに輝く別の大洋めざして／波の韻律にゆられつつ眠りつつ……」と（詠唱）。しかし逃亡者は逃げかねて、「海の果てに女陰の如く口をひらいた／暗い洞窟に呑まれるのだ」（声）。それでも、祖先の棲みかだった断崖に立つ塔に実る葡萄の実を称える「私」は、「来れ！　君よ　砲声は未だ収らず／この塔の崩れ落ちぬ間に／紺碧の空を葡萄の実を称へよう／そしていつの日か旅立たんあの入江にもやふ白い船の歌を」と願う（詠唱）。「われらの歌は誰のためにうたはれる？／不毛の歌　声／氷河溶岩の流れを促す歌か」（合唱）というが、その歌は「溶岩流の上にまきちらされた都会の物音／あの詠唱《うた》と／あの合唱《うた》につひに何の差異があらう？」（声）となる。

その結果、私は溶岩流のような都会のすべてを愛することになる。「――夜／この窓に遠く点々と瞬く都会の灯／私は都会を愛する私はすべてを愛する／都会の石の腹　腹熱　粘膜　眩暈の堂宇／じめじめした洞窟　女と男と食物の解体してゆく露地／快楽の胸　死を含む精液　女陰のやうな洞窟のやうな寝床／そこにさし出される盃／盃につがれた酒を飲みうたふ歌／私は都会を愛するすべてを愛する／私は何を愛してゐるか」（詠唱）。しかもそれだけにとどまらず、「私は愛する／私が生れたことを／私が生れたとき／楽園の地獄の自然の暗黒の洞窟の祭壇の番人がつけた生命の条《すぢ》　傷／私はこの条《すぢ》傷を愛する／この条《すぢ》をたどつて／生誕の死の洞窟の奥底へ／生誕に回《かへ》り死にかへり／暗黒の氷河溶岩流の流れ出る光源へ」（詠唱）と、過去の経験を背負って生死一体の現在の暗黒を生きる私を描き出す。そして「深淵へ／流れ迫りゆきひたひたとそを満す暗黒／溢れ出て源泉を一切を塗りつぶす暗黒／……稲妻の追憶よ／ああ！　ああ！　ああ！　ああ！　ああ！／ああ！　ああ！　ああ！　ああ！　ああ！」と合唱がおこり、「暗闇に湧き起る異様な音声よ底深い音声よ／あの音声がつひに私の保証者なのか……／私は愛する」の詠唱で幕を閉じる。

以上、やや難解で十分に言葉の熟していない表現もあるが、暗黒の溶岩流のような乱世を生きる人間の存在感を堀田善衞なりに力強く歌い上げようとしたものと理解できる。戦中から戦後にかけての無力感や虚脱感はここに十分に表象されており、加えてそれら否定的感情をのり超えて、新たな時代を迎えようとする希望や理想もまた願望されるところがいい。そこに戦後派詩人の面目躍如といった感もある。しかも、混迷をきわめる日本の状況を冷静な傍観者の立場で、客観的に眺めわたす堀田流の文明批評家的視点が働いていると思われる。それは現実の変革をひたすら願う革命的な情熱というより、与えられた環境と現実を与えられたものとして受け容れてゆく覚悟とか諦観を感じさせるところである。

さらに言えば、堀田文学に頻出し、その文学を解くキーワードの一つになっている宗教がちらりと顔を出すようになる。まず、どこかの島が戦場になり、攻撃による屍を生者が見上げていると歌う「沈黙（Ⅱ）」（49・12）だが、これはあるいは中国での体験に基づく一編かも知れない。「生き動く者は／いつか夜の底を凝視し／そこに死者の形相《ぎやうさう》は裏側の微光にほの朱く照らし出され／ひたと生者を凝視する／その眼交《まなかひ》の焦点に／せり上る　空《から》の十字架／雲は低く垂れ籠めて／身悶えしつつ十字架に懸からんものを捜し索める」といった、生者を凝視する死者の眼交に十字架を見るというところ。教会の鐘の音に人間のことを考えるという詩（「朝」）もあるが、旧制中学時代に金沢で聖ヨハネ教会の司祭の家に下宿したことに始まるキリスト教への関心がここに見られると言ってもいい。

そして、「愛された形よ匂ひよその音楽よ／欲望も憧憬も光栄も憂愁も　また愛も／霧に含まれて川を下つてゆく」と、混乱の世に失われたものを歌う「現代史」（50・8）は、エレミア哀歌の一節「若き者は石磨《いしうす》を担はせられ童子《わらべ》は薪を負ふてよろめき／長老《としより》は門にあつまることを止め若き者はその音楽を廃せり」を引き、さらに「かつて天使がそのまはりをかこんでゐた合唱台に／汚れた譜面は血と塵芥に解読《よ》む能はず／聖歌集は食ひ破られてはゐないか／既にかたく閉ざされた夜の円蓋の下に／たとへ醒めたりとても何者に祈るのか／黒々と　巨鳥類爬虫類は黒血を流して／相闘つてゐる」と、戦争下での教会の様を思いやっている。音楽にも心を寄せる作者の乱世好みもうかがわれ、しかも詩の後の方では、「かつて地上には地上一切を収斂する寺院があつた／祈るべき寺院なきわれら……／しかもわれらは知らずして手にした毒酒の酔ひを今は知る」と、宗教の働きにも言及する。その傍観者、評論家風な堀田独特の詠嘆は、ここにもちらっと顔をのぞかせる。

なお、この「現代史」について鮎川信夫（「『荒地』における主題」、52・8「詩学」）がちょっと触れ、あわせて詩人堀田を寸評しているのが目に入った。「作家としての彼の新しさに比較して、「暗黒の詠唱と合唱」を除いてはむしろ古風な感じの詩語と形式を具えた詩である。安定した手法と語彙を持つ彼の詩精神を、彼自身が書いた文章「流血」によって表現されているような殺伐な現代に対立させてみると、いろいろ興味ある問題にぶつかる云々」と述べる。「流血」は小説家としての地歩を固めた堀田が、『荒地詩集・一九五二年版』に載せたエッセイで、今世紀の人間の概念、人間像は戦争と革命を除外しては成立しない、とか、流血と人間性という背理的な問題に鋭く言及している。

以上、堀田詩を概観したが、外国旅行の途次にちょっと戯作風に、カタカナ書きでものした4編（63・4、5）について一言する。「モスクワデ」は「桜の園」のチエホフの家を訪問したこと、「毛皮ヤ」は同じくモスクワで同行の武田泰淳と買い物をしたこと、「マドリッド」はこれも武田と買い物をしたことや、通行人の女が梅崎春生に似ていたこと、「コロンボ」はコロンボ空港でトンチンカンなあいさつをしたことを詩として表現している。これら断片もまた堀田を語るときの一助にはなる。

ヴァレリー傾倒

もう一つ、堀田の詩で注目すべき「海景」（50・4）が、その生涯を通して堀田の敬愛し続けたポール・ヴァレリーを想起させることについて述べておきたい。

「海景」は40行余りの長さでどこかの海の様子を巧みな修辞を用い、絵画的に鮮やかに描いている。「——夜　水満ちたる虚無に沈む者／暗く　青白い微光に彩られて／水は水に踊り／光つては　消えてゆく／何者かが触れ　翳さねば／自らは光らぬ発光虫」と始まり、「水波は渚の鏡を永遠に磨き／純粋な青空を映す／詩は水泡《みなわ》はそこに生れそこに失はれる／海の嵩《かさ》大きな力が運び　遺していつた／美しき架空の真珠／潮風は行手ありげに架空を奪ひ去り／一瞬　薄い水肌は戦慄する……」（第6連）と終わるなかに、作者の海に寄せる賛辞や深い感動が読み取れる。それは「つねに誘はれ惑はされてゐたいといふ／われらは誰の夢をみてゐるのであらう」という、海辺で生を享けて育った作者の海外への憧れやロマンチシズムにあふれるものとなっている。しかも「詩は水泡《みなわ》はそこに生れそこに失はれる」と、海にある「詩」の存在を強調しているのが注意される。

この「海景」発表の翌年に執筆されたと思われる、ヴァレリーの詩「海辺の墓地」紹介文（『世界の名著』51・8）に堀田は、次のような解説をほどこしている。ふりそそぐ陽光のもと、大理石の墓石と、その前方に拡がる紺青の海があり、その知的風景の抽象的中心に詩人が立っている。「足下には詩人を死へと招く死者たちの群れが安らかに眠っている。知性が映し、再創造するこの風景は、永遠であり絶対の建築ではあるが、その知性を宿す肉体は、いつかは滅びなければならない。」「しかし、海はいつまでも固定したかのごとき知性の構図そのものではありえない。風が吹き起って海は波立つ。たとえ正確・必然・明晰のみによってその機能を果す知性にとってそれは偶然あるいは粗雑なものと見えようとも、風は知性の外で吹き起り、知性の絶望にかかわりなく詩人の肉体に生のいぶきを吹き込む。肉体は、肉体自体を殺すがごとき知性の矢を払いのけ、すなわち思念を捨てて生への衝動に立ち上がる。知性の陽光に輝く海はその底に、知が分析することによって殺すことのできぬ底深き生への衝動を宿している。詩人はこの風が吹き込んだいぶきを受け入れ、「風が吹く、生きねばならぬ！」として知性を海辺の墓地に葬る。しかし、この詩は生の喜びをことほぐよりも、むしろ知性の運命に対する挽歌として終る。」

二十世紀最大の詩人ポール・ヴァレリーを、天才の理念からではなく、可能の限りをつくすべき正確厳密な方法の駆使という観点から見る堀田は、詩・文学・哲学・科学・政治・軍事・教育・美術・建築・音楽などの諸分野において前人未踏の正確さを示したと絶賛する。詩から出発した堀田もまた、ヴァレリーに匹敵するほど諸分野にわたって、その感性と知性を磨いてゆくのは既に周知のとおりである。実はヴァレリーの生家と墓所は南フランス、地中海の海岸の町、セットにあり、小さな港町として堀田のふるさと伏木とよく似ていると言われる。この上なく故郷を愛していたヴァレリーは、セットの岬にある一族の墓地に眠ることを望んだ。堀田が一九六四年の夏にそこを訪れたと記す『航西日誌』(78)は、一九七七年五月に貨客船で横浜を出てからスペインに渡った時の記録で、航海中、しきりにヴァレリーに思いを馳せている。

一九六三年度芸術祭賞を受賞した混成合唱曲「岬の墓」(団伊玖磨作曲)は、このヴァレリーの墓をイメージして作詞されていると思われてならない。「日は高く／海の辺の丘に／上って見下せば／きらきらに光る入江の青に／休らう　白い美しい船／紺碧の空から舞い下りて／水に休らう美しい船」と歌い出され、その休らう船を見詰める墓が「この丘の辺の白い墓／影一つない真昼の丘に／白い墓／その墓の下にこそ／永遠の休らいと暗い影／暗き休らいはあり」と描かれる。そして白い墓に向って「暗い影なる休らいの／ことばを語れ」と呼びかけたり、「風は何を語るや」と問うたり、岩間に咲く赤い花に「われら何を聞こう……。」と自問したりする詩人がいる。海や船に象徴される生と白い墓の下の死とを対比して歌うところには、「海辺の墓地」からの明らかな投影が見られる。

ヴァレリーが「海辺の墓地」にうたったのは知性（死）と肉体（生）との交錯だと堀田は理解していた。海を波立たせる風は知性の外で吹き起り、生への衝動となって知性を海辺の墓地に葬ると解説していた。そんな生への衝動を「風立ちぬ　いざ生きめやも」と翻訳したのが堀田の敬愛した作家で詩人の堀辰雄であり、堀田は自作の随所にこの名句を援用している。避けがたい死とか宿命とかを前にしてひたすら詩人としての生き方を模索した堀田は、それを乗り超えて新たな生を希求するとき、慣れ親しんできた海にふと吹き起る風に大きな意味を見出していた。だから風をモチーフにした堀田詩の多いのも注目されるところで、故郷の後輩たちに託した夢と希望の歌（「風はどこから吹いて来る―伏木中学校の歌」66）も、「さあ船出しよう　エンジンかけて／広い世界で働こう／広い世界を知り抜こう／風はどこから吹いて来る／丘を吹く風　海の風」と、ここでは堀田の健全で前向きな人生哲学が明解に展開されている。

Ⅱ　芥川賞受賞、その前後

1　上海体験の重み

なぜ上海だったのか

徴兵検査で第三乙種に合格し、大学を繰り上げ卒業したものの、胸部疾患により召集解除となった堀田の、当時の心境をまず推し量ってみたい。すぐに頭に浮かぶのは、堀田愛読のボオドレールが「混雑《ミュルティテュード》の中にある孤独《ソリテュード》」を求め、さらに「どこでもいい、この世の外へ」を希求したと述べるくだり（「神と宇宙と淫慾と」）である。それは遡ってみれば、「日本からの脱出、社会からの脱走、たしかにこの二つは、少年時代から私の空想を最も強く刺激しつづけたものであった。中学生の頃、樺太国境を見物にゆき、境界標を手で撫でた時の戦慄、息ぐるしいばかりの動悸は、いまに忘れることが出来ない。」（「国境」）へとつらなる果てしなき夢であった。

そこへもってきて国際文化振興会というものとのつながりがあった。とりわけ中国との関係を重視することから、堀田もまた中国語を学んでいたことが重要なきっかけとなっている。短編「断層」の冒頭に、堀田を思わせる主人公の述懐がある。「安野《あんの》ははじめから中国語の勉強はあまり熱心でなかった。というのも、彼にとって中国へゆこうゆきたいという希望は、中国を踏台にして、あわよくばヨーロッパまでもいってみたいという、慾ばった気持とうらはらになっていたからであった。」というもので、これが当時の心情そのままなのかはっきりしない。

その一方で、フランス文学に傾倒したのにそれが妨げられていた堀田の眼を惹いたのが、他ならぬ魯迅であったことの意味は考慮すべきであろう。その魯迅愛読は堀田作品の随所に見られるが、「広場の孤独」の芥川賞受賞記念祝賀会での堀田の挨拶にふれる魯迅はその走りである。

「十八年に兵隊にとられ、病気で帰されたときに私は魯迅全集を買つて読みました。どうして買つたのか、それはどうもはつきりしない。が、とにかく買つて読みました。そのうちに、たしか『野草』といふ散文詩をあつめたのがありました。その中の一つの詩に、こんな言葉がありました。それは

　絶望の虚妄なるは希望と相等しい

といふのだつたと思ひます。この言葉が、戦争の《ママ》絶望した、と云ひますか、あるひはやけ半分みたいな気持になつてゐた私を烈しく撃ちました。そしてまた、いつだつて抑圧されつ放しの庶民の気持と云ひますか、その、いはゞ恒常状態を、実に正確に云ひあててゐる、とも思つたのでした。

いま考へてみますと、この言葉たつたひとつに動かされて中国へ行かうといふ気になつた、と云つても、気持としてはさう大袈裟ではないやうに、自分では考へます。」（「近代文学」52・5）

堀田が国際文化振興会上海資料室に赴任したのは四五年三月二四日だった。八月十五日、日本敗戦となって戦争は終わるものの、帰国せずに十一月、国民政府中央宣伝部対日文化工作委員会に徴用される。そして四七年一月四日、引揚船で帰国。一年九か月ほど上海にいたことになる。伝記的に不明

な部分もあるが、幸いに『滬上天下《こじょうてんか》一九四五』と題された日記が保存されていて公開された。「滬」は上海の古称で、四五年八月から四六年十一月までの上海暮らしの記録であるから、いろいろ判ることが多くて貴重である。

「波の下」（48・12）

この上海体験が戦後作家として文壇に登場したとき、堀田の有力な武器としての機能を果たした。それは「上海での生活は、私の、特に戦後の生き方そのものに決定的なものをもたらしてしまった。」（『上海にて』の「はじめに」）の述懐にも明らかで、これはその後の文学活動の展開に照らせばますます明白となる。戦後最初の発表作である「波の下」以下、6編の短編を一つにした連作長編『祖国喪失』（52年）がその手始めだった。まず「波の下」は一九四五年四月頃、爆撃にさらされる上海が舞台で、華文雑誌編集担当の杉が、戦地に行って帰らない軍属の夫を持つ女公子と仲良くなるという話である。「仕事らしい仕事も使命もなしにただ海軍の飛行機搭乗許可証たった一枚をもって上海へ渡った」杉。国策に奔走する夫に対して、そんな「空虚はなはだしい男」に惹かれる公子は、「本当に自分を愛してくれるか」と念を押す。

実は、公子は内地に帰って出産したものの、その帰途、乗船した船がアメリカの潜水艦によって撃沈され、五時間も水につかったすえ赤ん坊を失うという悲運に遭っている。一人ずつ波の下へ沈んでゆくのを見た公子は、戦地の夫へ子どもの死を伝えたが、何ら父親らしい反応がない。二人はその晩、ますますむずかしい関係になる、といったまるでかつての私小説を思わせる艶話を軸に進む。一方で中国を食いものにしている政商の宮下が暗躍し、雑誌編集に従事する中国人若者のうち、本当の中国の文化を求める朱剣英や、日本留学生だった王劾中らとの交流が語られ、それに加えて、亡命ロシア人の親子やあやしげなポルトガル人、国籍不明の白人らが混乱の国際都市、上海を必死に生きる様がドラマチックに描かれる。

「共犯者」（49・5）

続く「共犯者」では、「波の下」から数か月後、病気になった夫への対応に戸惑う公子と杉とのずるずるした関係が続く。杉は華文紙発行者の宮下の依頼で、華文雑誌「学生週刊」の編集相談役となっていて、その編集者である朱剣英から倪小姐《ニイシャオチエ》との結婚披露宴に招かれて、参会者が驚くような祝辞を述べ、思いもかけぬ行動に出る場面が印象的に描かれる。杉は、日本に対する中国人の敵意も思いつつ話し、最後に孫文提唱の「三民主義の歌」を歌ったらと勧めたのである。一同はそれを歌ったが、実はこれを歌うと、汪兆銘を支援する日本軍部によって重慶分子（蒋介石派）と見なされ逮捕される恐れがある。そんな危険を冒した宴の帰途、ロシア人のバーで、杉はある日本人新聞記者から、「手前なんか日本もシナも裏切った共犯者じゃないか！ ひとの妻君までなにしやがって！」と罵られる。「共犯者？ うまいこと云ったな。おれが共犯者で、あんた方は大東亜聯盟主義から民族主義はそのままで民族独立の中共へ嫁入りかい、……」などと言い返す杉は、乱闘の結果、日本憲兵隊へ放り込まれることになる。このあたりの杉は「空虚はなはだしい男」などではなく、かなり活動的であり政治的でもある。友人立花大尉の尽力で釈放されてアパートに帰った杉は、羽田空港を発つ時、内地での過去一切を捨てるつもりで来たのに、しかし何ものも捨てられはしない、と思ったりする。しかも公子から倪小姐の逮捕を知り、朱剣英はあやうく逃げたと判るものの、若者たちが延安（毛沢東派）の指令で動いていたと知る。まさに第二次世界大戦後の中国動乱に自分も参加していると実感する。一読、ちょっとしたスパイ小説の手法も見られ、やがて中国内戦に拡がって行く革命前の中国を描く、堀田ならではの世界が展開されるのは読みごたえがある。

「暗峡」

その後、立花の口利きで倪小姐も釈放され、華文誌「学生週刊」は編集同人の中共地区への脱出で終刊となり、杉もすることがなくなる。宮下氏は日本の降伏が近いと見て、小姐を介して例の中共党員ら青年と連絡をとってほしいと杉に頼む。中国がまた内戦状態になって、米ソ戦、第三次大戦になれば、その時は中共側につくなどと言う宮下は、戦前は左翼で転向後中国に来て東亜聯盟の某部長となったいわくつきの男である。公子のアパートでユダヤ人のゲルハルトから、「公子さんはね、君との恋愛を完成するためには、日本の手から逃げ出さなければならぬと云われるんだよ。」と言われる。公子は夫に求婚されたとき、「それで何て云うの、日本日本と思って結婚した訳よ。日本と結婚したのよ。だけど結婚では本当は何も割切れた訳じゃなかったの、これはあなたが現れてはじめてはっきり自覚したことなの。けれど一体何を割切らねばならないのか、そこのところがまだはっきりしないのよ。」などと杉にもらす。内地で結婚し子をもうけたことをひた隠しにしている杉は、「戦争が掻き立てた異様な不安と興奮、つまり戦争に便乗することによって不安を避けるために恋愛し結婚したにすぎなかったかもしれぬのだ。公子が日本と結婚したのだとすれば、杉は戦争と結婚したのだったかもしれぬ。」と思う。その互いのもつ罪悪感で二人は結びつきがまた深まってゆく。

そして杉は二人の間にひそむ「不可能の壁にぶつかった時に人間が取る何か醜悪な、或は美醜善悪とはまるで関係のない何物かがある」と感じ、「性の闇にも政治の闇にもともに存在する或る兇暴な力、諒解という機能を超えた力、それこそが歴史を進めまた男と女の生活を押し進めて行くのではないか。」

などと考える。公子は「そうよ、ゆけるところまでいってみましょう！」と言い、中共地区へと闇の中を歩く若者から届いた手紙を杉に見せる。「この闇の暗峡では、わからないままで四通八達なのかもしれぬ。彼は耳の奥底に聞えるように思われる、そして次第に重さを増してゆくように思われる青年たちの跫音に対し、手を挙げて心から祝福の意を表したく思った。」と、杉の脳裏に政治の闇と性の闇とがここで合流する。その合流には、今ひとつ説得力が欠けるが、しかしその「闇の暗峡」に向かって次第に足音高く前進する中国の若者たちを祝福する杉はここにいる。

なお、このあたりの思弁的な杉の物言いに、堀田が召集を目前にして松崎秀と結婚（届出）したという事実が影を落としていると思われる。しかし、これについてはまだ知られていないことがあるので後日を期したい。また、人妻との恋というのは武田泰淳のからんだ三角とも四角ともいわれる関係のよく知られた事件で、これを論外におくわけにはゆかない。

「彷徨える猶太人」（50・5）

再び上海の現実にもどって、稀有の戦争体験をもつゲルハルトというユダヤ人の話で息を吹き返す。父母は拷問死し兄弟はガス室送りとなったゲルハルトは、なんとナチと協力して金儲けもやり、時にナチの情報をもらしたりしたため、今もナチの残党から命を狙われている。そんな流浪の民の祖国喪失者は、「国家などというものが何故あるのかね？」とか、「戦争も国家も決して死に絶えはしない」などと言う。そして愛読するスイスの詩人、スコットの詩、「『これぞ我国、わが祖国』なりと／自らに言いしことなきほど魂の死せる者／いまだかつてありしか？／とつ国をさまよいし後／ふるさとに足を向けし時／心の燃え上らざりし人かつてありしか？」を杉に披露する。日本という祖国を離れて中国で内戦の動乱に巻き込まれている杉はそれを聴きながら、「人間と国籍、国籍と人間、人間とは生れた国家にはりついたものなのか、国家をはなれては人間というようなものは存在しないのか、（中略）人間が考えたりするのではなくてその国家民族が考えるのではないのか、（中略）独立した人間とはついに観念像に過ぎぬのか、それならば磔刑にあったイエス・キリストは……？」と、冷たい光りを放つ「はじめてぶつかる問題」に瞠目する。文明批評家的作家としての堀田のテーマの一つである〈国家と人間〉が、すでにこの時期に提示されているのを確認しておきたい。

さて、日本に無条件降伏を要求するポツダム宣言が発せられた頃、白系ロシア人の亡命者イワノーヴナが、売春で食っているズレイカとアコーデオンを弾くことで何とか暮らしているアリョーシャを残して、長い苦労のすえに自殺を遂げる。しかもゲルハルトが撃たれて怪我をするという事件も発生する。イワノーヴナとゲルハルト二人の「心許ない存在を支え、淵を埋め枠をはめて地震鯰をおさえつけ、深く根を下ろさせているもの、それが故郷の土であり、国というものなのであろうか。」と、杉はここでも故郷とか国とかに思いを馳せ、アナーキーな奈落への墜落を予見して、「ここに到って何を為すべきなのか？」と考える。

「祖国喪失」（50・5）

いよいよソ連が参戦し、降伏確実の情報が入るころ、杉は異常な情熱をもって「告中国文化人書――かつて東方に国ありき」を書く。そしてそれを印刷して、降伏決定当日に飛行機で上海じゅうにばらまこうと計画する。杉の理解する近代中国の歴史は滅亡者の歴史であり、滅亡者が混乱の中に統一を求めることで希望が生まれる。中国人を理解するという日本人の不徹底きわまる言葉は問題にならない、といった内容のものである。その過激さに危険を感じる公子は、その撒布を控えた方がいいと言う。杉はあちこち駆け回り、日本敗戦間近しの今ではもう印刷してくれるところもなく、結局あきらめる。十八年もの間、日本は中国を荒しまくったので、それに対して謝罪すべきだと主張する杉に対して、宮下氏は、もう戦後に備えるべく商魂をたくましくするばかりである。ゲルハルトもまた公子と組んで日本軍の物資で儲けようとたくらむ。そして迎えた八月十五日、天皇の放送を無感動に聴く杉は、公子との別離を意識する。

日本の降伏となってみると、杉は戦争による多くの死者を悼む気持ちが強い。対してゲルハルトは、「国家の終ったところから人間がはじまる」（ニーチエ）を引いて、「人間、各々一人で眠る時は神、眼覚めて集団的に動く時は、悪魔《サタン》だよ。簡単さ、神と悪魔の実際的統一は、国って奴がある限り、人間にはだめさ。」と相変わらず冷徹である。その夜、杉と公子は激しく性を求めるが、結局、公子は杉のもとを去り、肋膜もやられて余命もない夫とともに帰国する。

「被革命者」（50・1）

敗戦後の半年間、杉は仏租界にひそみ、ゲルハルトの美術品骨董品商売を手伝う。しかし敵対する国民党や共産党に無差別に情報を売りつける無節操なゲルハルトから、杉は次第に離れる。そして翌年、日本人の密告によって日本へ強制送還されそうになったころ、政治的な某機関に留用される。胸に国民党中央部発行のバッジをつけた杉は、しかしユダヤ人やロシア人の生活を見に行くものの、この万能のバッジを捨てたいと思う。敬愛するヴェルレーヌの言う「君、過ぎし日に何をかなせし、語れや君、君若き日に何をかなせし。」に比べると辛い。そして杉は、公子が夫と帰国するとき、「これで私もまた人間廃業よ」と言い残したのを思い出す。無為に過ごす杉は、「なぜ帰国しないのか」と聞く老女に、「人間になるために残ったのだ」などと現実離れした願望を告げたりする。

一方、「革命の希望と愛の希望の一致」を信ずる朱剣英は、終戦にひき続く内戦への絶望的状況から革命運動から離反した倪小姐との婚約を破棄して、あくまで革命の希望を追っている。そして上海のとあるホテルで、病気になったピアニストの代わりをつとめている杉に、「日本共産党の特置員」として逮捕状が出ているとの知らせが入り、杉はいよいよ帰国の覚悟を決める。ホテルに隣接する万国公墓にたつ魯迅の墓前で、帰国手続きをしてくれた王効中は、杉との別れを惜しむ倪小姐に、「魯迅がいま生きていたら、果して中共文化人になっているかどうか」と話しかける。それを聞きながら、魯迅のつつましやかな墓に見入る杉は、その白タイルに映し出された肖像の眼が、醒めきって深くあつい悲愁にうるんでいるのを見逃さなかった。

〈祖国喪失〉の内実

以上六編は一九四五年四月ころから翌年二月ころまでの、日本敗戦をはさむ約十か月にわたる物語である。これを『祖国喪失』として一本にした作者の〈祖国喪失〉に込めた思いを探るときに、まず浮かぶのが、終戦を告げる天皇の「終戦勅語」を上海で聴いたときに、思いついた「告中国文化人書――かつて東方に国ありき」の一件である。勅語の薄情さ加減、エゴイズムに怒りとも悲しみともなんともつかぬものに身がふるえた堀田は、限りなき愛国心にかられて「中国文化人ニ告グルノ書」なるパンフレットを作ろうと思ったという。上海在留の日本人に、弁解とか戦争の正当化や詫び言ではない、東方の日本が中国から得たものについて書いてもらい、それを飛行機で上海じゅうにばらまくという計画である。「全身の細胞が沸々と湧き上るほどな愛国心に動かされて、不穏な気の充満しはじめた上海の町の端から端をボロ自転車でかけまわった。」と回想している（『上海にて』の「異民族交渉」）。また、『上海日記』（一九四五年八月十三日）にもこの顛末は書き留められている。しかし終戦直後の混乱のなかでこれが陽の目を見ることはなかった。堀田が書いたと想像される原稿は残っていない。だから、堀田の真意のほどは不明である。

「祖国喪失」にそれらしきものがあるのを頼りにその内容を見ると、おおよそ次のように要約できる。「今日の勝利に至る近代中国の歴史は滅亡者の歴史であり、今や事態は一変し、不遜にも勝利者占領者としてのぞんでいた日本と、滅亡者としての中国という対立や分裂はなくなった。残ったものは滅亡者の群れであり、そして混乱の中のその統一である。東方の混乱の中の統一は、決して西方の勝利者の手によってはなし得られない。不幸大なるに従い、未來の希望は大である。ただひたすらに堪えよ。全体的滅亡の暗黒に堪えよ。ともに堪えよ。互いに愛情を以てはげまし合いながら堪えよ。」つまり、敗戦によって日本は中国と一体化し、愛情と激励をもってともに国家としての滅亡に堪えてゆこう、ということになる。それにはこれまでの日本（天皇の名において）が中国で行なってきた暴虐の過去を、しっかりと謝罪するのが当然という条件が付く。そうすることで、日本にとって〈祖国〉であった中国もよみがえり、戦後における日本という国の在るべき姿も見えてくるというのが、杉（つまり作者）の愛国心から出た願望と読み取れる。

喪失された祖国をとりもどすことを小説のテーマにする堀田が、そのきっかけをつかんだと思われる重要な体験とその記述（「反省と希望」）がある。戦時下の一九四五年五月のある日、武田泰淳と大虐殺後の南京へ遊びに行った時、紫金山は、「まるで地球の上から人間が死滅し果て、滅亡し果てた後のやうな、美しくも無気味な姿を呈してゐるし、私が考へる中日関係、東方の運命に対する哀しみはいよいよ高まり、これは次第に私自身の人生に対する哀しみ、絶望と続かうとさへしてゐることを実感した。中日関係、東方の運命、さういふ厖大な問題が、私自身のささやかな人生、生き方の悩みにまでつらなつて来てゐることを其時明らかに知り得て、私は自身愕然とせざるをえなかつた。政治といふものを私は恐がる訳ではないが、政治は怖ろしいものであり、実に容易ならぬものである。」と、日本軍のその犯罪はまさに堀田の肺腑を貫いたらしい。この一九四六年六月号「改造評論」（上海で発行）掲載の一文は、終戦を上海で知った堀田が沖縄も失われ、日本中が爆撃で焦土と化し、その上広島や長崎に原爆が投下されたことで、日本民族の滅亡を思ったと記す。その上で「日本文化の高さを、何としてでも後世に、人間の生きた歴史にとどめたい」と願い、その伝道者として中国の文化人を思いついたという。それが「中国文化人ニ告グル書――嘗ツテ東方二国アリキ」だったわけである。

瞋恚《しんい》の情

中国を素材にした多くの傑作が生まれてくる、その原点にあるもう一つのものを考えるとき、堀田が上海に渡って一週間目くらいのころに垣間見たという光景がよみがえってくる（「町あるき」）。あるアパートメントから、洋装の、白いかぶりものに白いふぁーっとした花嫁衣装の中国人が出て来て、別れを惜しんでいた。そこへ公用という腕章をつけた日本兵が三人やって来て、一人が見送りの人々のなかに割って入って、花嫁の白いかぶりものをひんめくり、歯をむき出して何かを言いながら太い指で彼女の頬を二三度ついた。やがて彼の腕は下方へさがって行って、胸と下腹部を……。見ていた私は血の気がひいて行くのを感じ、腕力などがまったくないくせに、その兵隊につっかかり、撲り倒され蹴りつけられ、頬骨をいやというほどコンクリートにうちつけられた。堀田には猪突猛進な一面があったと見える。

この体験を小説に移した部分が「波の下」に描かれている。主人公の杉が、中国の若者、王効中と江南の町を歩いていると、嫁入りの轎《こし》行列に出会う。すると轎が日本兵の働くところへさしかかったとき、一人の日本兵がつかつかと轎に近づき、簾をあげて花嫁の顔を泥だらけの指でつついた。ハッとして胸を締めつけられた杉がそちらへ向かうのを、王はあわてて引き止める。そして「あの娘はきっと一生日本の兵隊を憎むだろう。」と言う杉に、「そうでもありません。兵隊になると人は皆乱暴になります。」と、王が慰める。「しかし杉はこの時の、自然に発露した己れの憎しみを深く心に刻みつけ覚えておこうと思った。」というあたり、人間の尊厳を奪うものに対する瞋恚の情は遺憾なく表明されている。

祖国喪失者と無国籍

先に堀田の国家観の一端を一瞥したが、それと裏腹の、祖国喪失感と個人における国籍の問題に焦点を絞ってみる。まずその祖国喪失であるが、対談「祖国喪失者の怒りと絶望の文学」(70・5)で、聞き手の古林尚が刊行されたばかりの『橋上幻像』を取り上げ、「人間というものは、まあ三十代の半ばまでは、いろんなものになり得る可能性を持っているわけですね。」と言って、「それがこんどの堀田さんの作品では、橋になり……。」と誘い水を出したのに応えて堀田が、「そういう方式で言えばぼくなど育ちそこないかもしれないね。しかし文学そのものは、つねにあらゆる選択可能性に直面しているものでしょう。」と言う箇所がある。聞き手がさらに、「その橋は以前の作品では、脱出または逃亡という形をとっていると思うんですが……。」と問いかけると、堀田は「あるいは「祖国喪失」というような、喪失というかっこうも、逃亡と同じことかもしれませんね。」とうなずいている。「喪失」が時に「逃亡という形」であったというのは、日本古典に伝統的な無用者の系譜を思わせて興味深い。「昔、男ありけり。その男、身をえうなき者に思ひなして、京にはあらじ、東の方に住むべき国求めにとて行きけり。」の在原業平である。上海行きの二週間ほど前に東京大空襲に遭遇した堀田は、日本を逃げ出すようにして中国に渡っている。脱出というのか逃亡というのか、その時点ではまだ祖国を喪失しているわけではない。因みに、芥川賞を受賞した後での祝賀会の席上で堀田は、『『祖国喪失』といふ概念、いろいろ問題はあると思ひますが、私たちがこれから獲得すべき「祖国」とは、口はゞつたいやうですが、先に申しましたところの、日本にとつての平和の条件をそなへたそれでなくてはならない、と思ひます。」と述べている。

「国なき人々」（49・5）

祖国喪失感がふつふつと涌き起こってきたのは、上海で白系ロシア人亡命者やユダヤ人を見て人間としての強い共感を持たざるを得なくなって以来のことである。『祖国喪失』の一章「波の上」に先駆けること半年ほど前の発表になる「国なき人々」という習作とおぼしき短編には、シェッセル（ユダヤ人）、イポリット（白系ロシア人）、ダアーシャ（ソ連人）のほか、イタリー人、ギリシャ人、ポルトガル人などが登場する。日本降伏後、中国政府の宣伝部に徴用された日本人の梶が、中央電台で日本語放送をするという設定で、一年半ほど前から、旧仏租界にある行きつけの酒屋（中国人経営）で分け隔てなく語り合う仲間たちである。酔えば必ず国籍論が始まり、「国籍というものは恋人のようなものだ。あっても悩ましく、無ければないでまた悩ましいものだ。」で終わる。

広島に原爆が落ちたと判ったとき、ユダヤ人シェッセルはヨハネ黙示録を持ち出し、生き残るのはイスラエルの民のみだと言い、「いや、これは現代の劫罰の始まりだ、その序の口、序曲にすぎぬのだ。」と警告する。また、ポツダム宣言受諾をモスクワ短波放送で知った時、ソ連人ダァーシャは、「ミスター梶、よかったなあ。ようやく君もいつもの憂うつから解放されるわけだよ。」と慰める。そんな中で梶は日本人居住区の虹口へ行き、降伏で騒ぎ立てる友人に、「ぼくは軍人でも何でもないが戦後亡命だ」と「亡命」を口にする。「そして胸をしめつけられるように、「ひさかたのひかりのどけき春の日に／しづこころなく花の散るらん」の和歌が口をついて出たという。日本古典の華ともいうべき大和歌のもつ抒情性への陶酔がここにもある。

その後、国民政府の宣伝部に徴用された梶は、ナチスに追われたチェッコの亡命者を描く映画を観る。〈国〉のある娘と〈国〉のない男との恋愛を甘く描くもので、「一度び『国』がなくなると人間として生きることすらできなくなる、それなのにその『国』そのものは必ずしも人間にとって好いことばかりするとは限らない」と梶は思う。このような現実的で素朴な味わいのある抒情的な一編であるが、ここに見られるレーニンから得た国家観やその現実感は『祖国喪失』では次第に消え去り、より観念的で思弁的、抽象的な表現が目立つようになっていた。『祖国喪失』はそういう点では堀田独自の手法を徐々に鍛え上げていった過程上に成立した作品と言える。

二　芥川賞受賞まで

堀田が小説を書き始めたころの日本文壇事情を知るために、ここでちょっと『物語戦後文学史』（本多秋五）の記述を借りることにする。

戦後文学が追求した窮極のものは、もしそれに名前をあたえるとしたら、人間の「自由」ではなかったかと思う。「自由」という言葉をしばしば筆にしたのは椎名麟三ひとりであって、他の戦後文学者はかならずしもそうでなかつたが、埴谷雄高も野間宏も武田泰淳も、中村真一郎も梅崎春生も堀田善衛《ママ》も、それぞれの角度から、それぞれの色合いの「自由」を追求したのだ、といえるのではないか。自我の実現、個人主義の実現といっても意味は遠くないが、彼等の多くが人間の「自由」を個人主義の実現という枠内で考えたわけではなく、やはり「自由」こそ窮極のもの、とここで考えた方が妥当性が多いと思う。これはまだ証明されていない私一個の見解だが、戦後文学者の己れを知るという求心的にして遠心的な努力は、人間の「自由」の探究にむけられていたと私は考えたい。

周知のとおり戦後派といっても野間、椎名、梅崎、埴谷などの第一次戦後派と、武田、堀田、大岡昇平、安部公房、井上光晴、島尾敏雄などの第二次戦後派に区分けされている。その境目は朝鮮戦争をきっかけに戦後社会が一応の安定を示したころにある。ちょうどその朝鮮戦争勃発の一九五〇年の芥川賞上半期に、堀田の「祖国喪失」（「群像」掲載のもので、単行本『祖国喪失』ではない）が、その候補作として文壇の評価を受けた。詮衡委員は瀧井孝作、石川達三、舟橋聖一、丹羽文雄、坂口安吾、宇野浩二、川端康成、岸田国士、佐藤春夫。受賞作は辻亮一の「異邦人」だった。「棗の木の下」（洲之内徹）、「ドミノのお告げ」（久坂葉子）、「絵本」（田宮虎彦）の三作が、第一次詮衡委員会で決まったという（『芥川賞全集』）。あと一人（森田幸之）を加えて六人が候補だったが、戦後派は堀田以外だれもここに入っていない。

同年の下半期は九作が候補に上り、洲之内徹が別の作で再度選ばれたが該当作なしと決定。翌五一年上半期では堀田の「歯車」が候補となるが、堀田より若い戦後派の安部公房の「壁」が一歩先に受賞。同時に石川利光の「春の草」（その他）も選出。「第三の新人」安岡章太郎、詩人でもあった富士正晴も候補に入った。そしてその下半期（第二六回）に、「広場の孤独」が「漢奸」その他を合わせた形でようやく受賞決定となった。詮衡委員は先と同じ。候補に阿川弘之や吉行淳之介の名もある。何も芥川賞がすべての評価の基準になるというわけではないが、文壇登場期の堀田小説がどのように見られていたかのおおよそを知ることができる。

「歯車」（51・5）

終戦の翌年、日本人の伊能は上海で中国側の××文化運動委員会（秘密警察的文化機関）に徴用されたが、自分ではむしろ進んで徴用を受けたのだと思っている。それは「日本に対し、徹底的な信念をもって抗戦に挺身した、いわば激しい精神の持ち主に会ってみたい」というジャーナリスチックな願望があったからである。話は主任委員の何大金の下で動く軍務委員会調査統計局付特務工作員、つまりスパイである女性の陳秋瑾を中心にして運ばれ、その部下となった伊能が舞台回しの役割を手助けしている。国民政府に属する陳秋瑾の任務は、主として共産党員の監視、殺害である。内容的には『祖国喪失』の後を受けるものであり、祖国喪失者を自認する杉に対して、伊能はむしろ祖国を捨てようと意図する日本人として造形されている。さしずめ陳秋瑾は伊能にとって最も魅力的な人物である。

戦時中に抗日救国学生運動に参加した陳秋瑾は、その仲間だった魏克典や黄とともに逮捕された時、偽装転向をしたことがある。そんな革命戦士だった陳は、しかし国民政府が合法的な政府となって共産党と関係を断ったことで、恋人の黄と喧嘩別れになってしまう。その後、黄は延安（毛沢東の共産党政権）に行き、魏克典は重慶（蒋介石の国民党政権）で働いていると判った陳秋瑾は、革命の理想を失ったというだけでなく、かつての仲間を裏切ったという自責の念から暗い地獄へと一直線に落ちたと自覚する。そしてスパイとなって、中共、国民政府、南京偽政府、日本軍の四つが、もつれあう網の結び目にいる要人を一人一人狙いうちする工作にうちこむという設定である。まさに伊能が願った「激しい精神の持ち主」であり、女スパイの活躍にその恋をからませた非情で過酷な戦争ものとなっている。

やがて内戦が激化するとスパイ活動も活発になり、委員会の職員からアメリカの管理下に復興を続ける日本への羨望の声が聞こえてきて伊能は苦しい思いをする。と言っても伊能は殺人などに直接関わることがなく、どちらかといえば傍観者的である。そのころ伊能は前に同僚だった賈が東北部で共産党活動のかどで逮捕されたと、その姉から耳にする。姉は日本大使館勤務の件で漢奸との糾弾を受けそうになっている。自らも窮地の姉は陳秋瑾の力で弟の助命を期待して伊能にそれを依頼するが、しかしそれは徒労に終わる。一方、陳秋瑾はかつての愛人黄が捕まり拷問のすえ殺害されたころ、迫ってきた好色漢の王大金を射殺する。そして委員会の不正を保衛局に摘発した後、互いに好意を抱く魏克典の助けで伊能とともに国外脱出を図るという風にこのサスペンスは終る。

組織と人間

終りに近く、伊能が「黒い無機物、人を運ぶメカニズムにほかならぬ自動車を見詰めていると、突然伊能はこんな怪獣のような自動車など無視してどんどん町なかへ歩き去ってしまおう、一体おれは何に呪縛されているのか、歩け歩け、〝歯車《メカニズム》に運ばれ〟たりするのではなく、歩け歩け——そういうやみくもな衝動に駆られて身体が慄えた。」と述懐する箇所がある。まさに〝歯車《メカニズム》〟とは組織と人間との関係を象徴しており、登場人物たちはみな一様に組織というものにがんじがらめに取り込まれている。とりわけ動乱の時代にあって組織は避けがたく人間に迫ってくる。戦後作家の多くがその組織というものの束縛からの脱却を願い、掛けなしの自由を追求したのは周知の通りであり、中でも中国体験によって堀田がそれを他の誰よりも深く究めたのは留意すべきである。文壇への登竜門たる芥川賞の詮衡委員はそのすべてではないにせよ、この戦後作家の現代作家にふさわしい出発を発見するのにやぶさかではなかった。

既に第23回（50年上半期）の折、「祖国喪失」が候補作に上がっていた堀田は、第25回（51年上半期）に「歯車」が再び候補作となったものの、戦後作家の騎手ともいうべき安部公房（「壁」）と石川利光が受賞した。石川は後年の活躍が乏しいが、安部の「壁」は超現実的世界に新境地を見出した戦後傑作の一つである。（因みに第24回は受賞作なし。）惜しくも選に落ちた「歯車」に対する詮衡委員の一人、川端康成の選評は、「歯車」か「壁」を推薦したいとし、両作品の登場に「今日の必然を感じ、その意味での興味を持つ」と述べる。そして「歯車」については「最近の翻訳小説の幾つかを連想させ、比較もされて、それが賞を逸する原因の一つともなった。作者としてはやむを得ぬことのようだが、つくりものの縄も目立つ。しかし堀田氏は発展してゆく作家だろう。」と高く評価した。ここに指摘される翻訳小説とは、「二十五時」（ゲオルギュ）や、「夜をのがれて」（ヴァルチン）だと思われるが、前者は第二次世界大戦中から戦後にかけてのルーマニア人の受難を描くことで国際的に知られる一編である。なお、堀田自身は中国の作家、茅盾の小説「腐蝕」が、「暗澹たる地下の特務工作を描いたもので、敵の特務と味方の特務がからみ合って残酷無慙な争闘及び内部闘争をつづけてゆくうちに、次第にそれらの人々の「人間」が腐ってゆく、その過程を日記体で描いたもの」と知って、その印象を「歯車」という小説にしたと言い、「いわば粉本のある作品ということになろう。」（「鹿地事件に於ける小説的解釈」）と、執筆のきっかけを明かしている。

アンガージェ

ともあれ、ここには『祖国喪失』で問題視されて以来の、国家（政治）というものの必然的に内蔵する非人間性が暴き出されている。「歯車」を「祖国喪失」（初出）と同工異曲として退けた芥川賞詮衡委員（丹羽文雄）もいたが、登場人物は有無をいわさずにその非人間的なものに巻き込まれ、関係をもたされている。ちょうどこの頃「アンガージェの文学」が日本文壇でも話題になっている。私小説的な風俗ものを得意にした丹羽文雄も、その文学としての消極的な世界からより積極的な社会参加を求めて〃実験小説〃なるものを創出しようとしていた。しかし堀田たちのように「責任を負う《アンガージェ》」の認識を持つまでには至らなかった。第二次次世界大戦のナチスとの戦いが多くの人々の認識を変えたように、堀田は日本の敗戦と、それまでに中国で犯した日本軍部とそれに追随した人々の暴虐によって、大きく自らの世界観を転換させられている。そこには同世代の戦後作家たちと同様にサルトルから得たものがあずかっていた。

「責任」とは人間が自らの良心によって人間になることであって、『祖国喪失』では公子が病んだ夫と日本に帰国する時「これで私もまた人間廃業よ」と言い、主人公は「人間になるために残ったのだ」と言っていた。それはかなり抽象的、観念的で、十分に理解できるものではない表現だったが、「歯車」のヒロイン陳秋瑾になると、いったん暗い地獄へ一直線に墜ちこんだ後に再び自らの人間を取り戻すという劇的な進展を見せる。堀田におけるアンガジェの文学はよく言われるような「広場の孤独」で初めて成立したものではなく、既に『祖国喪失』で芽生え「歯車」において実を結んでいる。『祖国喪失』の主人公は日本人であり、「歯車」のそれは、中国人であり、しかも女性となっている。その点では茅盾の「腐蝕」が国民党の特務工作の内幕を、工作員の一人である女性に日記という形で語らせているのを真似ているのだが、そこに伊能という日本人をからませたところが「歯車」のいくらかの新鮮味ではある。

また、堀田との上海での体験を共有した先輩作家武田泰淳に、「秋風秋雨人を愁殺す」の傑作が既にあったのも堀田の視野にはあったものと思われる。こちらは秋瑾という少し前の時代ではあるが、やはり新しい中国の実現を目指す革命の志士を、その史伝に基づいて武田独特の筆法で巧みに描く一編であるが、堀田のは秋瑾それ自体とは全く無関係で、ただその名だけを借りて新たな陳秋瑾を造り上げたものである。先の『祖国喪失』には祖国喪失感というテーマを具現化するときに、日本人が必須のものであったが、乱世を生きるべく組織に従って活躍する人間をより具体的に描く場合にはそれが日本人であった場合、やはりリアリティに欠けるうらみがある。と言って別の男（日本人であれ中国人であれ）を代わりに配置するのも難があると思案した作家は、これぞとばかりに秋瑾をここへもってきたものと想像される。そしてそこに脇役の伊能という日本人を据えて、漢奸問題を提出することで日本という国の存在感にも筆が及ぶ。また、ユダヤ人とかロシア人亡命者とかがここで動き回るなどということがない。代わりに政治そのものとか政治思想というものが比重を重くして提案され、転向という問題がかなり重要なテーマとなっている。こちらの陳秋瑾は転向者であり、転向の後には、自らと同じ理想を追っていた共産主義者を裏切るだけでなく、抹殺する難役までをこなさなければならなくなる。政治の理想を追っていたのに、いつの間にか理想は消えて殺し殺されるの世界に埋没して行く。「日本に対し、徹底的な信念をもって抗戦に挺身した、いわば激しい精神の持ち主に会ってみたい」と願う伊能が、上海港にある「血の雨横町《ブラディ・レーンズ》」で陳秋瑾とばったり出会う場面から、歯車のようにがちがちときしむ地下組織の壮絶な戦いが開始される。「政治というものが全体どのくらい人間の純粋な情熱になりうるものか」などという命題も、殺戮がすべてに優先する世界では無意味である。順々に環を描いて追い詰め合い殺し合うような動乱の時にあって、「政治的世界に於ては、純粋な観念の持主が決定的な役割を演ずることは殆どありえないのだ。」と伊能は思っている。そんな伊能はしかし傍観者であり、陳秋瑾のように行動者とはならない。革命とか理想とかへの展望が抱けないことで政治への信頼も消えるのだが、しかしどこかに人間が幸せに暮らせるところがあると信じている点では、伊能は陳秋瑾とは妙に一心同体である。裏切りと殺戮の生臭い物語の結末は、二人そろって新天地に向うような気配であるが、この二人に安穏な暮らしが用意されているとは思えない。作者はこれを「瀉血のつもりで書いた。」（『広場の孤独』あとがき」）と記すが、しかし作者の本来持っている浪漫的な理想主義は、ここにも存分に発揮されていて、必ずしも「腐蝕」に見るような精神の絶望的な状況ではない。詳論は避けるが、作の構成にいろいろ工夫が見られ、筆の運びが一段と雄勁になっているのも、芥川賞候補に挙がったことを納得させるに十分である。

「広場の孤独」とともに芥川賞受賞の対象となった「漢奸」は、『祖国喪失』「歯車」に続く中国もので、これまでの中国ものに頻出していた漢奸そのものの悲劇を描くものである。先の「歯車」には、日本大使館事務所勤務のかどで漢奸と見なされそうな貰女士が登場するが、作者には早くから漢奸主役の物語をものしようという意図があったのだろう。主役は安徳雷《アンドレ》というフランス風の名で知られる詩人で、「大華報」紙の記者。日本で学び新しい前衛詩に凝って、フランスの超現実主義詩人に憧れてアンドレと改名した。しかしその詩はあまり受け容れられず、六人の子持ちで貧困生活を強いられていた。抗日運動には加わらなかったが、祖国の勝利が彼自身の滅亡の始まりという辛辣な皮肉を味わった。裁判の結果、「懲役一年六カ月、公権剥奪一年六カ月、家族の生活必需費を除き、全財産を没収。漢奸としては最も軽い判決」に処せられた。その罪は勤務した新聞社の幹部が共産主義者として摘発されて廃業に追い込まれた時、その人物から多額の金をもらったことによる。日本語で詩を読んだということが、拡大解釈されて日本への協力と見なされたわけである。

「漢奸」（51・9）

同僚の日本人で、中国政府から徴用された疋田の眼を通してその一部始終が描かれる。安徳雷は日本の敗戦を天皇の言葉で知り、「日本の天皇はほんとうに、手をついてあやまったのでしょうか。そうだったら、わたし、逃げなければならない。」とまで追いつめられる、そんな「無邪気な、中国人としての本質的な処世の術をさえ欠いた」人物である。その一方で、日本敗戦の日、天皇の放送がアジア各地で莫大な数の犠牲者を出したことに一切触れなかったことに、疋田は国家や政治が根本的に含んでいるエゴイスチックな面を見て慄然とする。漢奸処刑が戦後に多くなされたのに比して、安徳雷はさほど深刻な処遇を受けなかったのだが、堀田は日本のために貢献してくれたアジアの人々、ことに中国人に対してまともに謝罪しない日本国というものへの憤りを、この作のほかにエッセイの随所でもぶちまけている。そういった贖罪感というか瞋恚の情というものが、世界的な視点をもつ戦後作家としての堀田善衛の文学世界の基調低音となっている。

「断層」（52・2）

続いてもう一つ、二十世紀の中国を舞台に展開される短編にここでふれておきたい。先の漢奸問題だけでなく広く戦時下における民衆の多大な苦難に、文学者がどう立ち向かったかという、その人間としてのありうべき倫理観について、深く突っ込んだ問題提起を作者が試みていると思われる「断層」である。まず、安野《あんの》という日本人が、中国在住のあと政府機関の徴用を受けて、対日世論調査などを担当したころ、中国人の日本問題討論会に出席して質問を受ける場面がある。質問の第一は、戦時中に投獄または処刑された日本の進歩的文化人は、結局どうなったか？　第二は、漢奸は中国人の手で断罪されたが、日本のファシストに対して日本人民はどんな手段を講じているか？　そして『追放』というのは、一体どういうことなのか？　第三は、平和憲法を日本人は死を賭してでも守れるのか、というものだった。三点とも安野にはまともな答えが出せない。そのあたりからこの政治小説は面白くなるのだが、全体の構成は安野が昭和十八年に中国語の勉強を始めるところから始まり、上海に移ってからまた勉強し、さらに三回目は敗戦後、そして間をおいて四回目と断続的に試みるのだが、結局ものにならずに終わるという、いわば中国語学習顛末記である。もともと安野は中国語に熱心ではなく、「中国へゆこう、ゆきたいという希望は、中国を踏台にして、あわよくばヨーロッパまでもいってみたいという、慾ばった気持とうらはらになっていた」というからいい加減なものである。

そんなころ日本問題討論会のあと、家に帰ると、そこへ現われる大島がその日の様子をあれこれとたずねる。そして酔いのまわった大島は、「まわりがな、血だらけはらわただらけになってな、兄弟も友達もなにも、どいつもこいつもがやあーッと殺されてな、血を頭からからだじゅうにいっぱいに浴びて走りまわる……。」などと血腥いことばかり口走って、「論のあいまあいまに、髪を額にたれ下らし、背をまるめて両手をさし上げ、おれはゴリラだ、我是《ウオーシー》ゴリラぁ、ウオーシーゴリラぁ――うーッ、うーッと、白い歯をむき出し、眼を血走らせて部屋の中を歩きまわった。」という。この狂態を見た安野は、「はっきりとつかみがたいとは云うものの、そこに、何等かの意味で抗戦の中から出て来た中国というものを深く感じとった一日本人知識人の、抑えがたくやみがたい焦燥が疼いている」と感じる。

その後安野は、日本問題座談会で、白沫如、冒頓、夏炎、馮大越、その他の中国の詩人、作家、評論家、歴史学者などによる討論を、通訳つきで聴きに行った。そこで安野は民衆の痛苦を書かなかった日本文学者への批判と日本への怒りを知って驚き、先の大島と同じく「我是《ウオーシー》ゴリラぁ、……」をやりたい衝動に駆られる。その会に欠席だった大島を訪ねると、不在の部屋に本が積み上げられてあり、その中に『在日本獄中』を発見する。日本に滞在中にその著者（謝秀英）は東京の警察署に拘留されており、その一部始終を克明に書き記したものである。しかもその獄中で左翼運動に加担して同じく拘留された大島が、その著者の斜め向かいに閉じ込められて、彼女の終日喚き、呶鳴り、バカヤロと連呼し咆哮する声を聴いていたことが判る。そして謝秀英は、逮捕されたその後の大島が悪虐無道な日本帝国主義によって殺されはしなかったかと心配している。それに比べて日本の文学者は中国の民衆の痛苦を一つも書いていない。「これがあんただとすると、あんたはたいへんな愛情につつまれていたということになる。昭和九年以来ずうっとだ。」と、帰宅した大島に言う安野に、「おれだけじゃねえ。みんなだろうが。……たいへんだよ。」と大島は応える。たいへんだと承知していれば、中国の代表的文学者などの顔を見に行けるわけがないと納得する安野は、日本文学者と中国のそれとの間に断層があると思わざるを得ない。「恐しい《ママ》断層がある。そしてこの断層は生きている。どんなに力持ちのトラでもゴリラでも、ひとまたぎやふたまたぎで飛び越せない。」といった絶望的な断層の存在である。そしてそんなある日、中国語を教える劉青年がぱたりと来なくなる。その頃上海では、「人生の持続感を突然打ち壊すような事件が頻々と起っていた。」ということで、安野の中国語学習はこれでまた中断することになる。そこで終筆となる、読み応えのある短編である。

サルトル

そんな「断層」執筆のモチーフが、戦後になって日本文壇を席巻するようになるサルトル流行に触発されたもの、と記す作者の一文がある（『インドで考えたこと』57年）。第一回アジア作家会議でインドに行った時、堀田はサルトル著『存在と無』を、道中や暇な折りに読み返している。二年ほどの中国滞在から帰国した堀田は、戦後の近代西欧への一辺倒という風潮の中で、中国だけでなくアジアのことをすっかり忘れ、「人並に、やれサルトルだ、やれ不条理だなどと――サルトルにも不条理の論にも、痛切な存在理由があるということは、それは一応別として、であるが、――あわてふためいてみた。そんなことではいかん、それではますますわれわれの文化創造の根は細くなるばかりだろうというようなことを主題にして『断層』という小説まで書いたことのある私自身が、結局そんなことになってしまっていた。そういうていたらくだったわけである。」と、少々、論理の矛盾を自覚しながらも当時の心境を披露している。ある意味では作家としての窮状に瀕していたのだと思われる。後年、サルトルがボォヴォアールとともに来日（66年）して以来、三度会って話したことがあるという堀田は、白井浩司というサルトルを日本に紹介した親友の存在もあり（小説「もりかえす」に登場）、政治に参加するジャーナリストで小説家の、サルトルにかなり共感できるものを看取している。堀田はインド滞在で実感した東洋的な無常観のほか、東西の文化や歴史等々にふれ、「その歩みがのろかろうがなんだろうが、アジアは、生きたい、生きたい、と叫んでいるのだ。西欧は、死にたくない、死にたくない、と云っている。」と、極めて実存主義的で肉感的な感想を得て『インドで考えたこと』をしめくくり、これを書くことでようやく「悩ましい思い」から解放されたと述べている。

西欧と日本

「断層」の冒頭に主人公が「あわよくばヨーロッパまでもいってみたい」と実現不可能な夢を見たと述懐していたが、それを作者自身の偽らざる本音とすれば、後にヨーロッパにその文学世界を拡げた堀田は、その素懐をさながら実現したことになる。その西欧願望は廻船問屋に生を享けたことに始まり、金沢で牧師宅に下宿したことで強まり、国際都市上海に行くことでさらに増幅したと思われる。中国語を習う代わりに英語を教えることになる劉青年が、「断層」に重要な役割で登場するが、彼は安野の蔵書に洋書の多いのを見て、「日本人は矢張りえらい」と言う。中国にいながらなお、自らのあるべき世界を西欧と日本という風に考えがちな、間の抜けた悩みに苦しむ自分を再確認する安野である。当時の若者、知識人は、自分も含めてみな一様に西洋かぶれであり、「えらいどころか、実は戦後の世界でつかえるべき新しい主人をさがしまくっている奴隷である。」と、奴隷の勤勉さを自覚する安野は、日本のある作家が西欧と日本との対決を試みた長編小説を読む。その結果、「その中に描かれた対比が、たとえば神社にある御幣の形と、数学の集合論との対比といった形で行われ、西欧と日本は両者相殺して、読めば読むほどその対比が一種の真空地帯、乃至は絶対的な脆弱さ、しかもその脆弱さこそがいのちであるといったものを生んでゆくことに驚嘆した。」というのは、堀田が当時、横光利一の「旅愁」を卒読しての所感として貴重なものである。しかも堀田はその真空地帯、絶対的な脆弱さといったものを乗り超えるべく、後年、果敢に西洋キリスト教だけでなく、思想、芸術、歴史等々を含めた西洋の歴史そのものに挑んでゆく。小説「上海」の著もある横光利一の後継者としての堀田の一面にも、ここでちょっと留意しておきたい。

武田泰淳の存在

「断層」の脇役として欠くことの出来ない大島が、武田泰淳をモデルにしているのはよく知られていることで、その一面は堀田によってここに見事に描き出されている。作中での安野はその端倪すべからざる大島の行動を傍から眺めており、それに共感し同調しようとしている。武田が中国文学研究会を竹内好らと創ったのは一九三四年だった。中国の作家、謝冰瑩《シェピンシン》の来日の際に語学の交換教授をした等の理由で武田は目黒署に一か月半収監された（この事件を堀田は巧みに「断層」に活かしている）。三七年秋，召集により中国に派遣された武田は、三九年除隊となるが、この間の体験は「地獄」そのものだったという。そして四四年六月、再び上海に渡って中日文化協会で働くうちに堀田と親しくなり、ともに敗戦を上海で迎え、四六年四月帰国。この体験は武田に「滅亡」の観念を与えたとされる。以後の作品に中国での戦争体験・敗戦体験が色濃く反映するのは当然のことであり、参戦体験のない堀田の文学世界との間に懸隔が存在するのもやむを得ないものがある。

そして「審判」と題される小説が両者にあり、これについては後述するとして、さらにもう一つ、両者は夫のいる女性を間に、ただならぬ間柄になるという一種のスキャンダルをひき起したことでも知られる。先に一瞥した「暗峡」のところに、主人公が人妻を愛したものの結婚にいたらぬと描かれるのを見たが、今は『堀田善衞　上海日記』でその実相がかなり明らかになっている。結婚したばかりの妻を日本に残して上海にきた堀田は、後に結婚することになる中山怜子が、武田と恋愛関係にあるのを知りつつ、愛し合うことになった。三角ならぬ四角関係を堀田がつくりだしたわけである。これを『「愛」のかたち』で小説化した武田は、「蝮《まむし》のすえ」とともに、男女関係という不可思議なものに文学の深淵を垣間見るような傑作をものしてゆくのは周知のとおりである。面白いことにこの年上の文学上の盟友武田は、「堀田氏の作品の欠点は女性描写がいいかげんで、マルゴトの女を浮き彫りにしてくれないこと」（「堀田善衛《ママ》『若き日の詩人たちの肖像』」）と、半ば呆れている。ともあれ、中国との関わりを深く持った両者は、ほぼ同時代を生きつつも戦後文学としての対比という点でことに見るべきものをもっており、今後の重要課題の一つとしてこれを記しておきたい。

三　芥川賞受賞

「広場の孤独」（51・8）

満を持しての芥川賞受賞である。「祖国喪失」「歯車」の連続候補の後、ようやく三度目の受賞は例のないことでもないが、「芥川賞の出しおくれといふ観もある」（岸田国士）というものだった。既に認められていて、いまさら賞の必要もないという見解もあったらしく、「広場の孤独」「漢奸」その他、としての変な形となった。その付け足しみたいな「漢奸」に対しては「終りを端折つて、筋書のやうになつてゐないか」（川端康成）とか、「分りやすく行届いた筆だが、作者の心持に余裕がありすぎて、これも、切迫した題材に比べて、文体が生温くて、一致しないやうで、物足りない」（瀧井孝作）などの否定的な議論もあった。本命の「広場の孤独」は、「嶄然ぬきんでてゐる」「これだけの力量を発揮してゐる新進作家を逸するのは芥川賞の歴史のために（堀田のためにでは無い）惜しくはあるまいか。」（佐藤春夫）、「苛立つた風の、しかもテンポの早い風の、独白風の、この文体が、錯雑した国際間の軋轢《あつれき》に混迷した人人の描かれた、この題材に、ぴつたりした所があつて、今度は題材と文体とが一致したやうで、これは佳い」（瀧井孝作）、「三度候補者として現れ、しかも今度がいちばんよかつた」（丹羽文雄）、「珍重すべき交際感覚」（岸田国士）、「他の候補作にくらべて、格段に新しい。それが小手先の技巧的な新しさでなく、時代を感ずる皮膚の鋭敏さである」（石川達三）、「今度の授賞は当然だと思ふし、詮衡会出席の委員に一人の異存もなく決定したのは、順当だと思ふ」（川端康成）と賛辞に満ちている。全く批判がなかったのではなく、「いはゆる小説らしいところのほとんどない小説である。しかし、うまい具合《ぐあひ》に、今の時世にむくやうな事を書き、それにふさはしい理窟を述べている。そのかはり、読ませるところもあるが、ウスツペラで、作り事が、作り事になつて、真実の感じがない、つまり、読者の心にせまるものが殆んどない。」

（宇野浩二）とか、「ドラマ性の欠如」「血の通つたところのない空々しいもの」「作者が、人間全体に対している《ママ》心構えの低さ、思想の根の浅さ、低さ」（坂口安吾）と手厳しい所感も記される。毀誉褒貶、いずれも百戦錬磨のつわものの言として面白い。

さて「広場の孤独」はこれまでの中国ものとは異なり、世界大戦後の朝鮮半島を二分して争った朝鮮戦争を背景に展開する日本知識人が主人公である。非人間的な政治機構のなかで人間はどう生きるかを模索する新聞記者、木垣は香港からの電報を翻訳していて、北鮮軍を「敵」という上司の言葉に異議をとなえるところから物語が始まる。電文にあるCommit（罪・過ナドヲ行ウ、為ス、犯ス……）の語を見て、木垣は背筋にある冷たいものの流れるような反省が湧き起って来るのを感じる。北鮮軍を「敵」と見る政治の動きに知らず識らずのうちに組み込まれてゆく自らへの罪悪感であり、その犯罪性への反省である。木垣の頭には中共の承認や国連加盟によって国際関係の緊張を緩和し、印度の平和維持を唱えたサルトルが浮かぶ。自由・平等・友愛の価値をさらに高めようとする意識がそこにある。しかし朝鮮戦争における力学は、その人類にとっての最も価値あるものを抹殺しようとする。

朝鮮取材から帰ったばかりのアメリカ人記者、ハフード・ハントから、アメリカに依存する日本人の考え方を質される。「日本は誰の味方でもない。」と信ずる木垣は、ハントの言に「暗い孤独な影」を見る。川崎の重工業地帯のあかあかと灯のついた工場を指さすハントは、「気持の如何にかかわらず日本は、再び君の言葉で云えば、既に日本は〈コミット〉している、そしてあそこで力をあわせて働いている人たちは、決して孤独ではない筈だ」と木垣に言う。しかし、戦争がもたらした廃墟のど真ん中で工場が再び戦争のために動いており、そこで働く人々は孤独ではないとても言えない木垣は、ハントと気持が完全に離れてしまう。この感傷性というか抒情味をともなう孤独感は、詩人堀田の天成のものとして「広場の孤独」はむろんのこと、その小説世界の基調和音を成している。

共産主義

木垣の同僚に御国という共産党員がいて、一つの重要な役を与えられている。敗戦後自由に活動の許された共産党は、朝鮮戦争がおこると戦前の弾圧へと逆戻した。近く馘首を覚悟している御国が木垣と語り合う場面に、木垣に投影される作者自身の共産主義への視点が垣間見える。自信にあふれた口調で党の存在を語る御国に木垣は、「党に加入した人々のやみくもな、いや組織的な強味がある」と感じ、さらに「弾圧と抵抗によって緊密な連帯組織の中に生活を繰り込み、抵抗と組織の将来だけに生活の意味を見出している人間の姿が、少くとも彼自身よりは何倍かゆるぎないものに見える」というくだりがある。木垣は戦時中に妻を日本に残して上海に渡り、ドイツ大使館勤務の京子と親しくなって同棲したうえ、共に帰国しており、南米への脱出を願う京子とともに逃亡したい願望を抱きつつも、それを実行出来ない優柔不断な知識人特有の弱点をもっている。

これは早いころの述懐だが、堀田に自らの共産主義観の一端を語る一文（「私の創作体験」）がある。自分に影響を与えた近親者が左翼として弾圧を受けて転向し、警視庁に就職したと語って、「それだけでは勿論ないけれども、左翼崩壊期――その理由は弾圧だけによるものではなく、運動自体のなかにもあったと思うが、――思想ないし思想運動というものを全然信じない、そういうものを文学、芸術から排除してゆきたいという考えが私自身の文学の仕事を始める幼年期に一つあった」というくだりである。しかし当時、理想としての共産主義思想は多くの人々をとらえていたわけで、堀田作品にもその理想を追う人物が多数登場するものの、堀田の立ち位置は一歩も二歩もその理想とは距離をおくものだった。思想や思想運動への不信、その排除という視点を自らに課した上で小説を創りあげてゆこうする意図はよく見える。作中の木垣は病弱のために戦争に行かなかったことで「一種のうしろめたさと屈辱感」を覚えていて、現実の中へ飛び込んで行く勇気に欠けるところがある。だから「若し僕が書くとしたら、君たちのような、この現代にはっきりした確信と希望をもって生きている人を主題にした、現代世界そのものがファクターになったものが書きたい。」と言う。つまり、自ら行動するのではなく、行動する人を傍から眺めてそれを描きたいと望む。傍観者としての知識人がもつ弱さである。そして「しかしそうすると、もう個人がドラマの主人公ではなくて、事件とか事実とか事故とかが主人公になってしまうかもしれない」と懸念する。個人がドラマの主人公になる小説を目指すよりも、事件とか事実とか事故とかが主人公になるそれの方がはるかに難しいことを作者自身は熟知している。政治小説は優れた小説になりにくいと解っていながらも、それを書きたいというのが堀田の願望であったことが、このあたりから看取される。そうだとすれば、行動者よりも傍観者となるしかないと言っているようにも聞き取れるわけである。堀田の敬愛した中野重治と対比して読むとこのあたりはよく解る。

私小説への訣別

国際的な感覚に満ちていることが、「広場の孤独」評価の眼目であったのは当然として、もう一つ、いかにも新しい小説を模索する堀田らしい手法といえば女性の描き方、特に「妻」の描き方である。木垣は京子と上海で知り合い、ともに日本に帰国して子供もいる。なぜか旧オーストリー貴族のティルピッツから大金をもらうのだが、その金は「国際情勢という暗渠からつかみとられて来たもの」である。そしてその半分を法律上の妻に渡すことで離婚証明を得ようとするのだが、しかし「その金で人間を、木垣自身がかつてコミットした過失をあがなおうとすると、一瞬にして贋金にかわり、あがなう人間もまた自らの主人ではなくなる――そこにも一つの分水嶺がある。」と思い、そこに現代の劇があるだけでなく、「おれの〈小説〉のテーマはそれだ」という気もしてくる。

その時、木垣は戦争初期にあわてて形ばかりの結婚をした妻を回想する。結婚一か月で召集されて入隊したものの、その直後に胸を悪くして召集解除となり、「人間の恒常なもの」をまったく見出せなかった木垣は、「おのれはもとより、生活自体が白けたものに見えて来た。座が白けたとき、人は親友に対してさえ酷薄になり、無責任になることがある。彼は妻をおきざりにした。国内政治と云い、国際政治と云い、それは電波のように大気の中に空転する何物かでは決してない。人は政治とともに、個人的犯罪をも犯すのだ。」と思ったというのだが、これは従来の小説に顕著な私小説的世界では全くない。「人は政治とともに、個人的犯罪をも犯すのだ。」といった風な、そんな政治小説を許容出来るかどうかの問題がここに当然発生する。

このような妻が『祖国喪失』にも出ていたのを想起してみると、そこでは日本に妻だけでなく子も残して来ている。離婚手続なども話題にならず、主人公は軍属の夫をもつ上海生まれの公子という女性で、深い仲になりながら結局、公子はその愛を成就できずに発病した夫とともに帰国するという、ごくありふれた結末になる。ただ、「日本」というものと結婚した公子と、あくまでも中国に留まって自らの人間性を保持したいと願う主人公との対比が堀田らしい。たしかに二人の個性を生かすことで祖国というものを考えさせる効果はそこにあったが、ここではさらに政治という非情なものをそこにからませている。両者とも「妻」の委細はほとんど何も判らないように作者は仕組んでいる。女らしい女はまるで登場しないわけで、男女の日常を描く人間そのものの物語が発生しえないような非私小説的作法となるのも当然かも知れない。

「Stranger in Town」

さて、混迷の現実にあって木垣は、かねてから任意のstrangerを主人公にして〈小説〉を書いてみたらどうかと思慮している。この任意の人物が、周囲の交叉し対立する現実に対応しつつおのれの立場を選ぶ。となると任意の人物は特定の人物になり、それが虚構《フィクション》となり、「颱風を颱風として成立させている、颱風の中心にある眼の虚無を、外側の現実の風を描くことによってはっきりさせる――こうしておれの存在の中心にあるらしい虚点を現実のなかにひき出してみれば、おれは生身の存在たるおれを一層正確に見極めうるのではないか。」と思うに至る。そして小説の題名はStranger in Townを意訳して「広場の孤独」にしようと考える。

一方、現実の政治の世界に目を転じてみると、新聞紙上に「全面講和は期待薄。軍事基地反対は理想論」の文字が四段抜きでおどっているのを見た木垣は、狂気の人のようになってそれに火をつけ、ポケットにあった紙幣をも焔の中へ放り込む。敗戦後の混乱のうちにようやく入手した自由や平和や独立といった価値とか理想が、政治という暴力によって今まさに奪われようとしている。そこへ御国たちが駆け込んできて赤追放令《レッド・パージ》の発動を知らせる。党員ではない同調者もその対象になっているという。「なにもかもが揺れ動き、なにひとつ解決していない――そういう感じであった。その動揺が眼に見えた。眼に見えたものは表現しなければならぬ。それがこのおれの解決の糸口なのだ。彼には彼がこれから書こうとしているものの全体が見えていた。」ここに木垣は単なる傍観者から、米ソ対立の政治そのもののすべてを見ずにはおかない観察者・思索者への変貌を自らに言い聞かせている。その自覚が末尾の表現に凝縮されている。

……星々はいつの間にか消えてしまって、空はいつものように暗かった。光りは、クレムリンの広場とかワシントンの広場とか、そういうところにだけ、虚しいほどに煌々と輝いているように思われた。そして彼はそこにむき出しになっている自分を感じた。生れてはじめて、彼は祈った。レンズの焦点をひきしぼるような気持で先ず書いた。

広場の孤独

と。

〈課せられた人〉

ところで、多くの読者をひきつけた「広場の孤独」は映画化（53年）もされたが、この自作について作者は、「今日、どうも大してぼくは気持が動かないんです。恐らくもう少し時間がたって考えてみれば、ぼく自身にとってもかなりエポックをなすものとなってゆくだろうと思うんですけれども、あの小説についてのぼく自身の現在の感想は、変な子供が生れたなァ、という感じなんですね。」（「私の創作体験」53年）と講演で語っている。また、戦後の左翼崩壊期にふれ、「思想ないし、思想運動というものを全然信じない。そういうものを文学、芸術から排除していきたいという考えが、私自身の文学の仕事を始める幼年期に一つあったと思う」ともその時話している。さらにまた、座談会「戦中から戦後へ――戦後文学の内面的出発点――」（64年）において、荒正人が「堀田さんは中国の問題を問題にしながらも、それをもう一度、もっと深くインターナショナリズムの面まで広げたために、そこで良い根がつきかかったのではないのかな。」と言うと、堀田は「かもしれないけれども、中ソ論争でまた敗れました。（笑）」と応え、それを受けて安岡章太郎が、「つまり、永遠に広場の孤独だな。（笑）」と茶化す。さらに安岡が「堀田さんは運命的に『広場の孤独』はつきまとうね。」と突っこむと、堀田は「弱ったね。あの作品はぼくは大嫌いなんだけどもね。（笑）」と言うくだりがある。「変な子供」といい、「大嫌いなんだけどもね」という堀田の心情は、いったい何に基づくものか。

　中村真一郎が座談会「堀田善衛《ママ》・その仕事と人間」（61年）で、「堀田に社会的に課せられている役割というのがあって、それはそれで、堀田の不幸だと思うな。つまり非常に彼は課せられちゃっている人だという気がする。だから友だちから見ると、もう少し課せられないで、堀田自身になったほうがいいんじゃないかというところもあるな。」と発言したことがある。さらに中村はその後、『祖国喪失』を評した一文（『文学の創造』所収）に、堀田がジャーナリストになるのか、芸術家になるのかとその将来を懸念する。そして堀田が「現代史の中に解消してしまわずに、作品として完結し、独立性を備えた――つまりそれ自体で充足した世界を呈出する」作品を書いているかと問い、「彼の作品が、現代史の反映として、喜び迎えられたのは作家としての彼にとっては不幸であつた。」として、「広場の孤独」の方法が現代史の中に解消してしまう危険をもっていたと言っている。その上で、かつての堀田は『ドイツ・ロマン主義と夢』（アルベール・ベガン著）によって神秘主義に迷いこんでいたと証言する。この神秘主義とかフランス象徴主義に耽溺していたことは、堀田自身もしばしば回想している。「変な子供」うんぬんは、このあたりの状況、つまりその本来の資質に磨きをかけて芸術家になるべき堀田が、現代史の中でたまたま世間に迎え入れられたことで、ジャーナリズムの世界に堕してゆくと危惧する空気が、周辺にあったことへの堀田の照れ隠し、あるいは言い訳を指すのだろう。

Ⅲ　独自の文学世界

一　人間の罪を告発する

長編時代

「広場の孤独」の芥川賞受賞は、とりわけ新知識を求める若者からの喝采を浴びたのだが、その受賞後の発表になる堀田のエッセイ「母なる思想」（52年）は、戦後を生きる小説家としての覚悟を披歴したものである。そこで堀田はサルトルの小説「自由への道」にふれ、実存主義によって発想されたこの作品を、真に作品としての独立性を備えたものとして完結するためには、実存主義以上に「母なる観念《イデー・メール》」が必要なのではないかと問題提起を試みている。その上で、「人間のおかれた位置あるいは条件を意識し、これを描き出すことは、たとえそれがいかに微細なものに関してであろうとも、その条件、位置が変革の可能性を孕んでいるからこそ可能なのである。置かれた情況を意識するとは、変革を期することと同一でなければならない」と自らのあるべき姿を模索している。まず位置・条件の確認、そしてそれをうけての変革への意識が必要ということだと理解されるが、その変革のためには歴史、ないしは現代史と称される「全体」の場が必要であり、そこに諸事象、あるいは複数の人物を設定して全体を描き出そうとする、いわゆる実験小説なるものを堀田もまた意図している。

「歯車」とそれに続く『祖国喪失』で、現代の政治が人間から自主性を奪って組織の中に人間を埋め込んでしまう不条理を認識した堀田は、「広場の孤独」でまさに今日的な朝鮮戦争というトピックスを敗戦前後の日本と重ねて描いた。単行本『広場の孤独』（51・11）を出した時、その「あとがき」に「作者の眼目は、現代に於て小説は如何にして可能であるか、を小説の形で追求するところにあった。この作品についいては、未知の読者から多数の手紙を頂いた。」とあるのは、上海体験に基づく小説の後に、もっと広く、深く、歴史、ないしは現代史の「全体」に眼を向けたことを暗示し、それを試行することで多くの読者を得たことで作家としての自負を記したものであろう。堀田なりの実験小説を多くの人がバイブルのように読んだというのも当然だった。しかし、「位置・条件の確認」は確かに出来たものの、「変革への意識」はまだ十分なものではなかった。そこに「歴史」の書かれる素地があったものと思われる。しかもそれまでの短編では十分に描き切れない「歴史」や「現代史」がそこに横たわっている。いま長編連作として見られる『祖国喪失』は、短編をつなぎ合わせたものであり、もともと長編を意図していなかった。しかし「歴史」はそれまでの上海ものを総括した大河小説の趣をもっている。「広場の孤独」で確実な一歩を獲得した堀田は、ここでさらなる飛躍を江湖に示したわけで、創作欲横溢の長編時代の始まりという点でもこれは注目される。

「歴史」（52・2～53・3）　しかし長編と言っても一気に書き下ろされたのではなく、七章にわけて発表され、書き足したりして手直しをやっている。物語は一九四六年冬の上海暴動に焦点をしぼり、国民党に留用された日本知識人竜田が主人公というのは常套手段であるが、特務機関（スパイ組織）に属する竜田は前作よりはかなり能動的、行動的に描かれる。革命を期待する中国の青年や労働者の反国民党活動を支援し、武器や弾薬を運ぶ手助けをするところに、それまでの中国ものにないリアリティがあり、新聞記事的な無機質な文章とあいまって、冒険小説かスパイ小説かを読むような、またその類の映画を観るような面白さをももっている。アガサ・クリスティかグレアム・グリーンの投影も見られる作者の意図は、もう祖国や亡命や国家と個人との問題とかに大きな比率はなく、それらを含めて国家そのものの存亡、革命と反革命といったぎりぎりの政治ドラマを現出する。「序章」の冒頭に「中国の天は傾いている。それは西北に傾いている。その結果、地も東南に向って低まり、あきが出来て、水はすべて東南に流れる。」と、『列子』から「湯問編」の一節を引く作者は、中国王朝の興隆滅亡が宇宙の摂理に適っており、中国に革命が起こるのはむしろ当然のことと理解している。

そこで問題となるのは、全アジアへの侵略政策をどんどん進めた日本がその結果、惨憺たる敗北にまみれた時点で中国とどう関わるのかである。戒厳令下の上海で資源調査委員会の留用要員の証明書をもつ竜田は、史量才、康沢、唐雪章らの学生や陶一亭（紡績工場の労働者）洪希生（国際戦災地救済機関勤務）たちが、抗日運動における攻撃策を練る危険な会合に進んで出席する。竜田が日本敗戦後の上海での抑留生活で痛感したのは、「汝自身ヲ知レ」という、自らが日本人であることのアイデンテティそのものであった。しかも米ソ両大国の桎梏の間で呻吟する中国が眼前にある。そんな中で革命の二字に繋がる若者たちの信念に賛同する竜田の、次のような述懐は「歴史」という大きく構えた標題とともに、本作のテーマやモチーフを考えるときの有力な手がかりとなる。

革命？　カクメイ？　このおれが？　しかもそれは中国のことである。つまり外国の、日本を負かした他人の国の他人たちのことではなかったか？　おれの知ったことか？　しかし、日本にとって、日本の平和と戦争にとっては、中国は外国ではない。

傍観者的視点は依然としてまだここにあり、観念的とか衒学趣味とか、あるいは典型的な知識人タイプの弱さ等々の指摘はあるにせよ、「中国は外国ではない」の一語は、一歩先へ進んだ志向の在りかを示す。「広場の孤独」でゆるぎない地歩を獲得した堀田は、ここでまた見事な脱皮を遂げたとも言える。上海体験から感得した中国人民への贖罪意識と、本来抱いていた中国文明への畏敬に触発された人間としての同胞感情と、さらに加えて執筆時点での日本の状況への懸念といった諸々への眼配りをここに見ることができる。

「あれをくりかえす」

しかもこの竜田は、従来の中国ものの主人公たちに比してかなり倫理的に厳しい認識を見せる。先の引用に続く箇所であるが、「昨日野原へものを考えに行ってえた結論は、形はどんなになるかしれぬが、とにかく『奴らはあれをくりかえす』というにあったのだ。あれとは、あれとは戦争のことである。」と言い、「あれはおれひとりの手でどうにかなることではもちろんない。しかし、少くともこのおれがあれをくりかえさぬためには、おれ自身がどん底からかわる必要がある。革命やカクメイ、革命運動などはまったくこのおれなどに堪えられるところではないかもしれぬ。しかし最少限度、おれはおれを変える必要がある。」と、自己変革への意欲は非常に強い。そんな竜田と対照的な人物として作者は、もとマルクス主義者の左林《ひだりばやし》を設定する。戦時中は日本陸軍と結んでアヘンを売り、戦後は闇商人となってサッカリンを日本へ密輸出して中国全土を荒らしまわっている。中日親善と言いながら「一番悪質な日本人」と中国人から評されている相当な悪党である。竜田などとても太刀打ち出来ないのだが、実は竜田と同じ機関に属して幅を利かせている。これも「あれをくりかえす」一人である。

そんな左林の存在に不快感をもったころ、竜田はアメリカから来た経済調査専門の会社員から、中国革命の予想を言われ、戦争というもののもつ「osmoticな作用」について聞かされる。彼は「資本主義国家間の同一平面上に於ける戦争では、当の敵は必ずいつか協力者になるものだ」とそれを解説し、アメリカが日本産業へも目を向けていると示唆する。そしてそれが歴史というものだと言う。中国よりも日本の戦後がここで問題視されている。大勢の日本人が死んだ日米との戦いに思いをいたす竜田は、これを聞いて「もしそれが歴史であるとするならば――竜田はいよいよ戦いが終ったのだとは思わぬことに決めよう」と思う。「長い長い死臭の日々」を体験した日本人が敵であった占領軍の政策に協力している。「しかし、それだけが歴史ではない、歴史は一重底ではない。歴史の底には、もう一つの〈歴史〉の流れが冷く流れている。時間を停止して考えれば、それは死者のピラミッドのようでもあるが、歴史の地下を流れゆくその冷い流れには、戦争に仆れた人々の死骸が浮びかつ沈んで次第に流され忘れられてゆくのである。」というわけである。

戦争賛美の左林と戦争忌避の竜田の間に一人の日本女性が絡んでくる。早くにT歌劇団が全線慰問で渡華したとき、俘虜となって国民党の根拠地重慶で拘束されたとき、知日派の軍幹部によって保護された萩原亮子である。運よく命は助かって、中国語を習い中国人になって生きていたものの、左林の餌食となりその囲い者となっているが、ひたすらその獣に復讐しようと機会をねらっている。「いったい何の権威があればとて、中国とか日本とかという、国家というものはわたしをおもちゃのように俘虜にしたり、日本人にしたり中国人にしたり出来るのだろう。」と、国家を恨む一幕のあるのはいかにも堀田の筆法で、その亮子が出会った竜田に〈日本の日本人〉を見出すくだりもまた堀田らしい。この亮子が作の終わりで、デモや暴動の最中に「日本再建要項」を書いている左林を見事銃殺することになる。その現場に出くわした竜田は、日本に帰りたいと願う亮子に向って「かえれます、僕もかえるんですから」と激励する。そして亮子の背後に掛かる壁掛けに描かれる巨竜が、爛々と眼を輝かせて亮子の身体をつき透して遠いなにかを凝視するのを見ながら、竜田は「恐らく彼女は左林という特定の男を撃ったのではない、彼女は或る象徴を撃ったのだ。」と思う。その「象徴」とはまさに中国が今直面している「あれ」だと言いたげな作者がここに浮かぶ。

エッセイとしての試み

その作品が小説かエッセイなのか、という疑問がわくのは時々あることではあるが、室生犀星を読み、中野重治を読み、堀田善衞を読んでくると、三者ともにその類の作があることに気づく。とりわけ堀田は晩年に近づくにつれて、ゴヤとかモンテーニュなどの伝記的なものを書いたので、それはそれで伝記的小説という表現で許されるが、スペイン在住を描く、まるで随想のようなエッセイ的小説を書くようになるからちょっと扱いに戸惑う。史上名高い上海暴動を描く「歴史」は作者にとってなかなか困難なものだったようで、「何分にも、戦争中に、如何に外地にあったとはいえ、日本人として生きていたということは、天皇制を核とした日本イデオロギーによって金縛りにされ、囲い込まれた、一種の被包囲人間であった。いわば戦争によって監禁された人間であった」（全集2巻「著者あとがき」）といったことも当然あったようである。単行本『歴史』の帯に作者自身が、「人は如何にして実在性を獲得し、自己の孤独な時間の質を変え、これを歴史的な時間のなかに位置せしめ得るか、——不安の障壁、呪縛から脱け出るために、これは一つのエッセイ、試みである。」と、試しにエッセイとして書いたと作者の内情をさらしている。あまり表現の形式にこだわらないで自由に書くことの多い堀田だから今さら驚かないけれども、これをエッセイだと言われるとやはり戸惑う。

主人公の語りもあり、作者の描写と説明もあり、新聞記事的な報告や事実説明もあって、多彩な表現に接することができるので、単純にエッセイとも言い切れないものがあるからである。そもそもが「上海暴動」の標題ではなく、〈歴史〉というとらえがたいものを上海暴動のなかに読み取ろうとした堀田だから、そこに歴史小説家でもある堀田の一つの挑戦と読み取れば、それで十分との思いもないではない。後年、堀田は諸種の感想文を集めて『歴史と運命』（66年）を上梓したとき、その「あとがき」に多くの雑文を書いた過去十年を振り返って「身をさらすことは、作家の仕事の一つである。」と言い切っている。作家精神においてもその表現手法においても混迷を露わにしつつも、新方法を模索するのが堀田文学であると思われる。

「時間」（53・11〜55・1）

一年九か月あまりの上海滞在から得たものの多い中で、日本軍による南京虐殺を材料にした「時間」は、「海鳴りの底から」とともに学生時代から書きたいと願っており、武田泰淳とともに戦争末期に南京の城壁を見物した時にその思いを強くしたものだという（エッセイ「時間」）。中国ものの掉尾を飾ったこの長編も、六回にわけて分載されたものであって書き下ろしではない。注意すべきは、これまで作者の分身を思わせる主人公が中心、もしくは重要な脇役を演ずる物語だったのが、ここでは全く別の人物を登場させていることである。それも中国人であり、『祖国喪失』の「杉」や「歯車」の伊能や「歴史」の「竜田」などはもう出てこない。堀田自らの上海体験に基づく中国ものは、おおよそ上記三作に書き尽くされたということである。しかし中国や中国人への罪悪感が拭い去られたわけではなく、贖罪意識が失われたということでは決してない。むしろそれらが最高潮に達したときに、作者はこれを渾身の力を振りしぼって書きあげている。「思想に右も左もある筈がない。進歩も退歩もあるものか。今日に生きてゆくについて、我々を生かしてくれる、母なる思想――それを私は求めた。この作品は、根かぎりの力をそそいで書いた。良くも悪くも書き切った。」（単行本『時間』帯）

全編とおして日記の体裁で述べられる「時間」は、南京大虐殺を生きのびた一人の中国人、陳英諦の手記という形で、その悲惨きわまりない時間を描いている。それは一九三七年の十一月三十日から始まり、翌年十月三日で終わる。折しも中国への侵攻を着々と進めていた日本軍は上海を占領した後、陳一家の住む首都南京攻略を果たす。城外にそびえる紫金山の見慣れた山容に改めて見入る陳は、敵に落ちるその凄切な美に感動しつつ、またいつの日かそれがわれわれの手に戻ると確信する。いったん喪失する祖国であっても、必ずそれはまた自らのものとなるという信念が陳にはある。しかし十二月に入ると街は完全に日本軍に包囲されて逃げ場を失ってしまう。五歳になる英武がもみじの枯葉を見て「お父さん、きれいだね」と言う。作者はそこにプラーテン（独、詩人）の「美わしきもの見し人は／はや死の手にぞわたされつ／世のいそしみにかなわねば」の詩句を引く。海軍部勤務の陳には英武と妊娠九か月の妻がおり、同じく日本軍によって襲撃された蘇州から避難した従妹の楊も同居し、召使もいる。しかし十二月十一日の落城から一週間にわたる「殺、掠、姦――」の混乱のなかで、大勢の市民も殺害される。陳は妻子と楊ともども逃亡するが、妻は「姦」に遭って死亡、子も死亡、楊は行方不明でただ一人生き残る。

そして物語はここから展開する。一人生き残った陳は半年後の五月十日、自宅に戻り日本軍の情報将校、桐野中尉の下僕兼料理人となっている。そこへ漢口に逃げた元南京政府の司法部勤務の兄から来信がある。ここからが堀田らしい工夫で、敵の知らない地下室で誰も知らない内密の「わたし」のスパイ活動なるものが始まる。「ただ一つの希望、そのほかは、あらゆるものが暗い。（中略）時間によって、すべてが、一切が変転するということが、いまのわたしには何か堪えられない気がするのだ。実は、時間によって一切が変転し、現在の境遇や情勢が逆転しないともっとも困るのは、わたし自身なのだが……。／人間の時間、歴史の時間が濃度を増し、流れを速めて、他の国の異質な時間が侵入衝突して来て、瞬時に愛する者たちとの永訣を強いる……。／わたしもまた、いつかは時間に運ばれ、時間に撃たれてもういちど死ぬのだが、神の愛がもしあるならば、ねがわくはわたしの冥府は、岩石色の岩石に、処々、紫金の鉱石の光るところ、天国でも地獄でもどちらでもいい、そんな風な、微光のなかの大理石的世界であってほしい。」と願う日々が始まる。ドラマ性とか物語の必然性とかを言わずに、むしろ読者に「認識変革の劇」という問題を提起する手法がここでも見事に展開される。

この後、召使が現れて英武の最期を見届け埋葬したことが判ったり、楊もあやうく生き残っていたり、桐野大尉が陳にこれまでの非礼をわびて知識人として立派な仕事をしてほしいと言ったり、二重スパイのＫなるものが暗躍したり、などと色々様々であるが、中でも面白いのは鼎というものの存在感である。死屍累々の大通りから一歩入った廟に、陳は一基の鼎を見つけて吸い寄せられる。

死と鼎

静止した時間のなかで、音のない真空のなかで、その鼎の存在する一点から、かげろうのようなものが天に立ち昇っている。鼎の沸くが如く、そこにだけ何かが煮えたぎり、燃え上っている。低い六角の台石の上に、三本の足でいかめしく、そして自然に立っている。立体物が静止して立っているために必要な最少限、三本の太い足。鼎は、古人が宇宙を模してつくったものという。この宇宙を熱するためには獣炭を用いたという。三本の太い足の傍に、二つの屍がころがっている。二つの屍を炭として宇宙が熱せられている。かげろうのように人の血と膏が湯気となって天に立ち昇ってゆく。あたかもこの瞬間の、世界に於ける南京を象徴するかの如くに。

異様な幻想に襲われそうになった瞬間、眼から薄い幕が、さささと音たてて落ちたような気がした。

われわれは、歴史上のあらゆる事件がそうであるように、いまこの南京という鼎が立ち昇らせている湯気の意味を徹底的に知ることは出来ないであろう。しかし、われわれは意志すれば、その意味を知るための質問者として、対話者の一方であることは出来るのである。

鼎は日常茶飯事となった虐殺の日夜を通じて、陳をたえず激励するものとなっている。瓦礫の只中で力に満ちて存在し、あらゆるエネルギーを一点に凝縮して沸々と沸き立たせており、創造者の歓喜も遺恨もことごとく鋳込まれている。人工のものとは言え、紫金山と優に相対できる存在であると陳に理解されるところに、苦難を乗り越えて新たな未来を生み出す母なるものの一つとして象徴されている。

それにしても人間というものは、極悪非道なことを非常時にやってしまうものである。ユダヤ人虐殺、ヒロシマ、南京虐殺と枚挙に暇がないが、二十世紀の人類の大罪について堀田が早くに書いた短文「流血」の冒頭に、「今世紀の人間の概念、人間像は戦争と革命を除外しては成立しない。」とある。「時間」には陳の所感として「このたびの戦争は、もしこれが正当に遂行されるとしたら、その結末は、つまり日本に対する抗戦は、いつのまにか克服され、結局、革命である……。／この戦争をついに克服するものは革命だ。」の一文があって目を引く。中国革命を惹起したのは日本だと言う。「流血と人間性という背理的な問題」をたえず思索の根底に据えていた堀田ならではの発言は今、特に貴重なものに思えてくる。

「揚州十日記」

ところで、南京の悲劇を記録にとどめた「揚州十日記」があり、佐藤春夫がその題で昭和二年十二月号「中央公論」に発表し、名訳の誉が高いものとして知られている。増田渉が佐藤から頼まれて斉藤南溟の校注本を捜し出して提供したと記している（「佐藤春夫と魯迅」）。なお、宮崎八百吉（湖処子）の訳本、『揚州十日記・嘉定屠城紀略』（大正十二年）がその先に刊行されているから、中国通にはこれも周知のものであったろう。

これは一六四五年のことで、明時代の末期、清軍が南下して揚州を攻略した際の虐殺の記録である。筆者は揚州の人、王秀楚と判るのみで他は一切不明だが、読書人（知識階級）だったことは作中から推測できる。史書というには客観的な事実の記録が少なく、自分と家族の動静を中心に書き、不安や恐怖をありのままに吐露している。要旨を記すと以下のとおりである。

清軍の無差別な殺戮が始まり、仲兄の家に兄二人、弟、嫂《あによめ》、それに私、私の妻（妊娠中）と息子、母方の叔母二人、妻の弟の計十一人の一族が集合。逃げまどい、殺されそうになると金銀やお金で免れる。しかし二日の間に兄、嫂、弟、甥の四人が殺害され、残ったのは長兄と私、妻、子の四人だけであとは行方不明。妻が襲われるが流産と見せかけて助かる。もう隠れ場所もなくなる。町には死体が山と積まれ、血が溝をなし、女たちは至る所で凌辱されている。捕まった兄は瀕死の重傷。いよいよ皆殺しと覚悟したとき、通りがかった満州族の身なりをした高官から「どうやらお前はこの連中とはちがうようだな。」と親切にされ助かる。しかし殺戮、略奪、凌辱はやまず、火葬に付した死骸は80万人以上で他に井戸に落ちたり河に投げこまれたりした者も多い。死臭漂うなかで手当てしていた兄もあえなくなる。一族で生き残った者は自分と妻子の三人だけである。これを読むと、堀田がこれを知らずに「時間」を書いたとは思えない。

陳英諦

両作の類似は何といっても、無辜の民の虐殺とそれを記録にとどめた人を描くところにあり、中心人物が妻子をもつ知識人という点にある。一方が身辺の惨事を描きつつ、事態の沈静化をひたすら待つのみに終わっているのに対して堀田は、人間が築き上げてきた歴史の過程で犯した大罪を直視しつつ、それを乗り越えたところに確立される人間の英知を模索しているように見える。それを陳英諦という人物を通して追究している。振り返ってみると、『祖国喪失』「歯車」、「漢奸」、「断層」の主人公たちは、いわば作者の手に操られる人形として、みな一様に当事者とか行動者という風には造型されず、必ずしも事の中心になって生き生きと動いているわけではない。当然、当事者であってもいいはずなのにどこか傍観者のごとく、まるで他人事のように振舞っている節が見える。しかし「歴史」の竜田はまるで当事者であり、さらには日本人でありながら中国人を装って一人の重要人物を殺害する女性が登場していた。また「漢奸」では、漢奸として指弾される中国人、安徳雷がむしろ重要な役割を演じていた。

陳英諦もまた、たった一人生き残り、絶望のどん底から這いあがって時の動くままに新たな生へと向かっている。「毎時毎分、わたしは黒々としたニヒリズムと無限定な希望とのあいだを、往復去来している」と言う陳は、そのニヒリズムからの超克を試みて、むしろ南京大虐殺という現実のなかを突き進んでゆくところに、人間としての自らの在るべき姿を見出してゆく。先に見たように、厳然たる鼎の存在に母なるものを感得したことがそれを物語っていた。そして「わたしは、家族を失った孤独者なのだ、そしてその孤独の底を割ろうとしているのだ。わたしがいまたたかっているのは、わたし自身の認識に対してだ。認識変革の劇、これがわたしの劇なのだ。」と自覚する陳は、諦観というか悟達といった意識をもたされている。その意識は堀田がしばしば言う無常観の克服というのとほぼ同義である。陳英諦はかなり難儀な演技を作者によって要求されているが、在るべき日本人の姿を模索する作者は、あえて中国人に託してその難題に挑戦していると思われる。つまり堀田は中国や中国人を題材とすることで、戦後日本やその混迷を生きざるをえない日本人を描いているわけである。

「夜の森」（54・1～55・2）

ここまで日本の犯した中国における大罪を凝視することで、非人間的な現実を惹起する政治の野蛮性を「時間」に追究した堀田は、ここで時代を少し遡って一九一七年のロシア十月革命に視点を移す。「時間」を書きつつ、「夜の森」を並行して書くというかなり過酷な作業への挑戦へと作者を駆り立てたものは、敗戦後における日本を全面的に支配下に置いた米軍支配と、それを甘受する日本政府の政治体制への疑問、反発と見て差支えはない。政治への参画が皆無な文学はありえないという戦後文学派の心意気である。一方で中国知識人の苦悩をさぐり、他方で日本の貧農出身の兵卒の労苦をたどり、また、一方は被害者、他方は加害者としてそれぞれを書き分けているわけである。「夜の森」の標題は、英仏両国が日米に対してシベリア出兵を要請したという、例のロシア革命への干渉戦争を闇夜の森に象徴したものである。そして一九一八年八月、シベリアで窮地に陥ったチェコ軍救出を目的という名目で、日本軍は一万二千人、アメリカ軍は七千人、英仏連合軍は五千八百人出兵という協定が結ばれた。しかし出兵が開始されると、日本は独断で最大七万二千人もの大軍を派遣して、ソビエト革命を妨害する挙に出た。日露戦争以後、ますます大陸進出を意図した日本軍部は、他国が撤兵した後でもその大軍を最後まで撤兵させず、革命で混乱するロシア内政に干渉を続けた。

その時、先陣として派兵された小倉の歩兵第十四連隊の二等卒、巣山忠三の私的な記録（日記）として堀田はこれを書き上げた。これには当時、未刊行の松尾勝造著『シベリア出征日記』（78年）が与っており、閲覧して活用した跡が確認されるが、その間のいきさつは不明である。大正七年八月十二日にウラジオストックに上陸してから、翌十九年七月六日に帰国の途につくまでの十一か月ほどのシベリア従軍記である。その間、一等卒に進級し、数度の戦闘を体験するが、終始純朴な青年として登場する。例えば師団長大井中将閣下のトレツがあり、その到着を四時間も待って師団長閣下の顔を見たとき、「ながの苦労もとけてながれて、自分はトロリと、酔うたような、いい心地がした。」といった心情を持つ一方で、馴染みの芸者芙美枝に一方ならぬ思いを寄せているところ。有名なドボスコーイの戦闘で命拾いをした巣山は宿舎にもどって、幼馴染みの芸者芙美枝の写真に接吻するとか、また別の戦いで敵の潜む村を全滅させた激闘の後、仲間たちからロシア女の所へと誘われたのに、ここでも芙美江のことを思って我慢するなどと描かれる。かと思うと巣山は、新聞報道にはしっかりと眼をむけており、米騒動で寺内内閣が倒れて原敬の平民内閣が生まれたことを知っており、またシベリア出兵に六十社近い新聞社が反対しているのも知っている。

さらには、シベリアに来てからのことをいろいろ振り返る部分で、菊花紋章入りの巻煙草四本、陣中お守り本尊、衛生保全阿伽陀薬、三点の恩賜品を手にすると、「それまでの恨みや辛みの胸の氷がいっぺんに解けてしまって、七千万国民のうち、我我出征冒人《ママ》のうける栄誉と、陛下が我々一兵卒に至るまで、かくの如くその労苦をみそなわせ給う大御心の程が何とも云えぬほどに勿体なくて嬉し涙がこぼれた。」という。その煙草を吸わずに栄誉を分けてやろうと思いそれを古里の兄に送るのだが、その兄は先ごろから食い物もままならぬ窮状を知らせてきて、妹を売るとまで言ってきている。そこで巣山は日本とロシアとの違いを思うというのだから、普通の一兵卒などなんかではない。

「矢張り国体の有難さにいろいろ物が思われる。つまり、我が国では、米騒動などのように、窮民が騒ぐには騒いでもついにはおさまりがついてもとにかえるのだが、いつまでも荒れ放題でもとにかえらぬロシアとの比較が頭に浮ぶ」というわけである。そしてこれが日本人の精神構造への分析に拡がる。「とにかく日本という国には、貧乏人や寒晒しの我々などが如何に怒ってみても、その怒った顔を、氷が解けるように、いつのまにか、なにかは知らんが解いてしまうような仕掛が備わっておる。我々自身の方にも、何かしらん、ケロリとなるようなものが備わっておるようである。それが両者相まって桜の花がぼうと咲いているみたいで、いつも波風静かに有難いことであるが、妙な、さびしい感じのものである。こういうのが日本人というものなのだろうか？　もしそうだとすると、何だかしらぬが、へんに悲しいような、なさけないような、精のぬけてゆくような、気がする……。」などと、かなり辛辣な日本風土論が展開される。

〈ロマン〉

シベリア出兵と米騒動とを表裏一体のものとする観点に見られるとおり、生誕地に近い漁村で起こったこの騒動が堀田に与えた影響は大きなものだった。またたく間に全国に波及して、時の寺内内閣が適切な対処の出来ぬまま退陣に追い込まれる大事件となった。全国的規模のこの騒動は、「若き日の詩人たちの肖像」に開明的な曾祖母への回顧に連なる忘れがたいものとして描かれており、「夜の森」では日本の現況を知ることに敏い巣山が、そんな大騒動がなぜシベリア出兵と同時に発生したのかと思案をめぐらすという形で表現されている。巣山は情報源である新聞の一隅に「ロマノフ王朝絶ゆる事ありとも露国国民は之れによりて救わるるなり」とあるのに注目している。このシベリア出兵、米騒動から南京虐殺へと続き、そして東京大空襲、ヒロシマ・ナガサキへとつながる日本現代史上の社会的政治的トピックが、文明批評家的文学者堀田善衞の重要な素材になっていることを再確認したい。

堀田という作家は一般的な意味で作品の完成度をより高めるということに、あまり力を入れていないようである。むしろ「ロマン、結構ととのったロマンを書きたいという強い慾望、情慾に近い慾望がある」と言っている（「私の創作体験」）。なぜかと言えば「とにかく小説、小説という概念、こいつを一度破ってみることがロマンを生むために必要ではないか。」という次第。そして同時に「時間」にふれて「これは小説かな、エッセイじゃないかと、というふうに考えています。小説、あるいは、ロマン――強いて在来風に、小説である必要があるかどうか、疑う気持もあるんですね。大岡昇平さんの『俘虜記』、あれもエッセイ以外のものじゃない。」とも断言する。ちょうど「時間」を書き始めたころの発言である。さらに『俘虜記』を例示した後に、「小説も書き、芝居も書き、詩も書く。しかし自分の仕事は全体としてエッセイストであるといっている人」（T・S・エリオット）がいると語ることや、「日本の純文学者の、相当多くは、特に私小説の方の作家たちは、小説作家というより、エッセイストといった方がふさわしいのではないか」と、述べるのはその〈ロマン〉の何たるかを示している。この流儀でゆけば「夜の森」もまた、まぎれもなくエッセイということになる。漢文で言う「文学」は本来、感情や思想を文字で現わした芸術であり、何も狭義の小説や詩歌の意味ではなかった。英語で言うエッセイもまた、自由に題材を選び、自由で個性的な文体で、人生やその他全般を述べるものである。それを思えば堀田の言うのもうなずけないことではない。

ともあれ〈ロマン〉を目指す堀田の掌の上で踊らされる陳英諦や巣山忠三は、彼らなりの「母なる思想」を背負って、南京虐殺とかシベリア出兵という不条理な現実と向き合わされている。「いかに奴隷化物質化を強いられても、やはりわれわれは人間なのだ。」という陳の自覚は、「この戦争をついに克服するものは、革命だ。」といった「革命」への希望となってゆく。「ロマノフ王朝絶ゆる事ありとも露国国民は之れによりて救わるるなり」と巣山忠三もまた、王朝滅亡の後の「革命」成功を予想している。現実はそんなに甘いものではなく、革命後の混乱、それにとどまらない反革命もあり、「近代文明」とはまるで裏腹の、野蛮な状況が陸続と発生する世界である。しかし決して絶望しない陳は、「闘わぬ限り、われわれは「真実」をすらも守れず、それを歴史家に告げることも出来なくなるのだ。」と、いかにも知識人らしい高邁な宣言と痛烈な告発を発している。一方の巣山は愚直な庶民ぶりを発揮して、「日本は抜きも差しもまったくならぬように見えるけれども、また薄氷をふむようでもあり薄気味悪くもあるが自分は、巣山忠三は生きておるのだ、相手も生物、運命とて石でなかろう。米騒動以来日本もかわってはおるまいか。さらば、ヒローイ、広い、気狂い天気のシベリア。父上よ、兄上よ、お君よ、芙美江よ、とにもかくにも、凱旋は万歳……。」と自らの無事生還を感謝するばかりである。陳との落差は歴然としているが、個人の自由とか尊厳を第一義とする堀田の人間観の一面はここに看取できる。

「審判」（60・1〜63・3）

堀田は自作「時間」に対する「もっとも思弁的な小説」（佐々木基一）という評価への反論とも居直りとも見えるエッセイ「時間」を書いているが、その中で、「いわゆる小説的な描写や筋運びを許さず」とか、「出来る限り、批評のことばと批評の方法で小説を書いてみようと考えていた」と、ここでも独自の小説観を述べている。「広場の孤独」に既にその手法は垣間見えていたが、その手法に忠実に従った「時間」で〈中国〉に訣別した堀田は、「夜の森」に次いで日本における最大の関心事、ヒロシマに向き合って、従来の私小説的手法も取り混ぜながら「審判」を書いた。原爆を投下した爆撃機の誘導機搭乗員だった米人のポール・リボートが、シアトルから船で日本に向かうところから始まり、最後にポールが広島の平和大橋から身を投げるところで終わるこの物語は、数ある原爆もののうちでその加害者を描いた点に顕著な特徴がある。

折しもその執筆のころ、オーストリアの哲学者ギュンター・アンデルスが、原爆投下誘導機に乗って二度の惨禍を目前に見たクロード・イーザリーに書簡を出したことが話題になっていた（「原爆誘導機の乗務員への手紙」）。二度も自殺を図ったイーザリーを病人扱いにする世間に対して、アンデルスはその苦悩に理由があるとし、人間的に苦悩に耐えているイーザリーの姿が私たちを慰めてくれると言い送った。原爆機に発進命令を出したトルーマン大統領は公式の席で、「少しも良心の呵責を感じていない」と言ったのと対象的に、イーザリーは二十万人の殺人を罪として自覚する「新しい人間」になったというわけである。作家たる堀田はその「新しい人間」に多大の興味をもち、その人間をポールという主人公にすることで、自らの生きた過酷な時代を検証しようと挑戦した。そこに中国で殺戮を実行した日本人元兵士、高木恭助をもう一人の主人公に仕立て、さらに恭助などとは比較も出来ないくらいに無限の狼藉を働いた軍隊仲間の志村なる経師屋をも登場させた。

中国体験

恭助は中国での戦役から復員したものの、そこで犯した殺人に戦き廃人のようになったことで妻に去られ、姉の嫁いでいる科学者出《いで》教授宅で居候をしている。精神に異常をきたして入院し、退院時に「精系を切断緊縛」しており、「ぼくはね、カラダマなんだ」と自嘲している。そんな恭助は天皇に会って打ち割った話をしたい、と突拍子もないことを願っている。「天皇さんはたいへんだ、と思う。心のなかは、地獄だ」と思う恭助は、天皇への面会を宮内庁へ電話で依頼するが拒否され、直接宮内庁へ出向くのだが、無論、相手にされるわけがない。そして唐見子《とみこ》に、「天皇の召集令がもしなくて、戦争でなくて大陸へ行ったのだったとしたら、決して六人もの人を殺したりはしなかったろうから……。それを思うたら、天皇はもう、地獄そのものでない筈はない。だから……、わたしは、お加減いかがでしょうか、と、まず言うつもりでいた……」と内心をもらす。「あの人が生きているあいだは、わたしにも自殺をしないで生きている権利があるのじゃないか」とも思う一方で、「天皇に会いたいと言ったところで、ぼくの罪の根もとを、天皇や戦争におっつけるつもりはないのさ。」と、ひたすら自らの罪に深く思いをいたしてもいる。この罪に苦しむ人間的な恭助は、イーザリーにも共通するものとして描かれる。直接に参戦しなかったとはいえ、多くの惨劇を見聞した作者の中国体験が、ここらあたりに色濃く発露しているのは言を俟たない。

性的人間

「時間」を継ぐ中国での虐殺と原爆投下の大罪を描く縦の糸に、ポールが日本で身を寄せた出教授の娘二人が、恭助とポールに性的に関わってゆく横の糸が巧みに織りなされて物語は私小説的に拡がってゆく。姉の雪見子《ゆきみこ》は女優で外務大臣の愛人だが、そろそろ別れ目にきている。そんなころ来日した傷心のポールは、初対面の雪見子にすっかり心を奪われることになる。一方、恭助は既に自分に深い同情を示す妹の唐見子と関係をもっている。第二部（一五）に二人が性について語りあう部分があり、ポールは黒人が人間になりたい、白人とともに地上を歩きたいという「ほとんど宗教的な、やみがたい情熱」をもって、白人の女を強姦するときに、その初めからしまいまで、「おお神さま、おお神さま」と祈り続けていたことを話すくだりがある。それを聞いた恭助は、「それであなたは、結局、人と人とが通じあう糸口は、いや、通じあう、いちばん直接なものはセックスだということを、アメリカを去る間際に見出した……」と受け止める。そんな恭助に結論を急がないでと言うポールは、しかし男女の交通は、「ほとんど神さまの領域、いやおそらくは地獄の領域で」なされるものと理解しているという設定である。

雪見子以上に性的魅力をもつ唐見子がカギを握っている、と恭助は見ている。しかもポールは、犯罪者が犯罪の現場へもう一度行くように広島に行きたがるに違いない。そのときポールを守りきれるのは唐見子しかいない。しかしポールは、触れるもののすべてを破って行くかもしれず、それはこの男の罪ではない。その破滅から自分は愛する唐見子を守りうるか、恭助には自信がない。ひょっとしてここに二人の生命がかっていることになるか、と恭助は気づく。冷静にそう考える恭助は、自らを含む三者の関係が、必然であり、秩序だったと思われるポールの存在に起因するものと認識する。そしてやがて、雪見子から唐見子に心を移したポールは、探し求める唐見子を見つけられないまま広島に行き、原爆資料館で「ワタ……クシハー……、オニー……デスー……」と叫び、「安らかに眠って下さい……」と刻まれた碑に片手をついて、「ぎゃあー……」と絶叫し、「クー……エー……、イショォー……」と叫ぶことになる。結果として性を媒介とした交通は遮断され、後には人間性を抹殺されたところに黒々と横たわる絶望的な虚無感が残るだけである。

神の審判

「審判」の標題が示すとおり原爆投下を人間の犯した罪と見て、それへの神の裁きを見ることで、作者は一つの時代を検証する。この力作に看取できる「神」の存在や「審判」の在り方はどのようなものか。第四部「自殺の時」に作者は、「人間の世界では、狂気こそが実体なのだ、そのほかのものは、みなみなつけ足しのビラビラなのではないか。」と考える恭助に、その大きな課題を与えている。「あのポールを裁きうる法廷がどこかにあるとする。それをポールはさがし求めていることに間違いはないが、それが見つかったとして、そこで彼が極刑に処せられたとする。刑は執行され、ポールは死んだ。しかし当然、それで彼が実行した原爆投下という事実は消えはしない。とすると、その場合の審判者はどういうことになるか。ひとたび人間はあののっぺらぼうな死にわたされれば、もう一度死ぬことはないらしいから、死者は生者たちの方を見かえすであろう。死者から見かえされてたじろがぬ者などは、たとえ審判者であったとしても、それはありえないであろう。」と、恭助はわれわれ読者に大きな問題提起をする。

しかも、その答えはすぐに提出される。つまり「審判などというものはありえない」のであり、「審判というものがあると思われている限りにおいて、人は永久に物語や小説のたぐいを創作し読んで行く」と見る恭助は、「ありうるのは実は罪と罰だけなのだ、そのあいだにはさまっている審判というものは、要するに仮構なのだ。」と気づく。「生活の一切が人々の生きる家や町の上にかかった虹のように見え、それを下から見上げているという気持が強くするとき、恭助はいつもよりいっそう下方へ引きずり込まれるという感覚、というよりいっそう下方へ引き落ちたいという期待と希望に苦しんだ。」というわけである。神の審判なるものを否定し、罪と罰の間をさ迷う人間の実存をそこに見る虚無主義的な思考が濃厚である。目指す「下方」とは死であって、「その期待、希望は、恭助にとって唐見子との性の悦びあるいは苦痛と同じほどに、肉体的なまでに悦ばしいもの」なのである。この恭助（すなわち作者）の観念が、ポールの死に向かう行動となって行くものと思われる。結局、神によって救われることも裁かれることもなく、ポールは自らに課せられた難問を解くこともできないまま、虚無の深淵に身を投じたということになる。

武田泰淳の「審判」

因みに中国戦線で二度も殺人を犯した青年二郎を描く武田泰淳の「審判」（47年）をのぞいてみる。「黙示録」を読む私（杉）は、敗戦後の中国で「客でも住民でもない異国人」としての自覚を迫られたころ、地上に降下する大災厄としての原爆投下を知る。そのころ、現地復員した二郎を知る。二郎は罪を犯した一人一人が平等に罰を受けるのかとか、まちがいなく罪の重さだけ各人が罰を受けるのかとかを深刻に問うている。そして婚約者でクリスチャンの鈴子が、二郎の告白を聞いて惑乱状態になったことで、二郎は裁判官でもあるとともに弁護士でもある妻と暮らすことは出来ないと思い、婚約を解除する。その解除によって罪の自覚をすることが救いだと思い、自殺もせず処刑もされずに生きてゆくためにはそれしかないと覚悟する。この二郎と恭助やポールを横に並べてみると、そこにかなりの懸隔のあることが解る。一方は正常な意識のもとで罪に苦しみ、他方は罪の重圧に打ちひしがれて異常な意識の世界にいる。人間として生きるために救いを求めるものと、わずかに人間であることを確認するために、性に悦びを求めているものとの差異である。いずれにしても二十世紀を生きる人間にとって抜き差しならぬ戦争悪という罪を、これも人間を描くに不可欠の性的要素と絡ませながら追究するところが共通している。

「若き日の詩人たちの肖像」（66・1〜68・5）

詩人から小説家へと転身した堀田善衛が、まず上海体験を小説化することからその営為を始め、間をおかずに日本の戦後に目を向けて「広場の孤独」で不動の地位を得たことは既述の通りである。私小説的世界を拒絶した作家は巨視的にその世界を拡げ、日本戦後の混乱期に批評家としての鋭い視線を走らせ、国家とか歴史とか、漢奸とか南京虐殺とか、ヒロシマとか、その動乱の世界を文学の俎上にあげてきた。そしてここに至って、文明批評家としての視点をもって、単なる自伝的作品としてではなく、自らを含めた戦時下の詩人群像を描くことで一つの時代を浮き彫りにしようと試みた。一言で言えばそれは戦争というものへの拒絶感である。「若き日の詩人たちの肖像」の初めから終わりまでを通底するものは、悪の中でも最大の悪である戦争というものへの怨嗟である。したがって、主人公は固有名詞ではなく「男」や「少年」や「若者」という抽象性をもつ。そして「思想と行動の自由を国家によって完璧に制限されていた日本情況」を写し出すために、「影の主人公」たる国家というものをそこに対置したというのが作者の創作意図である（全集7巻「著者あとがき」）。

冒頭には一九四七年の一月、引揚船で上海から帰って来た直後に、「男」が作ったという詩「潟の風景」の一部が掲げられており、金沢での少年時代から上海体験までの十五年間ほどが作品の時間である。

少年――たしかに僕は故郷を出る道筋にいた
そこで記憶が中断する
火田民《かでんみん》が襲って来て
そのどさくさに
機を見て僕はお前を扼殺《やくさつ》したらしい

火田民とは戦争及び戦争直後を意味し、お前とは甘やかな少年期という。「僕はお前を扼殺《やくさつ》したらしい」に浪漫的詩人であり、かつ実存主義的志向の強い作者の資質がうかがえる。「潟の風景」は一九四七年五月号「個性」に発表の象徴詩で、広々と黒ずんで光る潟に転がる自らの屍を僕が小屋にかついで帰り土間に寝かせるという内容をもつ。そこに垣間見える作者の、扼殺された自己回復への志向は、「語れや君、若き日に何をかなせしや?」(ヴェルレーヌ)の詩句が作の初めに引用されていることでも判る。芥川賞受賞作「広場の孤独」前後から始まる堀田善衛の戦後作家としての歩みは、何編かの中国ものをへて「時間」でその一つの頂きを見せ、「審判」で別の大きな山容を現わし、「若き日の詩人たちの肖像」でまた一段と美しい連山を文学の空に輝かせることになる。なお、この標題はジェイムズ・ジョイスの傑作「若い芸術家の肖像」に拠るものと察せられるが、堀田は日本の戦前における一人の若者を中心にすえて、文学に生きるものとその時代との関り、その断層を濃密に描いた。

さらに、「荒地」の詩人田村隆一の詩「一九四〇年代・夏」が、「男」の心象を語るにふさわしく援用されている。そのすべてではなく、「一九四…年/強烈な太陽と火の菫《すみれ》の戦線で/おれはなんの理由もなく倒れた/おれの幻影はまだ生きている/おれはまだ生きている/死んだのはおれの経験なのだ」「おれの部屋は閉されている/しかしおれの記憶の椅子と/おれの幻影の窓を/あなたは否定できやしない」「われわれはこの地上をわれわれの爪で引ッかく/星の光のような汗を額にうかべながら/われわれはわれわれの死んだ経験を埋葬する/われわれはわれわれの負傷した幻影の蘇生を夢みる」の部分である。詩人堀田善衛の「荒地」派接近はここにも濃厚にうかがえ、思想と行動の自由を奪うを物語る。

〈国家〉や〈戦争〉の重圧感が、サルトルの文学世界にも通う堀田文学形成の最重要因子であったこと

「少年」は金沢での中学生時代、米人牧師の家に下宿して英語を使いこなし、後にはレーニンの著作を英語で読むほどの力を蓄え、一方では音楽少年としてラヴェルの「ボレロ」に性的撹乱をおぼえたりしている。何と言ってもその幅広い読書ぶりは見事で、後の堀田の博学を思わせる。折しも運輸業の構造改革で生家の廻船問屋は危機に瀕していたが、学資に事欠くというほどでもなかった。

二・二六事件

そして、一九三六年二月二十五日に東京のK大学予科の入学試験を受けるために上京。その翌日、二・二六事件がおこる。金沢での平安な学生時代とは違う暗い青春の始まりである。予科政治学科入学以後の東京暮らしや、日本共産党の重要ポストにいた従兄が逮捕され転向したこと、帰郷して友人アラビアと遊ぶ話、その友人の恋人で芸人の百合文子が引き抜かれて浅草で舞台に出ているのに会いに行く話、ギターなどの楽器演奏が得意でマンドリンクラブの演奏会に出演したことなどがあって、生家の苦難は耳に届くとはいえ希望に満ちた学生生活満喫の第一部は終わる。

〈転向〉

しかし「少年」は身近な従兄が「共産党の解釈《インタプリト》を正しとして、天皇を倒し、貴族を一掃し、従って革命をおこして社会主義の世のなかに、この世《ザ・ワールド》がならなければならないと、と解釈した。その結果が、いまの、背をまるくして野球の記事を書くというところへ来ている。」のをまざまざと見て、その〈転向〉を責める気にはならない。やがて「若者」となった主人公は相変わらず多読を続け、政治学科から仏文科へと転科するにつれ交友も拡がってゆく。そんな矢先、刑事に踏み

込まれて「あのテの本」所持とその行方を訊かれ、やがて拘束され淀橋署に留置される。国家との出会いである。満洲皇帝来日とかで十三日間の勾留を食う。知り合った朝鮮人レスラーが帰国の際に愛玩する万年青を預けていったのを、大切に世話する「若者」は、一方で芥川の〈末期の眼〉の弱さに対比してレーニンの言葉の力強さを考える。

「死を決しない、暴力と死を内実とするのではない、つまりは生を、ひたすらに生を内実とする、生のための秩序、権力、社会、国家、世界——そういうものがどうしたら可能なのか。死を内実としない、ひたすらに生だけを内実とした悦ばしい認識というものがどうしたら可能なのか……。死によって裏書きされ保証をされているのではない、生によって、ひたすらに生によって保証をされた詩、文学というものが、どうしたら可能なのか。／レニン《ママ》には、たしかにそういう悦ばしい認識があった、と思う。」

仏文科へ転科して十八人の知り合いを得た「若者」は、陸海軍及び警察を「皇室の爪牙」と言って憚らなかった明治維新の元勲（岩倉具視）の孫を知ったが、仏文の上級生で左翼運動に挺身する山田喜太郎という人物とも懇意になる。―マルクス、エンゲルスの芸術論を語り、フリーチェの芸術社会学のことを話す、たった一人の人」であるが、検挙されて八か月も留置され、拷問にあっているという。先に十三日間拘束されただけの「若者」は、行きつけのバー「ナルシス」のマドンナがその夫とともに拘束され、共に拷問の体験をもっているのを知る。ことにマドンナは拷問の後遺症で、エクスタシーの前に痙攣を起こすという酷い目にあっている。今は沖縄に帰郷して土方になっている旦那の留守に「若者」はマドンナと仲良くなるが、マドンナは「若者」との愛でも痙攣をおこしてしまう。

レーニン

現実の堀田とマドンナとの関係はよく判らないものの、作中に織り込まれた二編の詩、「野辺」と「風」は、ともに一九四八年五月発表である。「あの人はどういふ人かと、お前は聞くのか／あの人は風にきらきら光りつ靡《なび》く／芒《すすき》の原のやうな人だと／私は答へよう」とか、「ああお前もまた／風のやうに／〝ひゅう〟／〝ひゅう〟」といった、他愛もないような愛の無常を立原道造風に詠嘆したものである。しかしここで「若者」は「なんのことはない、〝ひゅう、ひゅう〟の風だの芒ッ原だのは、それはつまりマドンナでもなければ若者自身でもなくて、それは、いわば死者の位置、死者の眼、死者の視点というものではないのか。なんのことはない、反戦同盟、反死同盟どころか、いつのまにやら〝あきらめて〟、自分でもう死者のところまで下りて行って、あるいは寄り添って行ってしまっているのではないか。／そうか、詩とは死のことなのか。／詩とは死のことだったのか。／シはシか。」とまで迫ってくる死を凝視する。

しかし「若者」は「〝詩は死〟でもいいではないか」と思い直す。「たしかに、レニンは生きる一方の、本当に生一本《きいっぽん》な、心のあたたかい、しかも勇敢で正しい、男の中の男一匹であった。」と、その思想よりも人間として生きるそのたくましさに共感し、そこに自らの確固たる立ち位置を確保する。いかにも堀田善衛らしいしたたかさである。それでも詩を作ったあとで、ひょっとしてマドンナが自殺するかも知れないと気づいた「若者」は、「レニンさん、よろしくたのんますぞいね」と呟いてマドンナの家へ飛んで行き、マドンナが好きな風呂を焚いているのを見て安心するといった、ちょっとユーモラスな悲喜劇を創り出している。

そのときマドンナがひとり小声で歌っているのが、中里介山の大作「大菩薩峠」のヒロインお玉の御詠歌である。例の「夕べあしたの鐘の音／寂滅為楽と響けども／聞いて驚く人もなし／花は散りても春は咲く／鳥は古巣へ帰れども／往きて帰らぬ死出の旅／野辺より彼方の友とては……」の「間《あい》の山節」である。戦争へと一気に突き進む国家によって痛めつけられたマドンナは、人形劇団などで鍛えた得意の暗唱を、風呂に入ってやるというのが印象的である。「往きて帰らぬ死出の旅」のもつニヒリズムは、しかしマドンナにとってはむしろ、過酷な暮らしを生きるための支えになっているからである。

しかもこの少し先に、やはりナルシスで出会った「短歌文芸学」なる男の話があって、「若者」の屈折した心情がそこに描かれている。病弱の「短歌文芸学」は三か月拘束され、結核の症状悪化で釈放、しかし寝ているところへ召集令状が来て帰郷し検査を受けるものの、非国民と罵られて天竜川に身を投げる。遺族から「若者」が買い与えた桐の下駄が送られてきたのを、マドンナの沸かす地獄風呂で燃やす「若者」は「短歌文芸学の足の裏でたいた」風呂に入る気になれない。そんなころ「若者」に一つの転機が訪れる。世界を変えようと目論む革命思想への共感と裏腹の、革命運動家たちへの失望は、小説家を目指す「若者」に新たな前途への視界を開かせる。

「……自分が〝学生〟というものであることに、若者はほとんど苦しんだ。音楽はすでに夜眠る前に総譜を読むだけになり、レニンやマルクスの勉強のことなども、それをになうと称する人々の苦渋にみちた腐蝕と頽廃を眼にし、短歌文芸学の自殺が身のそばで起って、終結を告げざるをえなかった。地下の党という神秘的な存在についても、一九三六年の冬には、早くも「赤旗」という地下新聞にのっていた文章のいくつかを、ひょんなことで眼にしていて、神秘とも何とも思わなくなっていた。若者は、眼が裸になってしまったような気がしていた。そうして、この裸の眼に映って来る、これもむき出しになってしまって、味も素ッ気もなくなってしまった事物を、そのままことばで描いて行きさえすれば文学というものになるらしいぞ、と気付いていても、だからどうだということはまったくなかった。」

「いざ生きめやも」

「かくて誰もいなくなった。」（アガサ・クリスティ）のエピグラムを冒頭にすえた第三部も、続いて「若者」の物語で、兄弟三人そろっての席上、母から生家の廻船問屋倒産の始終を聞くところから始まる。やがて兄の一人も召集される。「荒地」の面々も召集を受けて新宿のナルシスも寂しくなったのか、汐留駅近くの新橋サロンで集いが持たれた。そこで知り合った中村真一郎（冨士君）が、近しくしていた成宗の先生（堀辰雄）の存在を「若者」に知らせる。ちょうど特高に「フランス文学なんちうものをやっとるんか。」とか、「外人とつきあってはいかんぞ。ま、きょうはこれだけじゃ」と警告されたころ、下宿から近距離に住まいする堀辰雄に、散歩途中で話しかけて親近感を抱く。しかし戦況は悪化の一途で、学業の半年短縮や避けがたい召集が予想される中での成宗の先生と、そしてその傍らにいる「遠いい少年」（野村英夫）との会話は、まるで別世界のことだった。

「若者」は最後の夏休みということで帰郷することになるが、その夜行列車の中で前夜の築地小劇場で「澄江君」（芥川比呂志）や「赤鬼君」（加藤道夫）たちが上演するのを手伝ったのを思い出す。赤鬼君がプログラムを兼ねたビラに「芸術家達の多くは、幾世代もの間、人々の感性に烈しく訴へる生命の輝きと云ふものを蔑《ないがし》ろにして来た様に思ひます。」と、このすべてが戦争による死を目前にしているなかで「輝ける生命」を希求しているのに驚く。そして劇場を出て両国のかつて歩いた道に出て、国家や民族というものについて考える。「それはいわば桶のタガのようなものではあってもタガは桶ではない、と思う。タガがゆるんだのでは桶がバラバラになるかもしれぬ、しかしタガはあくまでタガであって桶そのものではない。」

まっすぐ故郷に向うはずが、碓氷峠の駅で缶《かま》変えのために列車が止まったので、つい降りた「若者」は、「成宗の小説家」が軽井沢に避暑しているはずと思うが、格別訪問する必要もないと思い、「そこらここらをほっつき歩いて、朝がきてまだ生きていたら一番の汽車に乗ればいい」などと投げやりな気持に身を任せる。夏の夜の高原をたった一人で歩きながら、「何を決断しなければならぬというのか。」と考える青年の虚脱感がここに濃厚である。「学業の年限を半年も短縮され、兵隊検査をうけて軍隊へ放り込まれる」といった「激変」に放り込まれる。「軍隊、戦争、死」と思う一方で「なぜ、いったい人は自殺する権利は保証されていても、生きる権利だけは保証されていないのか?!／なぜ、いったい国家は、人に自殺する権利を黙認し、従って保証していながら、なぜいったい国家は人が自由に生きる権利だけは認めないのか、保証しないのか?!」と、国家というものの在り方を糾弾する。そしてしまいには、「国家を天皇と言いかえてみても同じことであった。」と思い至る。

結核という不治の病と闘いながらも、生への渇望を美しくも哀しく表出する堀辰雄の「風立ちぬ、いざ生きめやも」（ヴァレリー）に強く惹かれていた堀田は、ここでは主人公にダンテ「神曲」の冒頭「われ人生の道半ばにして……」を想起させている。その冒頭は「人生の道の半ばで／正道《せいどう》を踏みはずした私が／目をさました時は暗い森の中にいた。／その苛烈《かれつ》で荒涼《こうりょう》とした峻厳《しゅんげん》な森が／いかなるものであったか、口にするのも辛《つら》い。／思いかえしただけでもぞっとする。／その苦しさにもう死なんばかりであった。／しかしそこでめぐりあった幸せを語るためには、／そこで目撃した二、三の事をまず話そうと思う。」（平川祐弘『ダンテ『神曲』講義』）と続くものであるが、人生の半ばどころか、わずかに二十歳過ぎの「若者」が「死」に直面する心情は、余りにも過酷なものがある。しかし「若者」はその死に立ち向かう。

〈絶望弁証法〉

第四部は帰郷後の兵隊検査で第三乙種合格、あとはいつ召集令状が来てもその運命に殉じることしかないと腹を決める「男」の話となる。「汝の運命を愛せよ」（ニーチエ）とはいうものの、納得できない日々の中で卒業式を迎え、国際文化振興会に就職する。さしたる仕事もなく読書に耽る。そんな中で「方丈記」に心惹かれた「男」の脳裏は、「しかし、鴨長明の描いた悲惨な『日本』は、悲惨ながらに、あるいは悲惨であればこそ、実に荘厳なほどにも立派であった。それがそうだとすれば、現在の『日本』が本物の絶望であるということは、逆に絶望ではない、ということになりはしないか……。男の頭のなかには、妙ちきりんな〝絶望弁証法〟のようなものが渦巻いていた。」という次第である。北陸人の風雪に耐えるしたたかさ、加えて魯迅から得た不逞な闘争心みたいなものがここに見られ、そんな〝絶望弁証法〟の中から死んだ祖母の叩く木魚の音が聞こえ、廻船問屋の親族会議が浮かび、「よーそろ、よーそろ……」と、鶴をあやす庭番のけっつあ老人の声がよみがえってくる。

そしていよいよ召集令状が届く。夜行列車で伏木にもどる「男」は、詩人で犀星の盟友だった萩原朔太郎の詩の一節、「わが故郷に帰れる日／汽車は烈風の中を突き行けり。／ひとり車窓に目醒むれば／汽笛は闇に吠え叫び／火焔《ほのほ》は平野を明るくせり／まだ上州の山は見えずや。……」を口ずさむ。そしてまた、「けれども自然の美しいのは、僕の末期の眼に映るからである。」と書き残した芥川龍之介の遺書を思い出す。その一方で「国家」について考える「男」がそこにいて、そこに時代や歴史を検証する並みの作家ではない堀田の資質が見えて来る。「いまのおれの思想は、ほとんど完全に、いまの日本国家というものの枠からはなれてしまっているのに、このおれのからだが日本国家は要るという……。それはいったいどういうことなのだ……？　からだが要るとは？（中略）そういう国家とはいったい何だ、と思う。」と続く。ここには、国民の「生殺与奪の大権」を国家がもつことへの弾劾があり、国民と国家との関係に対する大きな課題が提示されている。個人の時間を完全に奪われた男の、社会とか国家とか政治とかへの参加《アンガジェ》意識の強さは、いかにも戦後派文学に共通するキーワードであることがここでもよく解る。

「橋上幻像」（70・3）

序章「橋へ」の後に三部構成と「報告」の締め括りをもつ「橋上幻像」は、堀田には珍しく一気に書かれた書き下ろしであり、しかも「若き日の詩人たちの肖像」に直結する「生殺与奪の大権」をもつ国家と、そのもとで人間が犯す大罪を暴く堀田ならではの異色作である。小説というよりはむしろ、現代文明の陰に潜む人類の否定的な行為への糾弾を秘めた評論の趣きを発揮する。それを効果的に表象するために作者は、読者に「一つの場所、平面、あるいは点に立ってもらいすればよい」と言い、それをY字形の橋の中心点に設定する。若い時から橋に興味を抱いた堀田は、東京の月島にかかる勝鬨橋の上で「若き日の詩人たちの肖像」を着想し、銀座裏の三吉橋の上で「橋上幻像」の着想を得た（「私の近況」）と記している。橋は人生そのものでもあり、その「過去、現在、未來にわたる記憶の薄暗い無限空間のなかに、異様に上下左右に結節をしている」時間にある、「きわめて抽象的なものであり、現実に存在する筈もない、いわば一つの虚点」がつまりは橋の中心だという。ちょっと現実離れした、シュールレアリスムの世界を作者はここで演出する。そうでもしないことには、二十世紀の暗黒の歴史という時間の中にさ迷う死者たちを、とても蘇らせることができないとでも言うかのごときである。

「橋上の人」

「荒地」の詩人鮎川信夫の代表作の一編に「橋上の人」があるのは周知のとおりである。その長編詩は戦時下から戦後にかけての一青年の心情と生き様をうたったことで、年齢の多寡を問わずに幅広く、しかも奥深く人々の心を撃ったものである。大雑把に要約すれば、戦場へ運ばれ死から逃れられない運命を目前にした彼（つまり、橋上の人）の見た世界がうたわれ、そしてからくも生き残った者として荒涼たる廃墟に打ち捨てられた彼の見た世界が再びうたわれる。冒頭の一節（Ⅰ）すべてと末尾（Ⅷ）の部分を挙げる。

彼方の岸をのぞみながら／澄みきった空の橋上の人よ、／汗と油の溝渠のうえに、／よごれた幻の都市が聳えている。／重たい不安と倦怠と／石でかためた屋根の街の／はるか、地下を潜りぬける運河の流れ、／見よ、澱んだ「時」をかきわけ、／櫂で虚空を打ちながら、／下へ下へと漕ぎさってゆく舳の方位を。

……／橋上の人よ、／あなたの内にも、／あなたの外にも夜がきた。／生と死の影が重なり、／生ける死者たちが空中を歩きまわる夜がきた。／あなたの内にも、／あなたの外にも灯がともる。／生と死の予感におののく魂のように、／そのひとつひとつが輝いて、／死者の侵入を防ぐのだ。／……

「彼らのあいだの屍」

第一部は四郎とみどり、そしてみどりの恋人の「彼」三者をめぐる話である。私小説的世界を繰り広げるかと思いきや、四郎とみどりが結ばれるのは「彼」の葬儀のあった日というから驚きである。しかも二人には罪の意識などはなく、「……性の経験は、あれはね、たしかに生きていることの一回一回の実証ではあるでしょうけれど、あれは一回一回の死の経験なのじゃないかと、と、ね。」などと言うみどりは、もう伝統的な日本近代小説の様式を超越している。三人の人間関係は必要最低限度にしか書かれない。わずかにみどりは、自殺した「彼」と自分との間にもう一つの屍があると認識しているに過ぎない。四郎もまた「彼」とつながるのは、「死ぬことが、つまりは生きることだった。だからぼくたちは、死を無視した。」との時代認識をもつ。日常的な事象はほとんど作者によって捨象され、ひたすら四郎は「彼」とともに生きた過酷な時間を思う。通訳官試験に受かった「彼」はニューギニアに派遣され、そこで食糧難に襲われた日本軍が、戦いの後に残された敵の負傷兵や死体を食うのを目撃した。「飯盒に何杯、それでも入りきらなくて、天幕にまで包んで……、もちろん血だらけさ。血なんてもの、そんなもの……。残酷だの、残虐だのというのは、……別の世界のことさ。兵隊たちのあいだでは、しまいにはどこの部分がうまい、まずいといったことまでが囁かれはじめる。」などのすさまじい描写が目を射る。そしてしまいには、ある日、将校がやってきて拳銃の手入れをすると、「ああ、おれの番じゃないかな」と思ったというから、皇軍というも名ばかりで何とも哀れで、国家とか政治とかを思わないわけにゆかなくなる。連れて来た兵隊に「命令！」とやると、兵隊は「自分にはできません」とはっきり言う。すると将校はその兵を射殺したと続くのだが、このあたりは濱口國雄の詩「地獄の話」を連想させる（堀田は金沢の人、濱口にその見聞を聴いている）。

人肉食

これにまさる極悪非道は人間世界にあるまいが、しかし、人間というものは何を仕出かすかわからないという確固たる絶望的信念は、堀田文学に通底するものと言える。既に堀田も一目置いた先輩、大岡昇平がその戦争体験の一つとして「野火」（一九五一年）にそれを材として、戦友を殺害しその肉を食べた男を射殺する「私」を描いた。その「私」は復員後、精神を病むうちに神をたたえることになるが、早くにグレハム・グリーンの「神」に一つの小説作法を借りていた（「夜来香」）堀田は、もうここでは「信仰」などは持ち出さない。ただひたすら橋上で「彼」の幻影と対話するばかりであり、代わりに堀田は不可思議な存在であるみどりという女を強調している。「彼」と知り合う何年か前に、四郎という男は、初めて女との「肉体と肉体との間に、存在と存在との間に空間が最小限になっての交信」を行ったそのとき、事が終わって汗の冷えた女を屍体と感じたことがあった。それも屍体という日本語ではなく仏語のカダヴル cadavre で入ってきて、「おれの時間・空間＝宇宙には〝人喰い星〟というものが存在する」と、思ったところで四郎は意識を失ったという。女は男にブランディを与え、葬式のもつエロティシズムにつき二人は語ったりする。この奇抜な表現はもう一つの屍である「彼」を登場させるための細工なのだろうと納得するが、それにしても込み入った仕掛けをこしらえたものである。二人の間を描くときかつてのリアリズムの手法など皆無である。その仕掛けといい、悲惨なテーマといい、その新境地開拓に対して特異な作家石川淳が讃嘆の言葉を吐露したのも納得できる。よほど嬉しかったものと見えて堀田は、その評言を作品所収の全集あとがきに収録している。両者の文学にニヒリズムが底流していることの一つの証左である。

加藤道夫

「彼」のモデルが堀田と同年齢で同じく慶応に学び、近代演劇に新分野を開いた加藤道夫というのは周知の事実であることから、堀田との三角関係という下世話な興味にひかれてつい「女」に筆を割いたが、作の真価はそんなところにはない。人間として見てはならないものを見てしまった加藤の苦衷を堀田は思いやりつつ、若者を無謀な争いの場に駆り立てた政治・国家というものの非人間性を糾弾することこそ作者の意図である。加藤追悼のいくつかの文章の中で、「僕はヤクザな学生だったのだろう。それにしても彼にはそれがあまりになさ過ぎた。」（「加藤道夫と芥川比呂志」）と自らに比して書いているのがいかにも堀田らしい。折しも加藤の自死を知った時、堀田は戦後最大の社会事件となった松川事件の取材で仙台にあり、死刑四人、無期二人、有期二人などの判決を聴いて唖然としていた。これが全くの冤罪と判ったのは後のことだが、この忘れがたい昭和史の大事件と合わせて堀田は「二つの衝撃」と特記している。ただ単にジャーナリスティックな作家とばかりも言えない、行動する文学者としての堀田の本領は、Y字形の橋の中心点に登場する加藤の幻影に象徴的に表象されている

「それが鳥類だとすれば」

続いて「男」によって語られる物語の第二部は、読者である「君」への呼びかけから始まる。「男」はモスクワで中国人作家の葬儀に参列し、その「勇気と絶望で一杯であった筈のあの男の最期」を思う。そのモデル、ロマン・キムはソ連の推理作家として知られるが、その父は朝鮮の反日派の政治家として日韓合併に反対し、帝政ロシアのウラジオストックへ政治亡命するといった、まさに動乱期を生きた人物だった。母は北京の女学校を卒業しフランス語が堪能だった。ロマンはわずか七歳で日本にきて慶応幼稚舎（小学校）、普通部（中学校）に学んだから日本語は習得していて、後に日本文学をソ連などに紹介したという（木村浩「ソ連の推理作家　ロマン・キムの謎の部分」）。堀田がモスクワでの日ソ文学シンポジウム（一九六五年）に出席した時に、ソ連側代表のロマンと会っている。Ａ・Ａ（アジア・アフリカ）作家会議などで多彩な活動をした堀田の一面が、ここでも作品の背景として垣間見える。

ホローコースト

その後、知人の映画監督が製作したナチスのユダヤ人虐殺を描く映画を通訳のナオミ・メルニィクの通訳つきで観る。映画はポーランドとの国境よりにある町でドイツ語を教える教師が、ドイツ軍の侵略のあと生き残った教え子たちを訪ねる話である。三十六人のうち生存者が十八人、そのうち五人はさまざまで、農場のトラクター運転手、党の書記ときて、三番目の餓鬼大将で掘削機の運転手が強制収容所送りを食ったところで、ナオミが次第に慄えてくる。観るのをやめようと「男」が言っても聞かない。虐待に次ぐ虐待が展開され、さんざんな目に遭った青年はしかし、真実の周りを話したが、真実と思わないで、公表しないで、とかつての教師に懇願する。そして場面が変わって、もう観たくないと言う「男」にナオミは、「あなたがたもヒロシマをお持ちではありませんか！」とたしなめる。

　新たな場面は、小さな女の子が侵入したドイツ兵に父母ともども捕らえられ、多くの倉庫の一つに閉じこめられ、次々に森へ向かい銃殺されるという展開で、ナオミは次第にその少女に同化して惹きつけられてゆく。積み上げられた鉄骨の上にとまっている三人家族の真ん中の少女を、「ある種の動物のように背をかがめ、それが鳥類だとすれば眼だけがぎらぎらと光り、梟《ふくろう》か木菟《みみずく》のように思われる。」とナオミは感ずる。映画が終わって先刻の中国人作家の葬儀車を見送ったあと、「男」はナオミが映画監督に自分のストーリーを話したことを知る。実はナオミも少女と同様に捕らえられ強制的に収容され、銃殺された人々や父母の下に埋もれてあやうく難を逃れた奇蹟的な体験をもっていた。

　作者はここで凄絶な体験をもつナオミに、人間がもつ根源的な罪を詰問するとともに、その踏みにじられた人間性からの回復という「あてどのない気持（pointless）」を語らせる。「あたしは、知っているつもりなのです。人間が、どんなに高貴な、そしてどんなに獣類のようなことをするか。けれども、あの時の、少女時代のことを思い出すと、あれがいまのあたしと同じものだとは、とても思えない。だから、まったく違った二つの人生が、まるで接《つ》ぎ木でもするかのように、あたしのからだに、接がれているという思いにとらわれ、あたしのどこがいったい、その接ぎ目なのか、などと思うと、本当に……、自分自身の人生ながら、本当に、あてどのない気持（pointless）になります」と言うナオミを、そのアパートに送る途中で渡った長い橋の真ん中あたりで「男」はナオミと次のように話す。

「……ここから先へ行けば、われわれと言っていいでしょう、あなたも私も左岸の人、になる。ここまで到らぬあいだでは、あるいはわれわれがここから戻れば、われわれは右岸の人、になる」
「では、ここが〝ポイント〟だと仰《おっしゃ》る？」
「〝ポイントレス〟、あでどのなさそのものでもあるかもしれない」

そして作者は冒頭で呼びかけた「君」に再び呼びかける。「右岸へ行けば、君は右岸の人であり、左岸へ行けば、君は左岸の人なのだ。だがそれは君であってしかも君ではない。／しかしまた、橋の真ん中、接ぎ目などというものは、存在し同時に存在しない。しかししかし、そこに立つその存在し同時に存在しない幻像こそが、まさに真実の君なのだ。」

なお、このナオミにもモデルとしてミラ・サルガニィクというソ連作家同盟のアジア・アフリカ関係の担当者がいると想定されている。堀田とは一九五六年のインドでのアジア作家会議の折、通訳として初めて会って以来、二十年以上のつきあいだという一文（「ミラ・サルガニィク夫人」）があるからである。

「名を削る青年」

第三部も「男」の語りで、ヴェトナム戦争からの脱走米兵を匿った「男」と「名を削った」米兵の話が繰り広げられる。一九四五年にソウルで生まれたものの両親は行方不明ということで、パク・チョン・スーと名付けられるが、浮浪者として米軍基地からの廃棄物や盗みで暮らす生活を強いられた。九歳でアメリカの戦災孤児を養子に迎える会に拾われ、ロサンゼルス、アイオワ市のガソリンスタンド経営者アメリカ人の七番目の息子ということで養子となり、以来、ウィリアム・ジョージ・マクガヴァーンを名乗ることになった。ごく普通の客人として接しながら「男」は、徐々に打ち解けた青年から問わず語りにその「一生ばなし《ライフストーリー》」を聴く。小学校、中学校と順調にきて高校で一つの事件に遭遇する。日本人の留学生がいて英語が半分ほどしか聞き取れなくて泣いていたが、そのタナカという日本人が同じ東洋人なのになぜ彼特有のタナカという名をもっているの、自分はなぜパク・チョン・スーではないのかと気づいた。「ぼくはぼく自身になりたかった。ぼくがぼく自身でつくった、そういう自己自身（identification）がほしかったんだ」というわけである。そしてパク・チョン・スーにも戻れないと考えた青年は家を出る決心をする。ヒッチハイクし、ロッキー山脈の下の保養地にあるモーテルで、ジョーの名でしばらく働いた。「男」が、ではジョーと呼んでいいかと言うと、青年は断る。アメリカ市民でなくなろうと思っているからと答える。

しかし結局、家出人捜索会社に発見され、そして徴兵されたという青年の一つの事件の始終を聞いた「男」は、「創世記」の冒頭にいう天地創造のくだりを思う。男子アダムを創った神はしかしアダムだけでは寂しかろうと、アダムにすべてのものの命名権を与えたわけだが、「男」は「神はなぜ人間に命名権を委譲したのか?」と疑問を呈し、その「途方もない問題」に気づく。そして「人間の世界では命名をされ表現を与えられたもののみが存在なのであり、存在としての市民権をもちうるものであろう。名のないものは、非存在か、未存在かである。」と思う。

一方、青年は「男」が庭で枯葉を集めて焚火を始め、ついでに紙屑やビニール袋、プラスチック製のこまごましたものを火に投ずるのを見て、有毒ガスの発生でアメリカなら空気汚染罪で罰せられると警告する。そしてさらに、ジェット機一機がニューヨークからパリまで飛ぶとき約三十トンの空気中の酸素を消費するなどと言い、地球全体の工業化なども あって高温化が進み、地球破滅が予想さると心配もする。そんな人類の未来に懸念を示す青年が、眼を輝かせているのに「男」は驚く。しかし青年の話が、徴兵されたあと入営し訓練を受け、まずドイツへ派遣され、ついで朝鮮に移送された話に入ると、また顔を曇らせる。荒廃したソウルの町を見て自国への嫌悪感がつのるばかりか、朝鮮語が話せないことで朝鮮人の中で朝鮮人としてのアイデンティティをもって暮らすことができなくなったからである。青年にとってこれは言葉通りの祖国喪失に他ならない。

逮捕状の出ている青年に日中の外出は許されず、気晴らしのための夕食後のドライブも極度に慎重になるが、時に警察官の検問があると冷や汗をかきつつも、路上では警官が国家を代表していると気づく。「国家、という、異様に抽象的なものが、きわめて具体的に、「男」の家を夜の闇に化けてひたひたと包囲していて、（中略）この青年の人間を攫み去ろうとしている」と、その青年の「人間」としての実存に「男」はこだわる。そして朝鮮名もアメリカ名も拒否していることに人間としての最低の基本的条件をさえも拒絶することに、「あの青年は、ひょっとして〈橋〉なのではなかろうか」と気づく。「どこからどこへ架っている橋であるか」と思う。「それはひょっとして、過去も大過去、聖書の創世記に書かれているような『元始《はじめ》に……』という、そういう人間の元始《はじめ》から架って来ている橋か、あるいはまた、この戸の外、窓の外までひたひたと押し寄せて来ている夜の闇としての国家などというものがとうのむかしになくなってしまった未来、そういう大未來へ現在から架けられて行っている橋なのか。」と、「男」はしまいに国家というものの消滅をすら想像する。青年は青年でこれから自分の行くべき所を探して世界地図を広げていて、「おかしいよ、本当に。世界などといったって、国だけしかなくて、国ばかりしかありはしないなんて。オトウサン。」と叫んだりする。その一方で「たった一つの、どこの国にも属さぬ南極に住むには、何よりも国家の後ろ立てがなければ、生きても行けないだろう」と、国家のもつ力を承知してもいる。

しかも自ら「名を削る青年」は、何としてでも自分にふさわしい名を探しており、とりあえずは、ナチスの卍や、ナチスがユダヤ人につけた徽章や、ソ連の国章を組み合わせた符号みたいなものをサインとして考案した。しかしこれは名ではない。人間として存在するためにまず納得のできる名が欲しいというのは、神の創った人間に最も基本的なものとして与えられるべきものである。「男」はいろいろその名を案出したすえに「ジンギス汗」を思いつく。「ジンギス汗は、アジアからヨーロッパまで駆け抜けて行った。しかし彼は、別に国家などというものはつくらなかった。従って国境もつくらなかった。彼らのいたところが、彼らの場所であるだけだ。彼らの故郷は、その日彼らが飯を喰う天幕だ。それだけだ。蒙古帝国などというものは歴史家がでっちあげたものにすぎない。」という次第である。しかしジンギス汗は、米軍と同じように破壊や殺しもやったので、そういうことを絶対にしないジンギス汗ならいいと言う。

作者はアメリカがヴェトナムでやった大量の殺害や暴虐の限りを一つも書かない。そしてアレルギー性鼻炎で花粉症に苦しむジンギス汗が、一市民として樹木のないモロッコあたりで中華料理屋を開くという、きわめて日常的な幸福追求の願望を描く。しかし青年が梅花の散りかけたころに家を去る時、「葬儀のときの、出棺、というに近い感があった。」と、「男」のやるせない所感が記される。青年の願った市民権があり、樹木のない国というものに思いをいたすと暗澹とする。「国と国、といったところで、そこにあいだなどというものはなく、それはむき出しの国境と国境の接しただけのものであって、その間に、たとえばこの、国家はいやだというジンギス汗をおいてくれる橋一つかかっていはしないものであった。」との認識が、男にあるからである。因みにこの青年は、小田実（「三人の「死顔」――野間宏・中村真一郎・堀田善衞」）が、堀田を追悼して「ベトナム反戦運動のなかで、彼の逗子の居宅にアメリカ合衆国軍のベトナム前線からの脱走兵のひとりを押しつけかくまってもらったというつきあいがあった。」と記す、その脱走兵をモデルにしている。

二　日本戦時下への視点

批評としての小説

いったん大学の法学部政治学科に入学した堀田が、文学部フランス学科に転じたという経歴のもつ意味は決して小さくはない。これまでに一瞥したようにその文学は、人間の内面そのものを深く追求するというより、むしろ現実の社会や政治とのかかわりによって生ずる社会的、政治的色彩を色濃くもっていた。時に現実のすさまじさを表出するあまりに、そこに生きる人間に作為的な意匠をこらすことも厭わない作家がそこにいたこともある。政治小説の難しさという課題もそこにあるわけだが、しかし本来詩人として文学の世界に入り込んだ堀田が、詩の形式に限界を感じて小説に目を移したとき、例えば日本の作家ではどういう作家を脳裏に浮かべたのか。ヴァレリーやヴェルレーヌとかドストエフスキーとかは何かと作中に頻出するが、日本の小説家に関して堀田は自らと同時期の数人への言及を除くと存外に寡黙である。

あらゆるものを渉猟したと察せられる堀田の読書歴を探る一つのヒントとして、「日本文学の怪談師たち」の一文を見る。「シナ事変から太平洋戦争に入るあの頃、私は心をこめて大正文学に読みふけった。そして大正文学とはいえ、白樺派や、芥川龍之介、菊池寛、久米正雄などのものはあまり読まず、爾後のプロレタリア文学もあまり読まなかった。」と言い、「宇野浩二氏のものであるが、私は室生氏のものと同じく、少くとも昭和十六、七年頃までのものならば、全作品とは言えぬまでも、大抵のものは読んでいる。」と明かしている。確かに志賀直哉や武者小路実篤ら、それから有島武郎などへの言及も乏しい。犀星に宇野にもう一人、佐藤春夫を主に述べるこの文で堀田はその三人を怪談師と称して、先導者に対する敬意を表しているものと思われる。しかもこれは作品のテーマに対するものというより、ものを書く人の態度についての物言いであり、そこに既成の文学作法に反旗を翻す、少なくとも異議を提出する堀田の意気もうかがえる。宇野の場合は随筆集『思ひがけない人』に見られる表現・表記を取り上げ、「当世の読者というものが、まったく信用できなくなっているのではないか。読者の国語についての知識、教養、読解力というものを信用する気に到底なれないのではなかろうか。」と宇野を思いやっている。そして犀星の場合は「舌を噛み切つた女」や「神かをんなか」などを引いて「この作家ほどに、作家のいとなむ弁証法的な道行きをはっきりと私に見せてくれた人を知らない。」と言い、「ドストエフスキーにとって『罪と罰』とは対立概念でも並列概念でもなかったとすれば、室生氏にとって救いと罰は、ロシアのこの作家程度にまではめり込んで行っていると思われる。」と推奨している。

政治なるものを文学化しようと目論む堀田にも、戦後派としての「弁証法的な道行き」があったことは、先に一瞥した中国ものに垣間見えたところである。「時間」が一つの終結であり、「夜の闇」によって祖国回復を果たした堀田が、ここに新しい道へと歩を進めたとき、もはや戦後ではないとばかりに新しい波がわき起こってきたのは周知のとおりである。戦後十年を迎えた一九五五年の「太陽の季節」（石原慎太郎）登場である。しかし敗戦後にわずかに取り戻した平静の世にあっても戦争の傷は癒えることがなく、戦後派たる堀田は中国ものや「暗い森」だけでその時代を語り終えたと得心出来るはずもなかったに違いない。そこで幾編かの長編に取り組むあいだあいだに、まだ語るべきものがある戦時下の日本を想起したはずである。それらは短編の形で表現されており、以下、それらを概観してみたい。

「或る公爵の話」（54・3）

まず、忘れてはならない問題作に「或る公爵の話」（執筆は45年）という寓話風の語り口をもつ一編がある。話は要約すると次のとおりである。

王様の国に一人の公爵と八人の大臣がいて、国は大変よくおさまっていた。ところが一人の大臣が、乱れている大きな隣国をとって自分たちの国を大きな国にしようと提案。ほかの大臣もみな賛成したので、王様は相談役の公爵に相談する。しかし公爵は反対する。それに怒った八人の大臣は、全国の悪魔を呼び集め「戦争しよう。神聖な戦争だ。」などと人民に呼びかけると、人民はこぞって「戦争しよう」と言う。そんなこととは露知らぬ公爵は王様とともに城外に出て、出会った三人の子供にたずねてみると、（子供の頭にもぐり込んだ悪魔が）「戦争しよう」と言う。また三人の学者にたずねると、（その頭の中の悪魔が）「戦争しよう」と言う。そこで王様は戦争を始めるが、隣国は決して愚かでも弱くもなく、強くて賢いので、ひどい目にあう。すると悪魔たちは八人の大臣の言うことも聞かずに逃げ出してしまい、人民たちは目が覚めて戦争に反対しはじめる。そこで王様は公爵に相談するが、公爵は悲しそうに頭をふって黙っている。隣国に捕まった八人の大臣は、王様のいいつけでやったので我々に罪はないと言う。隣国の兵は大臣たちを監獄に入れ、王様を捕まえようとする。困った公爵は、「誰が戦争をはじめたのだろう」と人民に聞くと、「悪魔が始めた」と答える。困った公爵は隣国の兵に、悪魔を捕まえたら王様を許してくれるかと頼む。翌朝、縄でしばられた大きな悪魔を兵たちが銃殺する。その後王様の国は幸福になり、公爵はもうどこにもいなくなった。人々は、銃殺された悪魔は公爵だったと言い伝えた。

近衛文麿

一読してこれが、昭和天皇（王様）と、昭和十二年六月から十六年十月まで三次にわたって内閣を組織して、戦後に戦犯の指名を受けて自殺した近衛文麿（公爵）、そして戦争を遂行した軍部など（八人の大臣）を暗に示していると読み取れる。公爵は王様の相談役みたいな存在であり、王様を助ける大臣たちを「見たり批評したり」するということで、総理大臣ではない。問題は大臣たちが「悪魔」を唆して人民を戦争に向わせたことで、敗戦となると大臣は責任を王様になすりつけるだけという始末。人民は「悪魔」を責めるので、作者が「悪魔」と仮構した公爵を捕えて殺すことで王様の国は再び幸福となる。しかし「悪魔」と公爵を重ね合わせるのは、無理があり、そこにこの作の弱さがのぞいている。公爵が戦争したいと言うとか、戦争を賛美するとかという風に描かれず、隣国への手出しを「とんでもないこと」と反対して大臣たちの怒りを買っていることでもある。

しかし、戦いに負けた時、公爵は「悪魔がつかまったら、王様をゆるしてくれるか。」と、隣国の兵隊に頼んで、自ら「悪魔」となって消えてゆくところに作者の工夫が見られるのも確かである。作者はこれを敗戦の年、一九四五年の作として、戦後九年後の一九五四年三月に発表しているのだが、実はその少し先、五十三年十月に「破滅型——近衛上奏文について」というエッセイを書いている。そこで近衛文麿という人物の不可思議さを指摘しており、それと表裏一体の虚構としてこの寓話を読むと、作者の意図は一段とよく解る。戦局も押し詰まって配色濃厚となった昭和二十年二月十四日の「拝謁上奏文」に注目する堀田は、「敗戦だけならば、国体上はさまで憂う《ママ》る要なしと存候。」といって、敗戦後の共産主義思想の蔓延を恐れる近衛が、国民への視点を全く欠くどころか、国民を「無視、或は敵視」していることに憤慨している。その一方で、ソ連の共産主義体制の解説をした西田幾多郎が、「将来の世界はどうしても米国的な資本主義的なものではなく、やはりソヴエト的なものになるだろう。日本本来の姿もやはり資本主義よりはああいった形だと思う」（『細川日記』による）などと言って、立ち去ったあとで、西田を「実にかざり気のない人だ」と公爵が評するのに堀田は呆れている。「フランクな人だ、とでも云えばいいのか、つかみどころがない。」とか、「被害妄想性ヒステリーか」、「神通力」、「もう常識でも判断出来ない。死者に対して礼を欠くかもしれないが、キチガイである」等々の語で近衛を酷評している。この近衛観が「悪魔」の語にかなり曲折して投影しているのだろう。

「十二月八日」（50・12）

日本が第二次世界大戦に突入した一九四一年十二月八日、その日をずばり題にしたこの短編が発表されたのは、ちょうど十年後の五十年十二月号「婦人画報」だった。女性向けの雑誌ということもあってか、前後に書かれた諸作と異なって甘美で感傷的な少女小説の趣きがある。演劇活動の学生仲間が、ハワイ奇襲という戦争開始で他に誰も客のいない銀座のバー、ナルシスで語り合うところから始まる。そして戦時下ということで周囲から結婚をせかされたりもして、一年後に会ったときは、三組のカップルとなってそれぞれの道へ進むことが判るというストーリーで、そのうちの一人が五年前を回想する構成になっている。母を嫌って大陸の特務機関で働く息子をもつバーのマダム、左翼活動で留置される夫をもつウエイター、南方へ逃避したいと願う転向者、結婚相手の叔父（陸軍中将）と意気投合して南京に行く仲間の一人、など戦争に繋がる様々な人物が登場する。

多彩な登場者に比してさほどのドラマチックな緊迫感をもたない作だが、「戦争は若者たちを無理無体にも成長させる。短い期間に——まだその時間のあるあいだに、出来れば人生の一切を生き切ってみたい、明日はないのだ、という、さし迫った緊張は人々の歩みを早まらせるのだ。」という、この一文に込められた悲愴感はよく解る。ドストエフスキーの「白夜」からの一節、「驚くべき夜であった。親愛なる読者よ、それはわれわれが若いときにのみ在り得るような夜であった。空は一面星に飾られ非常に輝かしかったので、それを見ると、こんな空の下に種々の不機嫌な、片意地な人間が果して生存し得られるものだろうかと思わず自問せざるをえなかったほどである。」に見る通り、夢想家のひたすら求める愛が、三組の若者たちの「若いときにのみ在り得るような夜」、まさに十二月八日の夜だったというわけである。「それは実に驚くべき夜であった。（中略）凍てついたような冬空には、ドストエフスキーのそれのように星はなかったが、それにしても空は空、昨日の夜と殆ど変ってはいなかった。しかし地上は、あまりにも昨日と変りはてていた。」と、その夜（つまり戦争という暗黒の世界）は作者によって鮮明に刻印されている。

なお、堀田の「白夜」愛読が並みのものでなかったことを一瞥する（「『白夜』について」）と、上に引用した米川正夫訳の冒頭を「しまいには暗唱してしまい、それを自分で英語に直し、この米川訳と自己流に英語に直したものとの双方を、折にふれてすらすらと口にすることが出来た。」とある。そして「このような幸福な文章は、やはり若き日の、身心《ママ》ともに若くして未来を上り坂一方のものとして望み見得る者にしてはじめて書き得るものであろう。こういう文章に、少年の頃に出会うことが出来たことを、私は自分の人生の仕合せの一つとしている。」とまで持ち上げている。もう一つ、注目すべきは自らの青春時代に転居を繰り返した理由を、「少年の日の私が、東京じゅうを矢鱈無性に歩きまわり、かつての日の東京の町々に実に多くのなじみの家、建築を友としてもったことも、また、いまとなってみれば、『白夜』から来ていたことだったかもしれない」と回顧するくだりである。「白夜」は貧しい青年が語り合う人を求めてペテルブルグの街を歩きまわっているうちに、一人の純真な娘と出会う物語だが、ドストエフスキーの初期作品がもつ浪漫性に強く惹かれる詩人的作家堀田がここにいる。一九三六年から四十二年までの七年間に十六回の転居をした堀田（「私の引っ越し東京地図」）の、放浪癖に近い旅行好きもまた、その文学の属性を判断する一材料になる。

「捜索」（50・12）

前作から時をおかずに発表された「捜索」は、同じく戦時下を描くものといっても、がらりと舞台装置が変わっている。九州雁ノ巣航空隊基地を飛び立った空を舞台にして、死と生という人間の実存そのものを凝視した佳作である。その基地詰めの鵜殿なるA社記者が、操縦士と機関士、通信士とともに、台北からの帰途で油送管に故障を生じて上海大場鎮飛行場に向かううちに消息を絶った僚機を捜しに行く。遭難機には鵜殿の僚友二人も搭乗しており他人事ではない。しかも戦時中の、それも使い古した「つぎはぎだらけの民間機」に乗るのは尋常のことではない。〈空に閉じこめられた人間〉に安全や生存の保証はない。サルトル風の極限状況における生と死の問題を堀田は鋭く追究する。

「飛行機という、極めて近代的な機械が、何という原始的な孤独と、地表及び空中に散らばりながらも互いに連帯し、しかも自然に抗して生きる人間の原型的な在り方とを生んだことか」と眼を瞠る鵜殿は、昨夜、海に落ちた僚友を考えても死という観念に一向にたどりつかなかった理由がわかるような気がする。「彼らは死んだのではない、還って来なかったのだ、地上の絆の向う側へ出て行ったのだ、と考えてみると、〈黄泉の客となる〉といった古い言葉がかえってある実感をもって来る」とさえ思う。捜索行が「原始的な信仰と膚接」し、「機柱にはりつけられた神社の護符が奇怪な人間の象徴」と眺められるというわけであるが、このあたり日本人の感性に根強く潜在する、仏教的神道的雰囲気が漂っている。

鵜殿はもう僚友たちの生命を捜そうなどと思わない。そしてかつて見た映画の一こまを想い浮かべる。ある定期航空の操縦士の妻が、朝方、夫の飛行機が定時に町の上空に還ってくるまで目ざめていて、爆音が聞こえてくると「Still living, still living……」と呟くシーンである。そしてさらに鵜殿は、「人間の世界とは全く無関係な空と海に、或る底深い畏怖」を感じ、下に見える船団を横切るとき自分が爆撃手であると仮想する自分に気づく。本当の爆撃機乗りも爆弾投下の際には遊びの気持ちがありはしないかと、思いは飛躍しヒロシマにつながる。被害者意識が加害者意識に変わる瞬間である。加害者の心理に食い込もうとする小説家がここにいる。「人間は何と異様な気持で多数の、同じ人間を殺傷し焼き捨てるという恐しい《ママ》行為をするものであろうか。」と作者は、何を仕出かすかわからない人間というもののもつ無気味さをここでも確認する。

やがて搭乗員たちも捜索をあきらめ、花束を投げ落とし敬礼する。それを死者に対してというより彼ら自身のこの世への訣別と見る鵜殿は、死ぬのは肉体ではなくてむしろ魂なのだと思う。彼は花びらの一ひら一ひらが音もなく、冷く正確な、幾何学模様のうねりのあいだにおちて、小さな波紋をくりひろげる様を想像した。「僚友たちが墜ちてつくった波紋の中心は、既に昨夜来静もってしまっているであろうが、しかしその波紋は、空中にまでのびひろがって来て四人の男の魂をゆるがしていた。波紋はなおさらに遠くのびて彼らの妻や子供たちの魂の戸を叩き、うちがわへ入ってゆくのだ。彼は何がなし今日の捜索の目的は達成された、と思った。」と、作者はこの作をあざやかに締めくくり、さらに「下降気流の上に出た機は、待ち構えていた白い雲につつまれた。」と結ぶのだが、ここには明らかに往年の浪漫詩人の面影がある。戦後派作家というにはやや不適切な、戦前の日本浪曼派的なものを混在させている。

「砕かれた顔」（53・8）

武器をもって戦場に赴いた体験のない堀田だったが、「短時日ではあったが、戦時中に海軍の軍令部に在勤していた」（全集1巻「著者あとがき」）という。その経験を生かして、海軍情報調査部勤務の弓削《ゆげ》をして無謀な戦争を見つめさせたのが「砕かれた顔」である。弓削は〝頭文字屋《かしらもじや》〟（略字をもとの綴りにもどし、さらに訳をつける）で、公報や在外大公使館づきの武官から来る電報を読んでいるから、戦艦陸奥の沈没とか、新兵器ウラン爆弾（原子爆弾）開発の秘密などを知っている。日本は不利な戦いを強いられており、ある日配られたチョコレートが、実はアッツ島の兵士たちの栄養補給用だったのに、玉砕で不要になったからだと判ったりする。「おれたちはこの戦争のために抑えつけられながら、同時に戦争という超越者めいた事実にすがりついて生きているようなものじゃないか……。左翼崩壊後、昭和十年に十八歳であった弓削たちは、思想や理論というものを一切信用しない世代に属していた。」と描かれるとおりの、希望や未来の全くない若者たちの話である。

主人公の弓削は偽装転向した守屋（翻訳業）から、友人の妹の絹子との結婚を勧められる一方で、馴染みの娼妓、耳なし弥生（右耳を失っている）のもとに通うことで生の充実感をつかんでいる。先客の去るのを待つ弓削は、ガダルカナルの戦場写真から〈砕かれた顔〉の弥生を連想するくだりがある。……左右から頭をよせあった二つの屍骸。片方は日本兵、片方は米兵だった。どこに傷があるとも見えなかったが、日本兵の鼻の穴から黒いものが砂地へ流れていた。が、よくみると、その黒い筋はところどころ途切れている。血か、と思ってよく見ると、それは血ではなく蟻だったのだ。夜になれば、きっとトカゲか何かが来るだろう。しゃがんでいる弓削は、ひょいと自分の手を眺めた。蛙のように、指と指のあいだに水掻きが出来て、生ぬい水をかきわけて泳いでゆき、細い、先の方で二股に裂けた舌で先ず冷たい屍骸をなめまわし、それから、丈夫な、鋸のような歯で、鋭く、一噛み噛みつく。彼は舌で唇をしめしていた。もう少ししたら、眼の前の、黄色いペンキを塗った扉があくだろう。その穴のなかへ彼は吸いこまれていって、蛙のように冷たい、青白い股のあいだに入る。弥生の生殖器は、いつも濡れていていてはじめは冷たかった。

そして弓削は自分を初めとして、弥生も、守屋も、そして私娼窟で出くわした同僚の小説家高橋も、みな一様に「人目に曝らすにはしのびぬ陰部、そういう恥部陰部でだけ生きているのだ」と呵責にさいなまれているのに気づく。「良家の子女」を自負する絹子と結ばれても、それを凌辱と認識する弓削は、敗戦前の混乱のうちに、結婚したものの、戦後には別れてしまいその愛を全うできなかった。「戦争という、この全体的な船酔いのような季節には、誰もかれもがみな少しずつ酔っていて、みな少しずつ性慾に異常を来すのかもしれん。生殖器以外には、自由に生きているものがひとつもないみたいじゃないか。」という状態である。このあたりは中野重治の「張り紙」に、主人公の万吉が転向以来「性欲に変化が生じたように思えて仕様がない。」と呟くのと似たところがある。ダガバジンスキイと呼ばれるロシアかぶれの小説家高橋もまた、弓削と同じくその時代を生きるのに苦しんでいる。酒を飲むとソ連映画「人生案内」でうたわれる「おいらが死んだら／うぐいすが、そと来て／鳴いてくれるだろう／おいらあみなしご」とうそぶく、ほとんど弓削と表裏一体の人物のように描かれる。その高橋に召集令状がくると、十九歳のメッチェンから結婚を迫られたという。「それがまだ十九の子供なんだぜ、証拠をのこしていってくれ、とでもいう気持なのかな。わからん、おれには。顔なんか無いみたいな顔してさ。のっぺら棒な顔から、涙ばっかりがごぶごぶ吹き出やがるのさ」と呆れている。顔なんか無い、のっぺら棒の〈砕かれた顔〉は、戦時下における人間ならぬ人間の姿に他ならない。顔の無いのはみな同じだと思う弓削はしかし一方で、平安末期から鎌倉時代にかけての「日本がいちばん非道いことになっていた」ころに思いを馳せている。そこが高橋とは異なるところで、もしその時代を生きていたら、「おいらが死んだら……」などという深刻な歌のかわりに、「あそびをせんとて生まれけん、たはむれせんとて生れけん《ママ》」などと歌っていたかもしれないと、弓削は意外に飄々とした諧謔味を示している。堀田の少し先を生きた高見順にも「砕かれた顔」（51・8）の題で、転向した男が結局、自殺してしまう話があり、戦争と転向というどちらも人間としての実存をかけたギリギリを描くのが注目を引く。ギリギリを描くときに、とりわけ性的表現が際立つのは堀田文学の一つの大きな特色である。

「工場のなかの橋」（53・9）

　戦前から戦後にかけて、石油精製工場に十五年間勤務した会社員、山田鉄二が、戦前の勤務体験を物語る。朝鮮戦争勃発で解雇された後は、横須賀で古本屋を営んでいるが、十五年ほど勤務した会社が懐かしくてもう五回もそこへ立ち寄って、同じ会社に勤務した友子と社内を流れる運河に架かる橋の上で語り合ったことなどを想い返している。戦時中はバリックパパンで働き、艦隊に石油を供給する仕事を担当し、視察に来た東条大将の演説を聴いて万歳三唱をしたこともある鉄二だが、タンカーの撃沈が続いてやむなく帰国したものである。そして職場に復帰すると困ったことが発生する。友子の兄の監督官の気沼大尉が、南方勤務の自分たちを「不忠の奴ら」と罵るばかりか、本土決戦を唱えて守るべき機械や装置を壊し始めたからである。しかも、鱈腹物を食って来たな、と不忠呼ばわりするからたまらない。鉄二が異議をとなえると、一億特攻の文字入りの鉢巻きをした大尉が竹で鉄二を撃つ。

　実は既に大尉は精神を病んでいるのだが、だれもどうにもできなくなっている。そして、いよいよ米軍艦載機襲来という、本土決戦の時を迎える。退避した鉄二はプレス室で大尉とばったり出会い、殺気を感じて防御のつもりで鉄棒を使って大尉の顔をたたいてしまう。その結果、鉄二は憲兵隊の獄へぶちこまれる。ひたすら忠義のために尽くしてきたのにこの始末である、と作者はこの「忠キチ」を強調する。友子はといえば、その後進駐してきた米軍大尉のパンパンと噂されるようになっている。そんな切ない思い出の捨てがたい、工場のなかにある橋は、もう見たくもないという次第。軽いタッチで、戦争末期から戦後にかけてのちょっと異常でおかしな世界を、橋の好きな堀田は、一労働者に託して一編の失恋物語を見事に紡ぎだしている。そこに人を狂気に追い込む戦争悪への告発が、さりげなくなされているところがいい。

「記念碑」（55・5〜8）

小説「曇り日」（55・11）の末尾に、「おれはおれの敗戦十年を記念して、このことをしるしておく。ノーベル賞用の小説は、構想もたたないが。」と、作者はナゾめいた妙な一言を記している。「曇り日」については後述するが、「夜の森」（54・1〜55・2）を書いた一年ほどの間、堀田は一方で「或る公爵の話」「囚われて」「水際の人」「隠者の罪悪」「はやりうた」「『ねんげん』のこと」と、習作的短編を発表している。「夜の森」に続く本格的な作が「曇り日」であり、その半年ほど前に「記念碑」が書かれ始め、次いでその続編「奇妙な青春」と合わせるとかなりの長編が生まれる。あるいは「曇り日」は一大長編の序章だったのかもしれないと想像され、ようやく戦後十年を経て、天皇をまつり上げた戦争遂行者に顕著な、悪逆非道を絵に描いたような〈政治〉を直視したものと理解されるわけである。「記念碑」「奇妙な青春」は、当然、戦後作家の俎上にのるべくしてのった忘れ難い素材だったのである。「もはや『戦後』ではない」と声高に言われた一九五五年時点での、堀田なりの記念碑《モニュメント》であり、「戦中、戦後の人の心のむごさと、その赤裸のものどもをめぐる景色《けいしょく》が、老幼男女の群像として描ければいい。小さな、ささやかな鎮魂のための記念碑であればいい。」（「小説『記念碑』について」）と、作者自らが言う「ささやかな鎮魂碑」でもあった。

物語は敗色の濃くなった一九四四年十二月頃から、翌年八月一五日の天皇詔勅による終戦までを背景にして、作者によって鎮魂される十名ほどの人物を描き出している。なかでも重要な人物の一人は、外交官未亡人石射康子で、国策通信会社に勤めながら枢密顧問官深田英人の語る覚書を筆記している。その間に国の機密に関する情報を耳にしており、この戦争が国際情勢の明確な分析もなく、出たとこ勝負でうって出たと理解している。時代を冷静に見ることのできる知的なセンスを持っている。息子の菊夫は深田の妾腹の夏子と結婚しており、康子には安原克巳という転向した義弟がいる。さらには兄の安原陸軍大佐が、ガダルカナルの戦場から転進したものの、ブーゲンヴィルに取り残されているといった、この上なく波乱に富んだ戦争末期の物語にふさわしい人物たちが設定されている。

もう一人の重要人物、伊沢信彦は一九四二年夏、派遣されていたアメリカに現地妻のローラを残して帰国し、康子の上司として会社に復帰してから康子と気が合って親しくなっている。伊沢は自らも驚くほど適応性にあふれており、東京と欧米各国を往復転々とし、そのせいもあって欧米思想を豊かに持つ知識人であり、深田枢密顧問官に和平運動策を進言したりもしたが、次第に時局に便乗して愛国者として日本主義を鼓吹するようになる。深田や康子、自分などの進歩的人物を監視する特高の井田という右翼思想家とも仲良くなるほどである。しかし東京が大空襲にあって傷を負ってからはそれもやめて、戦後は一転して進駐軍側に加担して公職追放の委員となったりして、見事に民主主義者へと変身して活躍する。知識人の一つの典型を具現化した人物の一人である。

特高の井田も全編を通じて登場する人物で、堀田が一時愛読したというグレアム・グリーンのスパイを連想させるが、国策に沿って進歩的思想や反国家的言動に眼を光らせるだけの男ではない。実は出身の沖縄に年老いた母を残してきており、都下の某鉄工所で十六、七歳の沖縄出身者が働いているのを支援している。その子供たちが前年の沖縄大空襲を知って、心配のあまり泣いていたと、沖縄県人会みたいなところで話すと、帰り際に軍人や憲兵から咎められる。そこから始まって井田は延々と時勢やそれへの怒りを一気に吐露する。右翼的思想家で特高の井田にしては不思議なくらい左翼的で人情にも篤い。よほど作者の思いいれが沖縄に対してあったもの、と思われるくらい迫力をもっている。全集で六頁ほど、段落わけもなく一気に語られる個所である。粘着性のある独特の饒舌体とでもいうのか、これでもかこれでもかと突きこんでゆく文章である。堀田は「日本文学の怪談師たち」（57年）と題したエッセイで正宗白鳥、宇野浩二、佐藤春夫、室生犀星を語ってその文学と文章に見られる〈怪談性〉に感嘆しているが、堀田の文にもこれがあると実感できるくだりである。

他の人物としては深田という枢密院顧問官が随所に現われてくるのが興味深い。枢密院は天皇の最高諮問機関として明治憲法下に設置されたもので、当初は明治維新の元勲と錬達の人、それに二十歳を超えた親王が顧問官に就任している。当然、国家の機密に通じているから、その秘書たる康子は多くの情報を得るだけでなく、見識も一般人よりはかなり高くなっている。和平交渉の必要を考える伊沢が戦争終決に傾く深田を利用するのもよく解るし、特高警察の井田が特にこの三人をマークするのも当然である。近衛文麿の秘書官だった細川護貞《もりさだ》の『細川日記』には、首相でもあった近衛の周辺には憲兵の眼が光っていたと記される。前途に希望なく和平へと導くための終戦の工作をするものは、権力者には敵と見なされていた。

それから学徒動員され、国粋主義を信奉し特攻隊を志願する菊夫がおり、その愛人でホテルのウェイトレスをしながら闇物資を深田や康子に運んでいる鹿野邦子がいる。そして忘れてならないのは、転向したあと参謀本部で翻訳の仕事に就いている安原克巳と、その妻初江である。夫をいたわりつつも、あくまでも革命を信じてその生き方を変えない初江は、もともとバスガイドをしながら新しい世界の到来を求めている。老若男女いりみだれ、身分も様々な人間模様を、それなりのリアリティをもって描き分ける作者の力量は見るべきものがある。これらの人物が、ベートベンの交響曲第九番の演奏のうちに次々と登場する冒頭の巧みさには、音楽好きの堀田らしさが横溢している。しかも作の末尾に死者を悼む自らの詩を置いたあたり、この一編もまた詩人的感性豊かに、独特の日本と日本人論を展開している。

「奇妙な青春」（56・1〜4）

「記念碑」の好評を受けてその第二部として執筆された「奇妙な青春」は、登場する人はほとんど前と変わらず、敗戦直後から「二・一ゼネスト」（47年）の占領軍による中止命令までが描かれる。「八月十五日の敗戦と米軍による占領下にあって、如何なる変貌を、あるいは無変貌をして行ったかを、敗戦直後からGHQ支配下の日本において遂げて行ったかを描くもの」（全集3巻「著者あとがき」）となっている。既に「記念碑」において、次第にファシズムが浸透して行くなかで変貌を見せてゆく典型的な例を伊沢に見たが、ここでは無変貌の典型として安原初江が冒頭から大きくクローズアップされてくる。

初江は地下鉄の出札係だった昭和七年（20歳）に起きた電車ストライキを機に共産青年同盟に入り、

何度か検挙された末にバスの車掌になった時、ストを応援にきた克巳と知り合って結婚している。子供が二人おり、度々の検挙にもめげずに初志を貫いており、義姉の康子に「いまに人民大衆が起ち上ってこんな戦争なんか止めさせます」と、いつも断言するほどの闘士である。そんな初江は、満鉄や参謀本部に籍をおいていた夫の転向を、今でも疑っている。ともあれ、東京空襲で焼け出され、避難した信州松本で拘束された克巳が解放されてくると、「待ちに待った平和――何という惨めな平和だろう！　しかし、解放は眼の前に見えている。」と、解放で得られる家庭の団欒と、その一方で日本が手に入れた「惨めな平和」を実感している。

そんな克巳・初江夫妻を、夫も兄の安原陸軍大佐も思想的に嫌っていたのを康子はよく知っていた。しかも康子は初江が残していった「人民に訴ふ　徳田球一　志賀義雄　外一同」のパンフレットを読んで胸が痛くなる。そこにはファシズムからの解放が進駐軍によってなされたことへの感謝、米英連合諸国平和主義への支持、天皇制の打倒と人民共和国の樹立がうたわれていたからである。その感激が康子を望郷の情緒へと誘い込む。北国の港町、廻船問屋に生まれた康子は、米騒動で生家が襲われた時はまだ十九歳だった。青年士官となった兄武夫には衝撃を受け、左傾した弟はいつも背後から見守らねばならなかったという設定であり、康子には作者自身がかなり投影されている。左翼的な初江を理解する康子は、しかし初江とともに行動しようとはしないで、知識人に顕著な傍観者の態度をしばしば示す。

戦死したと思われていた兄の安原武夫陸軍大佐は、昭和二十一年六月になって帰国して、南洋の海に沈んだ「射水丸」を見たという。康子が進水の斧を切ったという懐かしい船で、この船とともに大正デモクラシーという一つの時代が終わったと兄妹は実感する。帰還を祝して同席した初江と武夫という革新と保守の代表が、天皇制や共和制について話す場面がある。武夫は戦場で重傷者や病人は「お母さん」と言って死んだが、自決するときは「天皇陛下万歳」と叫んで死んだ者が多かったとか、大学出の下士官が戦犯収容所でキリスト教信者になり、神を信じて死ぬと言いつつも、いざ刑場へ向かうときはやはり、「天皇陛下万歳」と叫んだと言う一方で、天皇制をやめて共和制にすることに反対ではないと、武夫はその経歴からはちょっと信じられない、近代的民主的な発言で初江を戸惑わせている。当時の米軍占領下における日本世論の混乱ぶりがここにのぞいている。

康子の息子、特攻隊の生き残りである菊夫がその後どうなったかというと、戦後、宮内省に勤めていたのをやめて今はポンコツ屋をやっている。そして子供も一人いるのだが、「僕自身を罰するため」と、彼なりの戦争責任から自己を責めるために病妻のもとに帰ろうとせずに、元ウェイトレスの邦子と関係を保っている。そしてかつて尊敬していた義父の元枢密院顧問官深田を、今ではもう全く問題視していない。また、「記念碑」にはほとんど出てこなかった伊沢の妻、ローラという当時珍しかった国際結婚のアメリカ人が、このあたりに登場する。ローラは伊沢と結婚して日本籍ももっていたが、伊沢の帰国には同行せずに日本占領後に来日し、進駐軍の総司令部戦史部に勤務。その関係で、旧国策通信社を再編した通信社勤務の伊沢とは、立場上同居を許されずに奇妙な夫婦生活を過ごしている。康子が住まいとしていた新橋ホテルは今や進駐軍の宿所となり、そこに住むローラは康子と夫との関係を知っている。来日半年のころ、ローラが伊沢の態度を嘆いたとき康子は、伊沢の煮え切らない態度をローラと同様に腹立たしいものに思った。しかし結局、康子は伊沢に頼るしかなく、伊沢はローラと別れることになる、といった奇妙で味のない私小説的な世界が展開される。

二・一ゼネスト

そして新しい時代に目覚めて自由や人権を獲得した大衆が、食糧難にあえぎながら自らの要求を二・一ゼネストへと結集させてゆく山場に至るのだが、日本の共産主義化を恐れる進駐軍の圧力で、ストはいとも簡単に中止へと追い込まれる。野坂参三や徳田球一が敗北に学んで革命を成し遂げたと演説するのを聴いた初江は、何ら抵抗もできずに敗北する運動に不気味な闇を見出すだけである。康子はと言えばこれも実朝の「うばたまや闇のくらきにあま雲の八重ぐもがくれ雁ぞ鳴くなる」を思い出し、同じように闇の暗さを感得する。しかし初江は「我慢が大切だ」とか、「組織を割らないように」とか、「反動に立ち向かおう」とかの日常的、具体的戦術の確認を期するのと比べて、康子は思弁的、抽象的にその暗さを実感するだけである。「ただの夜の暗さではなく、日本のあるいは日本人の心性の奥の方にある、黒々としたものの重層的な実在――この歌にぶつかったとき、康子は身もろともそこへ呑みこまれるような気がした。おのれの心に底がない、たとえばキリスト教のいう「神」のような、底からおのれを支えてくれる者がないという事実に直面させられたのだ。」

その一方でまた康子は、地獄絵に寄せた西行の「黒きほむらの中に、をとこをみなみな燃えけるところを」と詞書のある「なべてなき黒きほむらの苦しみは夜の思ひの報ひなりけり」を連想して、自分と伊沢、伊沢とローラの関係から「荒涼たる高原を、たったひとりで歩いている」想いにとらわれる。それは「ぎりぎりと追い詰められたとき、非合理な中世美学が、意想外なことに、助《す》け手となって肉体の奥の方からぬっと姿をあらわすことがある」といった康子の思いとして描かれる。そしてさらに、「無常の思想とこの美学が人々の心に場処をもちつづける限りでは、日本の革命はよほど特殊なかたちをとるにちがいない」と信ずる康子は、日本人論や日本文化論に加えて社会革命論にも言及する。堀田文学に顕著な歴史論や宗教観、あるいは革命、思想、心性の問題等々の社会科学的な要素がますます濃厚となってくる。

なお、ここに見られる中世美学への言及は、戦前の堀田青年が小林秀雄、保田與重郎、亀井勝一郎らを読んだことの一つの投影であると思われるが、これを作者の分身たる康子が語っているのである。まるでひとかどの評論文であって、とても小説とは言えないような叙述が頻出するのは、やはり堀田独特の小説を批評で書く手法に則っている。

「はやりうた」（55・1）

先の「工場のなかの橋」の冒頭に、主人公が降り立った駅前広場にサーカスがかかっていて、サーカスにつきものの「天然の美」の旋律が流れているのを聴く部分がある。これに照応して終わりに近く、「天然の美からはじまって枯れすすきを経、やがてもの哀しい軍歌にまでいたるあの崩れ調は、忠義がその裏側にかくしもっていた麻薬にほかならぬ。」と、戦前における日本文化論というか日本社会論についての一つの鋭い指摘がある。この所見を小説化した短編が「はやりうた」である。作の舞台は戦後の横須賀線のU町のドックで、外国語を造船所の連中に通訳する「おれ」（40歳に近い）が主人公である。友人の妹とお見合いをして、いい気分で帰りに立ち寄ったおでん屋で、兵士のような制服の若い三人組が「カレススキ」の替え歌を歌うのに出くわす。「オーレハ、アーメリカ傭兵《ヨウヘイ》カァ／ヨーシダチ、マーモル、ヘータイカァ／サニサニアーラズ、サーニアラズ／ターミチ、マーモル、ジエーイタイ」。

吉田茂内閣のもとで対日平和条約・日米安全保障条約が発効し、警察予備隊が出来、それを改組して保安隊にし、そしてそれが自衛隊へと衣替えしたのが五十四年七月だった。「おれ」はそのデカダンの歌にひどく聴き辛い思いに駆られる。それはいつも見ている艦艇《フネ》の傷口のような、自分の脇腹にあいた傷口を思い出したからである。敗戦後のすぐの冬、「おれ」は南方から帰り、相前後してヨーロッパにいた兄も帰国した頃のことで、兄はドイツとスイスの国境の町で逃げる独軍と追う米軍の戦闘のなかを逃げているうちに米軍に捕まり、何かの誤認があって各地の監獄を転々とする苦難を体験した。しかしそのことを何も言わない兄が、「おれ」の歌うはやりうたをいかんと言う。「そのうたをやめろ」と言ってもきかない「おれ」に怒って、パリで買ったという貴重なパイプでおれの背中をつき、それを折ってしまったくらい、気性が激しかった。

〈奴隷根性〉

そのころ「おれ」は、新宿裏の小さいスタンドバーに通っていた。好きな女の子は左翼の絵描きの細君だったが、他に満州の鉄道会社から金をもらって渡欧した兄を誉めるものや、貶すものなど色んな人間が集まっていた。中でも出世頭の文士、津山の歌う「ヒトヲ斬ルノガ、サムライナラバ／キノウ勤皇、アシタハ佐幕……／ドウセオイラハ、裏切者ヨ……／オレモ生キタヤ、人間ラシク……／二度トセマイゾ、サムライ稼業」を聴くと、脇腹が、むず痒く、痛い。「ビチャリビチャリと、おれの傷口、風穴を啃めに来ていたものは、思想でも現実とかというものでもなくて、じつははやりうただったのではないか。」と思う。戦友の一人は「誰カト誰カガ麦畑デ、コッソリキスシタ、イイジャナイカ」と歌い、「おれ」は復員兵にこわれて「リンゴカワイヤ、カワイヤリンゴ」を歌ったが、張り詰めていた精がぬかれたようにも毒をぬかれたようにも感じた。

兄の言う「魂を腐らす日本の沼」につかって、「思想をでも現実をでも、ときには基本的な対立をさえも、いざとなればうたにして流し、かつ流されてしまいかねない奴隷根性が、おれの血のなかにまだどろりと流れているということなのだ。ひしゃげた被害者意識があるということなのだ。」と納得する。そして「若者よ、はやりうたやその替えうたに侵されることなく人生を送れ！　奴を鼓膜からうちがわへ入れないためには、自ら、自らの歌を、仲間は仲間の歌を歌ってゆかねばならぬ。」と呼びかける。

一人の日本人として、心底から自らの意識改革を願う堀田の生の姿がここに現出するが、この日本人の通弊である〈奴隷根性〉という認識の原点は、上海から帰国した時の佐世保港での体験だったらしい。伝染病の疑いありとかで一週間ほどそこで足止めを食ったとき、様子を見に来た警官に「今いちばん流行《はや》っている歌をうたえ」と言うと、「赤いリンゴに……」とうたい出したという一文がある。「それを聞いて、私は心底ショックを受けました。／私は、まがりなりにも中国での内戦をくぐってきて、祖国を回復するためには革命——革命といっても、共産党による政治革命ではなく、しいていえば文化革命的なものを構想していたんですが、——を起こさなくてはいけない、そんな気持ちでいたものですから、あの敗戦ショックの只中で、ろくに食べるものもないのに、こんなに優しくて叙情的な歌が流行っているというのは、なんたる国民なのかと、呆《あき》れてしまったんです。しかも、そのときは二・一ゼネストが決行されるかどうかという時期ですから。もう革命運動などはだめだ、この国の優しさに寄り添って、流れ流れてどこまでも行ってやる、そんな虚無的な気持ちになってしまいました。」（「国やぶれてのちに……」）というもので、どこにでもある日常を叙しながらそこに警世の眼差しをひそめるところは、後年、『エッセー』で知られるモラリスト、モンテニューへの親炙をしめす堀田を予感させるものがある。

三　戦後日本を考える

「潜函」（52・2）

無謀な戦争がヒロシマ・ナガサキで終わった後、米軍駐留のもとにサンフランシスコ対日平和条約・日米安全保障条約が調印されたのは一九五一年九月だった。既述したように、帰国後小説家となってその中国体験に基づく長短編を連続して書きながら、一方では日本の戦中・戦後を色々な手法を駆使した佳作を連続して創り出している。「潜函《せんかん》」もまたその一つで、戦争中に技術将校として要塞建造のための土地調査をした咲田が、その知識を生かして戦後の潜函工事に携って、戦後復興の一翼を担う話である。折しも文化平和会議なるものに出席して国会議事堂が近くに見える会議室で、重要な問題を討論しているのだが、重要なわりには論旨不明瞭な発言が多くてとまどう。地上九階、地下四階、合計十三階のビル建築のための潜函（地下構造物）が、一時間に0・5ミリの速度で沈下している精密さに比べると、「ほかに御意見など、ございませんか。」と言う「など」なんとは何のことかと呆れる。どこでも見られる、実りのない会議風景である。

議題は、つい二週間ほど後に迫っている桑港《サンフランシスコ》講和会議での、日米安保条約による米軍駐兵権や基地権の問題や、憲法改正などである。この上なく大事なテーマであるのに、しかし議論はいっこうにはかどらず、無記名投票となったとき咲田は、「自分自身も会議全体も、何かけうとい、いいもの」に思われてくる。まだ続く会議を中座して日本橋の潜函工事の現場に行くと、緻密な潜函作業は順調に進捗している。そして家に帰って、会議のときもらったピカソの「平和の鳩」のポスターを見た三歳の女児から、「このハトポッポ、ずいぶん大きなトサカもってるのねえ。」と言われて驚く。暗い背景のなかに、二人の男女が見詰めあう視線が発した焔のようなまぼろしが、鳩の頭上に照らし出されていて、咲田はこの青白い焔から眼をはなせないでいた。

平和条約や日米安保を諷刺したところに、政治小説家たる堀田の一端が見える小品であるが、今日まだ継続されているこの重大問題に、一見唐突な潜函工事をからませた構成の妙は堀田ならではのものである。ここで作としてのリアリティーのなさを云々することをせず、平和というものの幻想性・不確実性に深く思いをいたしたいとの作者の願望はよくわかる。物理的で科学的な潜函工事を完璧に成し遂げる力量をもつ人間が、人間そのものの尊厳を守り育てることができないのか、と作者はわれわれに問いかけている。最後に配されたピカソの絵が戦争のない、穏やかな日々を世界の人々に訴えかけているのは言うまでもない。

「灯台へ」（52・3）

戦後女性の生き様を淡々と叙して私小説風な滋味をもつ「灯台へ」は、十年ほど前まで浦賀のバーでコックだった矢代と、そこの女給だった節子が、かつてそこで仲間だった安子の今の仕事場、灯台を訪ねる話が中心である。節子にはその訪問が自分の人生を模索する巡礼だと思えるところが一つの趣向である。節子はともに満州へ向かった夫に死なれ、子もひとり亡くして自分は強姦の悲運に遭いながらも、娘をつれてようやく帰国して、妹の礼子のもとに身を寄せている。これが巡礼の一でアジア進出、そして戦争という日本国家の愚挙へとつながっている。

内閣印刷局勤務の下級官吏を父にもつ節子と礼子は、同じバーで働くうち、節子は財閥の経営するT化工の社長の息子と結婚し、礼子は若手の貿易商と結ばれて今も葉山御用邸の近くに住んでいる。しかしそこに長居することを許されない節子は亡き夫の家で女中のように働くことになる。折しもT化工は、独占禁止法及び財閥解体法で分割されているなかで、朝鮮戦争勃発による特需で業績を伸ばしており、いずれまた満州あたりへ乗り込んで非道なことをするのではないかと節子は心配している。そんなおり節子は、二月ほど前にばったり出会った矢代の川崎の家を訪ねる。これが巡礼の二で、もとは大工業地帯だった川崎の焼け跡に住む矢代は、そこの電気製品を作る工場で働いており、洋傘製造所で内職する妻と十歳をかしらに三人の娘とともに貧しい生活をしている。周辺には失業者や浮浪者が多く、その日も男が鉄棒で土をつき崩してザルにいれ、金属くずを捜しているのを見て矢代がそれをたしなめている。そこには戦後の荒廃をたくましく生きる庶民の姿があり、節子は矢代の暮らしぶりを垣間見て「まだ人を愛することが出来そう」と自らの今後に希望を抱く。

三つめの巡礼で、もと働いていたバーを訪ねた節子は、かつて五十人ほどいたなかに十二人の仲間を見出し、ボーイから昇格したマスターなどとも話す。「やっぱり特需景気よ。朝鮮に戦争のあるあいだはいいわよ、きっと」という声も出るくらい金回りはいいが、いずれも仕合せそうではない。マスターが矢代から「社会の寄生虫だ」と非難されたというのを、節子は当然のこととして聞いた。また礼子の夫が「いまの日本はね、社会主義じゃなくて、会社主義だよ。」と、当時の社会主義を呼称する内閣をあてこすったのも思い出す。しかし自分も義父のもとでの女中働きをいつまでも続けるわけにはゆかないので自立を目指している。

そして節子は最後の巡礼で矢代と浦賀に出かける。そこでまず目にしたのは小笠原からの引揚者で、米軍の占領によって住む家を追われた苦難に直面する島民たちである。そして砲座や退避豪の跡に米軍の激しい本土攻撃を思う節子は、日本再建とか祖国復興とかを口にするのだが、このあたりはまるで作者の表舞台への登場となる。明らかに文学を批評で書くという作者の意図がうかがえる。ようやく灯台に着いて安子やその夫から、三十年のうち同居生活を送ったのは十七年ぐらいという灯台守の厳しい暮らしぶりなどを聞いた節子は、真っ暗やみの中を灯台の明かりだけを頼りにして進むしかない船を思う。その船に乗るのは作者自身でもあると思わせる最後の一節は、なかなか印象的で作の最後を飾るにふさわしい。

……標識灯が、それぞれ異った光度及び時間差をもって明滅し、この灯台とともに暗い海上に光りの点による確実な方形をかたちづくっていた。これらの光点は、少くとも日本の海の三分の二だけは緊密に結んでいる筈である。

船はその間を進んでゆくのである。

「影の部分」（52・8）

一読して面白い短編で、朝鮮戦争勃発から一年ほど後の東京のとある海岸が舞台である。施設厚生館で暮らす老人は街に出て演説をぶち、ゴムたわしを売って日々を暮らしている。ある日、妻子と海水浴に出かけた「彼」はその老人の「べー国わあ

にっぽんわあ　死に神にとりつかれてえ　死すと前置きしてえ……」という演説を耳にする。「死すと前置きしてえ　二酸化炭素を　原子爆弾よけに　まいているから　塩のあるうつわを室内であたためておるとお　室内わあ　消毒されるう　のである……」となっている。「東山あ　三十う六峯　静かあに眠るう　丑満時……いいですか、いいですかあ……忽ち起るう　原爆の音　続いて起るう　水爆の音　ハイッどすーん。」などと恐ろしいことを叫んでいる。

実は「彼」は、子供にせかされていやいやながら海水浴に出かけようとした矢先に、女子大学生風の女が世論調査とかで来て、厭な思いを味わわされていた。「世の中のためになる」と女は言うけれども、かつての治安調査官を思わせるようであり、調査の合理的な結果の裏に何かが潜んでいるのではないかと懸念されるからである。できることなら何事にもあたらずさわらず、世の中に大事件が起こっても、身近に何か決定的なことが起っても、つとめてなまぬるく生きようとしていたい「彼」である。子どもに泳ぎを教える妻を横目に、「彼」は沖に出て空を眺める。すると今朝の訪問者の調査用紙が眼にうかび、自身があの用紙の上に浮いていて、任意にどこへでもつれてゆかれる根無草の道化役者のように思いなされてくる。

あわてて砂浜にもどると先の老人の声が聞こえる。「諸君、諸君は生きたいのか、死にたいのか、生きたいか、生きたいか、生きたいというか、もう生きたくないというか、さあ、どうだ、生きたいか、生きたいか、生きたくないか。諸君がみなそろって生きたいというならば、諸君の世界は救われるのである。生きたくない、といささかでも、たとえば原子の半径五千万分の一センチほどでも思うものがあるなれば《ママ》、その時は、そのいささかな連中のために、ハイッ原爆の雨ぇ、ハイッ水爆の雨ぇ……。」

とやっているのを聴いて「彼」は、自分たち家族にとっては生きたいも生きたくないもない、生きるしかないと思う。しかし海上に出てみると「エゴイズムの肘をつっぱり腹を上にして死魚のように浮く」自分に気づき、途端にぎょっとする。一方、老人は炎天下で、ふるさとの城下町を流れる川で泳ぐ自分を思い描きながら息を引き取る。

「灯台へ」あたりから濃厚になってきた堀田の警世家としての発言は、原爆や水爆にまで及んできた。今も問題視されるだけで有効な処方箋のない貧困や下流老人への政治的課題もある。これを小説という形で堀田は追究している。日本および日本人の運命をたえず気にかける堀田が、「彼」に老人の「影」を演じさせるところが秀抜で、そこに日本人の中途半端ではっきりしない、問題の多い特性を糾弾するところがミソである。

「国境」（52・11）

中学校時代に、日本からの脱出とか社会からの脱走を空想して、北海道を越えて樺太国境を見物にゆき、その境界標を手で撫でたことのある一青年の北海道旅行記である。再訪の理由は、「あの長い戦争のあいだ、私はいかなる意味でも戦争に抵抗はしなかった。むしろ抵抗しようとする自分を厭わしいものとし、そういう自己を破壊し喪失しようとし、あげくは死んだ真似をした昆虫のような態度で非道な時間の過ぎるのを待った」ことに起因するという。戦争が終わってみると、何か巨大なものが通り過ぎたと感じ、「大きく荒い、そして若い自然を見たいと思って北海道への旅を計画した」ということで、直面する危機から再生に向けて北海道に救いを求めたという次第である。

しかし、釧路に上陸してまず根室に向かうと、また別の危機的状況に直面する。今に解決を見ていない北方四島のロシア占領問題である。息子がソヴェト監視船につかまって抑留されたという老漁師と話す。また、根室半島の突端ノサップ岬では、私服警官から来訪の目的と次の行く先などを訊問される。そして思う、「国境を見にゆくなどということは、愚の骨頂、ということになるかもしれぬ。この愚行はしかし、自然、国家、人間という、まったく別々のものでありながら、同時に同一であるほかにはありようのないものについて深い感動を呼ぶ」と。

ソ連領となっている国後島の方向から建設のためのハッパ音が聞こえるなかで、昼食を求めて入った漁師の一家は、対岸の水晶島からの引揚者だと判る。先の「灯台へ」では小笠原からの引揚者の窮状が描かれており、これも日本という国家の置かれている政治的現状にさとい堀田の独自の視点が光っている。引揚者一家の主人が強姦で受刑し、残された妻は四児とともに入水、という事件を仄聞したことも挿入されている。そのほか見聞したことがルポルタージュ風に記され、旅の帰りに青森駅で、北海道へ向かうアメリカ兵の一群と出会う場面も描かれている。そしてアメリカの国境問題を地理学の上から研究するローダリック・ピアッティの言う「或る意味で、国境とはつねに抽象であり、現実的なものであることは稀である」を引いて作者は自説を補強している。冷戦時代の雰囲気を醸し出す全体的な結構は、小説としての面白さをほとんど感じさせず、国家とか戦争とか軍備とかを考えさせるエッセイとして読める。

「曇り日」（55・11）

「そのときおれの心は、屈していた。」と、冒頭から既に中野重治の作風を思わせる短編は、パン屋でコッペパンを三つ、それも金がなくてつけで買う男の話で、天皇制というものに真正面から取り組んだ話題作である。妻と娘の三人で魚屋の二階に間借りしているが、その親爺がパンパン宿をやりたいと言う、そんな貧しい戦後が背景である。近くの山の横穴には火薬庫があり、立川か横田から爆弾を朝鮮に落としてくるという話が伝わってくる。二〇一九年の今日、いまだに終戦というけじめのつかない朝鮮戦争の最中である。そこにいた黒人兵がパンパンのヨーコさんの家にいて、脱走兵として捕まる。真裸で逃げる黒人をMPが、まるで西部劇のように打ち殺すのでなく意地悪く脅すだけで、なぶりものにしている。ちょうどマッカーサー元帥が解任されたころで、気の毒ねエという周りの声を聞いて、これも気が屈したことの一つ。たまたまバスを待っていてMPのジープに乗る天皇を見て、「天皇というのは名前か、名前ではない、官職名か、総理大臣というような、いや、どうも官職名というものではなさそうだ、それでは名前は、裕仁、苗字の方は何というのだろう、苗字の方は、無いのだ。あまり考えたこともなかったが、実に、苗字がない、姓がない。……」と、天皇とはいったい何者かと思う。

そして主人公は滞在していた中国の上海で、日本のポツダム宣言受諾のニュースを聴いたとき、中国の友人が「日本が裏切ったとは思いません。……お元気で……」と言われたことを思い出す。また、引き続いて八月十五日の天皇の放送を聴いた時には、負けたとも降伏したともいわず、ただ「時局ヲ収拾セムト欲シ……」と、何だか図々しいような、盗人たけだけしい言葉を発したのを回想する。これでは日本人も気の毒だし、日本に協力して民族の裏切り者として漢奸の責めを負う中国人に対しても、心の屈折を感じないわけにいかない。その時、「遺憾の意などという通り一遍の詫びごとなんぞでもない、言い訳でもない、おれたちがかかる運命におちいったことについて、正確なことを一言、天皇抜きで、いわねねばならぬ」と決心して、その気持を印刷してそれを飛行機で全中国にばらまこうとした。しかしそれが、諸事情のもとかなえられなかったのを痛切に思い出す。

〈天皇商売〉

さらに一九五五年の三月、新宿のとあるバーで六十半ば以上の、ただの「耄碌爺《もうろくじい》さん」とおぼしきが、広津和郎原作の映画「女給」の主題歌、「女給商売サラリトヤメテ……」をもじって歌う歌を聴いた。「天皇商売さらりとやめて／ながみやさんと二人のすまい／しらみつぶして小首をかしげ／ちんというたはいまはゆめ」「天皇商売さらりとやめて／がきの手を引きこじきのくらし／やぶれ窓から首つき出せば／赤旗かがやく二重橋」というのだが、この「えげつなさ」のなかに「あるあたたかさ」があり、そのあったかさがいやだと気がいよいよ屈してくる。「要するに、奴隷のうたではないか。もし反抗が含まれているとしても、それは一人前の人間としての反抗ではないだろう、奴隷の反抗であろう、ああ、いい加減にしないものかなあ」と思うのだが、よく考えてみれば「おれのなかにもそういう奴隷がいる」と気づく。そして脱走兵の黒い巨人をなぶる、あの光景を思い出して総毛だつ。「首をちぢめ、総毛のなかに身もちぢこめて、おさえつけられた心臓がドッキンドッキンと鼓動をうち、たまらんなあ、と思いながら、何度でもくりかえされる天皇商売というもの、そのものについて考えてみた。」

そんな屈した男の「何度でもくりかえされる天皇商売」という指摘は、その〈天皇商売〉という造語を使って、その一種美名である天皇制のもとで、それを悪用してなされた暴虐非道の戦争、戦後七十有余を過ぎてもその罪がアジア各地で問われている大東亜戦争の暴挙に対する鋭い告発となっている。天皇という個人への人間的連帯感を持ちたいと願いつつも、それがかなわないかつての天皇制のもつ宿命的な制度を、逃亡黒人兵、自らの中国体験、「女給」の替歌という三つの挿話で見事に描き出した堀田は、末尾に「おれはおれの敗戦十年を記念して、このことをしるしておく。」と書き留めた。なお、「曇り日」が、その戦時下と敗戦後の日本を堀田なりに総括した「記念碑」と「奇妙な青春」との間に執筆されているのを確認しておきたい。また、天皇に人間を見るというテーマが中野重治の「五勺の酒」に通ずるものであるのは言を俟たない。後出の「鬼無鬼島」で再度、堀田はまた別の角度から天皇制への考察を試みている。

「G・D・からの呼出状」（56・4）

堀田は『現代怪談集』（58年）と銘打った「連作短編集」（全集2巻「解題」）を上梓し、先の「曇り日」以下、「G・D・からの呼出状」「どす黒い川」「神と宇宙と淫欲と」「王国の鍵」の計五作をそこに収録した。しかし「現代怪談集」と付記されたのは「G・D・からの呼出状」が（一）で、以下、上掲の順で「王国の鍵」が（四）となっている。五編の連作というには作品間に直接のつながりは見られないが、「米軍占領下のわが国の状況が色濃く反映している」（全集2巻「著者あとがき」）とある通り、通底するものはそこにある。

「G・D・からの呼出状」は、一年半ほど前の発表になる「砕かれた顔」の〝頭文字屋〟の延長線上のもので、進駐軍の基地のある立川で起きた砂川事件に材を取っている。特定の名も職業ももたない「おれ」が、G・D・研究所という不特定多数の人物で構成される研究団体から呼び出されて、基地Tのある S町へ行くところから物語は始まる。その基地反対闘争の町で、学校の先輩で重工業界関連の新聞社社長アルファから、G・D・とは現代の元勲団みたいなもので、公卿風なX（陸軍中将）、一見実業家風の紳士AからV、まなこ細き巨漢Y（G・D・の理事長）、ベレー帽Z（もと共産党員、転向して有名な評論家）がメンバーと判る。そこでは飛行機の値段が話題になっており、その桁違いの金額に驚く。「なにやらチェッコスロヴァキアの妖怪作家フランツ・カフカの「城塞裁判所」の雰囲気で、「おれ」は「軍隊とか武器とかというものは、それをもたされた者を決して守りはしない。もたされるものは、庶民であるが、軍隊や武器は、それをもたせた者を守るのみである」ことを経験上知った「おれ」は、かつて岩倉具視が陸海軍及び警察を「皇室の爪牙《そうが》」と言ったのを思い出す。

そしてT基地を見学して司令官の説明を聞くと、「軍用機がなければ旅客機はないのだ。航空産業は、必然的に軍用機中心になるのだ」と、「眼に見えかつは眼に見えぬG・D・」が言うのを「おれ」は耳にする。一方、アルファ氏と農村地帯のS町へ行くと、基地拡張工事に反対運動がおこっており、「戦争中には赤紙一枚で生命を棄てたのだから、今回の拡張も我慢しろ」と叫ぶ役人もいたと聞く。G・D・たちはここは素通りである。また別の日、軍用機製作会社の人に話を聞くと、明晰で緻密な技師は「わかりませんね、経済や政治のことはさっぱりわかりません」と言うばかりである。しまいにアルファ氏はぞくぞくっと身を震わせて「現代って、君、恐ろしい時代だね、犯人がどこにいるのだかわからん」と言った。G・D・研究会は本気になって犯人を追跡して現代を研究しているのか、と聞く「おれ」に、アルファ氏は「いや、G・D・だって本気は本気だが、ちょっと違う本気だよ。」と答える。まるでどこかの暗い密室で、本当の本気が「ゲンダーイ、ゲンダーイ……」と人を呼んでいるみたいである。言うまでもなく、安保体制のもとで着々と進められる再軍備に、人間の妖怪性を剔抉したものである。まさに二十一世紀の今日、平和憲法のもとで着々と軍備拡充がなされている昨今である。

「どす黒い川」（56・6）

二作目の「どす黒い川」は、戦後の石油産業をネタにした、軽妙な経済小説となっている。二十歳ぐらいの秘書銀子と、社長室に好きな仏像を飾り「阿吽」の二文字を掛け軸として掲げている社長とが対照の妙を示している。「おれ」は銀子から社長と客との会話をレコーダーで聴いたり、恋愛の相談役をつとめたりという役割である。話は資本金三～四億円の民族資本会社が、アメリカの銀行から一千万ドル（三十六億円）借りて石油産業に乗り出すというもの。他の業者のように政府に泣きついたりせず、逆に政府与党に金を出す（つまり賄賂）ことで、巧みにアメリカから金をとるという次第である。「ワッ、ハッ、ワッ、ハッ、ワッ、ハッ！」と高笑いする社長は、「戦時中、わたしは軍と喧嘩をしましてね。それでひどく睨まれまして、えらい目に遭いました。」などと得意がる商魂たくましさをもつ。

何と言っても太平洋戦争後のアメリカ資本の動きは目を瞠るものがあり、まず中国に向いたものの、中国内戦・革命で今度は〝日本再建〟へと眼先を変えた。国内需要量の三・四％ほどしか日本自体ではまかなえない、そんな「宿命的」な石油問題に眼をつけたわけである。そんな中で日本の再軍備が着々と進み、「どす黒い川が、アラビヤやイランやイラク、インドネシアなど、その多くは石油だけしか出ない砂漠から、どろどろと流れ出して来て、日本の血管のなかへ、どっくんどっくんと輸血される。」という次第。外国での仕事から帰った銀子の恋人をともに迎えた「おれ」は、再軍備用の石油づくりに疑問を呈するが、しかし青年は、問題なし、再軍備という担保も入っていると応えて平然としている。「おれ」は戦時下の重油の海で、艦を沈められた友人たちを思いやるぐらいの想いしかない。そんな「おれ」が、銀子の勧めで石油貯蔵施設の現場を視察していると、銀子から「どす黒き流れの上に銀色の夢を見られよ」とのテレタイプが届く。

「神と宇宙と淫慾と」（56・8）

題名からしておどろおどろしい「現代怪談集（三）」は、ロシア女ニーナとの淫慾界《リビドー》に陥っている「おれ」が、「ワア、神さまあ、神さまあ」と思わず叫ぶことで神を意識することから始まる。それ以来、淫慾界に神と大宇宙が君臨し、淫慾界は神と大宇宙の光をうけて照り映えていると思う「おれ」は、「神」というものについて考える。まずドイツの劇作家にして詩人、思想家でもあるシルレル（シラー）のうたった、商人たちが「神様あ、神さまあ」と神に何かを求めたという詩を引く。そして遅れてきて何も得られなかった詩人面の男に、何も持たない神は坐っていた椅子を与えたことから、「おれ」は大勢の詩人が椅子を目ざす混雑の中にいる。

そんな混雑を知らない世紀のシルレルに対して、もう一人の詩人ボオドレエルは「混雑のなかにある孤独」を愛した。その上「どこでもいい、この世の外へ」と、ボオドレエルが歌ったことを知ってから「どこでもいい、この戦争の外へ」と言い換えもした。さらにまた、もう一人の詩人リルケは我慢強く、総てのものが宇宙を落下して行くなかで、「しかし一人ゐる、この落下を／限りなくやさしく両手で支へる者が。」と、そこに「神」を見出している。さらに王子ハムレットがオフエリア姫に与えた恋文「燃ゆる星　空ゆく日／疑ふきみの　心かなしく／見せまほし　わが心／いつはりの世に　まことのあかし」にある「その誓い」の熱さに驚く「おれ」は、シエークスピアの宇宙観にも注目する。

そして宇宙をめぐる「電車星雲」に乗った「おれ」は、最後に、宇宙劇の劇中劇という舞台に、シルレルやボオドレエルにリルケ、そしてシエークスピアといった作者お気に入りの人物たちが登場する。舞台いっぱいが椅子である。そこへ「おれ」が近づくと、裸のニーナが舞台に横たわっている。「あのとき、神さまあ、神さまあ、と叫んで少年のおれが駆け出した。たしかに叫びはした。しかし、それからずっとの長の年月、よくもそれなしで生きているものだ。しかも、平気で。同時存在でもって。一方は、虚像かな、この混雑の方は?」と言い、「おれ」は闇に消える。そこへ先の四人が再登場し、声をそろえて、極めて厳粛に腹からの哄笑をするところで幕となる。ちょっと理解を超えるような謎めく作品だが、それなしで生きているという「神」というものの不可思議は、早くから堀田の心を捉えていたものと思われる。「海鳴りの底から」では日本における現実の大事件を通して信仰の問題を取り上げ、ヨーロッパ等におけるキリスト教世界の暗部を次第に小説化してゆく堀田が、その晩年に近づくにつれて登場するのを想起する。堀田文学の一つの大きなテーマとして「神」の問題はある。

「王国の鍵」(56・10)は現代怪談集の(四)で、前作と異なる。ごくありふれた日常を切り取ることで、かなり重要な問題を読者に提示している。軽妙で風刺のきいたところがいい。バスや電車に乗ると、「運転中は、運転手に話しかけないで下さい」と掲示があるのはその通りで好きなんだが、たえず話しかけなければならぬ時があるのを忘れてはいかんと「おれ」は思う。この飛躍が堀田らしい。「ヒトラーや東条などの徒は、この運ちゃん原理の徹底的な信奉者であったらしい。終点が眼に見えているじゃないかと、前後左右の人民が話しかけても、話しかけてはならぬという原則、すなわち、〝我輩は法なり〟という法をまもって、あれよあれよというちに、ガチャンとぶつかってしまった。運転手のヒロイズムである。政治の歴史は、主として運転手主義によってつくられて行く。」というのは、まことに解りやすいが、しかしつい我々はそれを忘れがちである。

官吏である宝井君の夫人金子《きんこ》さんは、官吏とか官僚とか役人とかいう言葉は「なんだかヘン」と言う。官の方は威張っていて吏の方は、安月給のお乞食さんみたいで、税金を食い潰しているみたいでいやだと言う。官吏夫人の金子さんでさえそうだから、近頃は官吏といわずに公務員という。その宝井君は、オークラ省の若い公務員に削られた予算の復活を説得していた。査定と戦う宝井君は喫茶店の種類を多く上げて予算復活を目指すが、結局、バッサリと切られる。そして「つくづく思うね、国家って奴は、決して幸福のためにつくられているものじゃないってことをね」ともらす。しまいには、「国家が破産するときは、一蓮托生だからね」とか、「虚無的な商売だ」、「政府官吏ほどに無政府主義的なものはない」などと、次第に過激化した発言をするようになる。

ある喫茶店に入ると、ムソグルスキーの「展覧会の絵」が響いている。しまいに宝井君は、「おれは一日に十分間だけ官吏でありたいと思っているだけなんだ。それだけでも多過ぎるくらいだ」と言い、その後の時間は普通の人間でありたいと願っている。その人間王国はしかしセンチメンタルな高望みであり、多きを望み過ぎるものであり、そこへの扉の鍵は高いところにあって手が届かないと「おれ」は思う。人間が人間として生きることの難しさという面倒なテーマを、一人の官吏を俎上にして極めてユーモラスにさばく好短編である。ヒトラーや東条にまで話が及ぶあたり、わさびもしっかりと効いている。

四　土俗から戦後日本を照射する

〈政治と文学〉

ここでちょっと寄り道をして、文学をより人間生活に密着したものとしてとらえた中野重治に眼を転じてみたい。日常の人間生活を描くうえで、マルクス主義を拠り所にしたレーニンの行動に学んだ中野は、早くから〈政治と文学〉の問題に直面していた。しかし蔵原惟人（「ナップ芸術家の新しき任務」）の政治優先の革命運動方針に半ば従うことで、自らの文学運動を推し進めていった。そして敗戦という契機で新日本文学会という民主主義的な団体が誕生することで、〈政治と文学〉問題はいっそう深化し、さらにアメリカ占領軍の存在がこれを複雑化させた。堀田が本格的にその文学活動を始めるのは、一九四七年初頭に上海から帰国した、ちょうどそんな時期であった。さらに朝鮮戦争の勃発（50年）があって、いっそう混迷に拍車がかかったのは事実である。

「一九五〇年代の当時、政治と文学ということが——世界的なまでに——しきりに問題となったものであった。けれども、問題の建て方がつねに政治と文学、あるいは政治と人間というものの、二項対立にあり、窮極的には、いつも政治が人間を押し潰すという無残な結論が出るだけなのであった。／しかし、そういうことなのならば、問題は問題の提出以前にすでに解決済み、ということであった。何とかしてこの二項対立を乗り越えることが出来ないか。あるいはこの二項対立の場以外の場において、それを可能にするものがあるのではないか……。／と、そういうことを考えながら、この『鬼無鬼島』

という作品は書かれた。」（全集3巻「著者あとがき」）と、堀田は後に回想している。新日本文学会を中心になって創立した中野に比して、そこに参加しなかった堀田の、文学による社会〈革命〉への意欲が、どの程度のものだったかは議論のあるところとして、少なくとも堀田は〈政治と文学〉の二項対立を超克する方策を模索していたことに間違いがない。ただ「広場の孤独」や「歯車」などに見られる堀田の模索は、政治を加害者と見て人間そのものを被害者と見る、「対立」というより「従属」的視点に彩られていたのは留意すべきである。

「鬼無鬼島」（56・11）

これまで体験や見聞に基づく世界を時には私小説風に、あるいは心境小説的に、また時には超現実的に書いてきた堀田は、「鬼無鬼島」では、薩摩半島の先端にある野間岬の対岸に位置する甑《こしき》島という現存する島を借りて、一つの非現実的世界を巧みに構築している。小島信夫が超現実的な手法で一つの新たな視点を模索した「島」（55年）と少し似ているが、これはいかにも閉鎖的な地域に顕著な日本の土俗に基づいており、手法はかなり現実主義的である。鬼無鬼島という珍しい名の島にある「山」部落に生まれた友則と、「浜」部落に生まれた早子の二人を軸に物語が展開される。貧しい過疎地であり、わずかにアメリカ軍のレーダー基地がある以外は、昔のままの暮らしを強いられている閉鎖的で因習的な地域である。「浜」の者と「山」の者は結婚できない、そんな取り決めを承知の上で二人は愛し合っている。その二人が共に働きに出ていた長崎で被爆し、その難を逃れて帰郷するところから始まり、結局、たまらなく嫌いな鬼無鬼島を出るところで終わる、四年間ほどの物語である。

なぜ故郷を出るのかといえば、まず自由な結婚が認められないばかりか、早くから許嫁というものが決められている村の因習への反感である。知恵おくれの京子が、もう決まっている結婚相手の友則の帰りを待っているのだが、友則は長崎に稼ぎに出るときには既に早子と言い交していた。京子は早子と親しい友則を恨み抜いて、五寸釘で蟇を家の戸や樹木に打ち付ける〝ドン打ち〟をやる。しまいには早子を鉞《まさかり》か何かで襲って傷つけてしまう。「とものりい、ハ、ハ、ハ、ハ……」と、いつも友則や早子に向かって叫ぶ京子は、作中の随所で言いようのない不気味さと哀しさを漂わせる。そんな許嫁を取り決めたのが、島全体を押さえ込んでいる「サカヤ」と、その側近の「御透視役《みとうしやく》」と「剃刀役《かみそりやく》」である。「サカヤ」は村人の誕生、結婚から死までのすべてを支配している「山ノ天皇」たる用賀家成という不思議な人物である。隠れキリシタンのしきたりを守る「クロ宗」の中心に立つ用賀は、死人の出た時は特にその秘儀を実行する。病人が死にかかるとサカヤは何かほどこし、病人は白い布でつつまれて既に死にたえている。床下にたまった血は大きな魚のわたで流す。「御透視役《みとうしやく》」は死人を天国へ連れる役で、「剃刀役《かみそりやく》」は死人の頭を剃るとか生き肝を切り取る役だという。因循な習俗を嫌う友則の最も嫌いな、いわば唾棄すべき存在として「クロ宗」の面々が儀式を取り仕切っている。

土俗化した宗教

クロ宗の「クロ」とは、クルス、十字架、磔刑からきたことで、古い隠れキリシタンの一派だと用賀は思っている。「サカヤ」とはサクラメント、すなわち神思を信徒に賦与する大礼であり、秘蹟、機密のことと友則も聞き知ってはいる。しかし信仰を同じくしないものが、必ず打擲されたりするのを見ると、友則はそれが許せない。長い間迫害され耐え忍んできた間に、宗教が人を救うどころか、人をおびやかすような、秘密めいた気味の悪いものに変質している。広い世間に気づいた友則は、「この村の暗い、正体のつかめないものとたたかうためには、どうしても早子というあきらかなものが要る。」と確信する。そして病を養っていた兄が自殺するという物語の最も盛り上がる局面で、友則は直接サカヤと対決して、その土俗化した宗教の本質を問い詰める。

サカヤは「海の外から来たもんで、いったい本体がそのままでのこっとるもんが、どこにどのくらいあるとな。俺《おい》の考えでは、土地につくためには、なんにしろ、どうしても土俗化せねばならん」と言い、「俺《おい》の考えじゃとな、神道も仏教も切支丹も、みなそれぞれの世の中の歪みと同じ歪みをもっとると。凸と凹の関係じゃ。どっちが凸でどっちが凹かは言えんと。地の底にあるものは、みな歪んどると。人間はみな歪んで生きとると。いつになったら、こんな歪んだもんと関係なしでな、人間が真直ぐに立って生きて行けるようになっとか、俺《おい》はいつかはなッと信じたいが、そこのところの結着が、俺《おい》には、まだついておらん。……自分を裏切って、サカヤの役についとることになっとると」と、友則の熱意にほだされて、ついに本音をさらけ出してしまう。しまいには「クロ宗じゃと言うても、なにもないのじゃ。なーんにもないのじゃ。がらんどうなのじゃ。……サカヤなんという、がらんどうと幽霊の象徴みたいなもんも、きっとなくなるど。本体のないものが、この世を支配するということもなくなる。お前《まん》さあや早子は、長崎でのむごい有様を見て来た。未来の眼で見たらな、あれが何かのきっかけになってくれるかもしれん……」と、被爆体験が未来への指針となるということまで出して、自らの存在の無意味を白状する。

実はサカヤは若いころに世間の矛盾に気づき、それに反抗して学生運動に走り、非合法の組織に属して逮捕され、転向し、満州へ逃げ出したという過去を背負っている。いったん故郷喪失者となり、後を継ぐために帰郷して、生涯の残りの焔を燃やそうとしたものの、忸怩たる思いのなかに呻吟しているのである。そこから抜け出して新たな生を求めるには、切支丹も仏教もまだ来なかった大昔、日本の原始宗教、原始信仰にもどらねばと思っている。それを聞く友則は八百万《やおよろず》の神様かとうなずく。近代的な思想に目覚めそれに基づいて行動してきたサカヤにも、八百万の神様は大きな意味をもつほどに土俗はしっかりと根を張っている。そこにしか自らの生きる道がないのに対して、友則にはそういった宗教的な束縛は何もなく、土俗からも自由である。そして戦争で息子を亡くした漁師太平次の養子になった友則が、生まれ故郷の鬼無鬼島を離れて新たな人生を歩き始めるのは当然のなりゆきとなる。

〈山ノ天皇〉

サカヤの用賀は、「山ノ天皇」と呼ばれる自分の愚かさを自覚している。三十年もの間、満州にいて父の死で帰国してサカヤの地位を継いだのだが、この頃は村人たちの眼が気になっている。「時世のせいということもある。日本ぜんたいの天皇をさえ、うとましいものに思っているものが、このごろの新聞によれば、少くはなくなっている。用賀家成は天皇に対しては何の同情ももっていなかった。明治以来、白い馬などに乗っていい気なものでいられたのは、要するに満洲があったせいではないか、満鉄があったからだ」と思っていた。そして「天皇なんぞどげんなったちかまわん」とはいうものの、自分が山ノ天皇と呼ばれることは、どうにも気に食わない。その上「マッカーサーの新体制、こいつは俺に何のかかわりもない、俺は満洲にいた、追放も何も一切無関係だ。民主化というわけで、新しい役員がいろんなものに必要なら、身体のきれいな俺がみなひきうけてやってもいい。」と思って、何とかサカヤ役を務めてきた自らを回想する。山ノ天皇は日本国の天皇だけでなく、日本国を占領しているマッカ—サーをもやりこめている。戦時下に散々な苦労を強いた天皇制と、戦後の名ばかりの民主主義を諷刺する文明批評家の冷徹な眼がここに光っている。

そしてさらにサカヤの述懐は、「俺も大学で法律を勉強したことがある。いまは戦争に負けて、こんなクロみたいなものや不気味なサカヤなんぞというものを、本来ならば一挙にぶちこわし、きれいに廃止していい時期なのだ、それこそ革命が起っていい時期なのだ、この部落をとじこめている、暗々裡の暗黒のようなものをひきはらっていい時期なのだ。俺《おい》は惰性と暮しの方便にサカヤなんていうものになっているに過ぎん。山ノ天皇だなどといわれても少しもいい気持ではない。それなのに、部落の連中は、暗々裡に、かえって俺《おい》をよりいっそう立てようとしている。どうして革命とは正反対のことをしようとするような具合に、暗々裡にそういう風に事が運ばれて行くのだろうか。」などと、日本人論にまで拡がってゆく。「鬼無鬼島」という不気味な名の島は、紛れもなく日本国のことであり、そこを支配する山ノ天皇はどこか日本国の象徴みたいな存在として描かれている。

中野重治「五勺の酒」

山ノ天皇はここで自分がそう呼ばれることに疑問を感じ、嫌悪の感情をも抱いている。「サカヤといえども、ただの人間にすぎぬということを部落の人々は、あまりにあからさまに知りすぎている。ありていに言えば、伝統という物の怪みたいなものを負った人間、それだけのものだった。俺が物の怪の方だけは捨てた、と言ってみたところで、俺がサカヤと呼ばれる限り、恐らく何の変化もないだろう。それがマッカーサーの世代《よがわ》りに際して、山ノ天皇などと呼ばれるようになった、それだけのことなのだ。」とも思っている。このあたりを読んでいると、転向という苦渋を背負って戦後の第一作を書いた中野重治を連想する。天皇を神としてではなく一人の人間を見るというか、見たいという願望を描く「五勺の酒」である。主人公は「天皇個人にたいする人種的同胞感覚」を問題にし、「だいたい僕は天皇個人に同情を持っているのだ。原因はいろいろにある。しかし気の毒という感じが常に先立っている。」とか、「個人が絶対に個人としてありえぬ。つまり全体主義が個を純粋に犠牲にした最も純粋な場合だ。どこに、おれは神でないと宣言せねばならぬほど蹂躙《じゅうりん》された個があっただろう。」と思っている。

天皇制廃止をうたう日本共産党に属していた中野が、ここで天皇個人に人間的な共感を抱くという不可思議さは、柳田国男との接点を抜きにしてはちょっと考えられないものがある。「就職のことで柳田さんに頼みに行つて、痛棒をあたえられたことがあるのだ。わたしが、文学というものをおろそかに考えていたことがそこで摘発されたのだつたが、柳田さん自身は御存じあるまい。」と言い、「わたしにとつて、この人は、特に或る弱つた日々に、心に恩を受けたほうの一人だ。」(「無欲の人」)と回顧したその「おろそかに考えていたこと」の内実は、日本に民俗学を創立した柳田の、言葉と思索が裏腹になったその表現の卓越性だったろうと思われる。例えば「日本語の問題」に中野は柳田の『国語の将来』を引いて、「思索の道行きを論理的に追い得るような性質をしたたかに導き入れたい」「平たくいえば、日本語のなかへもつと理屈ばつた言い方を引き入れたい、それが日本語をよくするための唯一の手段ではないが、しかし日本語の純化発展のためには、このさい特に強調されねばならぬ点の一つ」と述べている。

中野は「五勺の酒」で、天皇と天皇制を一つのものとして捉えないで、人間としての天皇と天皇制のもとでの天皇を考えるという〈理屈〉を想定したものと思われる。中野は直接に柳田の天皇観にふれていないけれども、既定の概念に頼ることを忌避して生活の中で生きている言葉をよしとする柳田から、独自の天皇観を示唆されたと考えてみたい。〈二七テーゼ〉で君主制廃止を掲げた共産党は、戦後もそれを党是としており、柳田はそれに賛同していない。しかし中野に期待していたのは、志賀直哉の中野への接し方と似た面をもつ。志賀が「今度の戦争で天子様に責任があるとは思はれない。然し天皇制には責任があると思ふ。／天子様の御意志を無視し、少数の馬鹿者がこんな戦争を起す事の出来る天皇制、――しかも最大限に悪用し得る脆弱性を持つた天皇制は国と国民とに禍となつた。」（「天皇制」）と言ったのは周知のことである。そして中野に期待する志賀が、中野たちが創った新日本文学会に参加の意を表しながら、天皇と天皇制を合わせて中野が批判したことで、その志を取り消すという一幕もあった。

柳田国男

ところで、堀田が柳田にふれて書いた短文「場違いの場から」をここで紹介しておきたい。学生時代の戦争中にフランスの象徴詩を読む一方で、その対極にある柳田民俗学を読んだという堀田は、「柳田氏の学問が根を下しているような地点にしっかりと足を、また手のひらのひらをべったりとつけていないというと、近代文学、現代文学というもそれらは名ばかりで、明日になれば当の自分さえけろりと忘れ果てぬとは保証のできない、一夕の頼りない夢と化しかねないという自覚、これだけは切実なものとして、私には、ある。」と回想する。そして中野重治の「むらぎも」に描かれる『『主義』以前の生活の事実」に着目し、さらに柳田の研究態度・執筆姿勢に及んでそれを「一つの鏡」にしたいと言い、「心置きなくおかしがられ、心から感謝をもって承認されること、これは世界のあらゆる土地に土着している文学者の理想であろう。」と結んでいる。「記念碑」「奇妙な青春」と戦後日本の都会人を描いた後に、「鬼無鬼島」や「海鳴りの底から」といった地方に生きる民衆の土着的世界を描いた堀田の視点が、柳田への遠望のうちにあったことがここで判る。「奇妙な青春」を書くことで堀田は、「広場の孤独」以来問題視していた〈政治と文学〉を打ち止めにして、柳田国男にやや近い民俗学的な世界にちょっと踏み込むわけである。

「神神の微笑」

そんな堀田は、芥川龍之介が早くに作のテーマとした〈泥烏須《デウス》が勝つか、大日孁貴《おおひるめむち》が勝つか〉の問題に注目していた。太平洋戦争の初期ごろに読んで「不気味な思いをした」(「海鳴りの底から」プロムナード1)と堀田が記す「神神の微笑」のあらすじは次の通りである。布教をすすめる伴天連のオルガンティノは、信徒も増えたけれども、しかし日本を去りたいと願う。古代の服装をした男女が車座になって酒を交わし、女が胸もあらわに踊り狂うと天の岩戸が開き、「言語に絶した万道の霞光」がみなぎるのを見ると、「この国の霊と戦ふのは、思つたよりも困難らしい。勝つか、それとも又負けるか、――」とつぶやく。すると「負けですよ!」と囁く老人(日本の霊)が現れ、デウスだけでなく、孔子、孟子、荘子や仏陀によってもこの国の霊は征服されなかったと言う。そしてさらに「事によると泥烏須自身も、此の国の土人に変るでせう。御気をつけなさい。御気をつけなさい。……」と言って闇の中に消えてゆく。

太平洋戦争の初期にこれを読んだ堀田が捕えられた「不気味な思い」というのは、「一口で言って、絶対神、超越紳、唯一神と汎神――我我は木木の中にもゐます。浅い水の流れにもゐます。薔薇の花を渡る風にもゐます。寺の壁に残る夕明りにもゐます。何処にでも、又何時でもゐます。御気をつけなさい。御気をつけなさい」という汎神教の問題だったという。つまり芥川が「造り変へる力」という、本地《ほんじ》垂迹《すいじゃく》の教えに内在する神仏同体のカミというものの存在である。それは仏も菩薩もデウスも造り変えてしまう、森羅万象に遍在して、一切の異物を造り変えてしまうウワバミの胃袋のようなもの、というわけである。堀田は「海鳴りの底から」の冒頭に、小説らしからぬ〈プロムナード〉という形式を設けて、まずもって「鬼無鬼島」で少々問題視した天皇制という不気味なものに本格的に言及している。大日孁貴《おおひるめむち》、すなわち『日本書紀』に言う天照大神《あまてらすおおみかみ》を持ち出し、伊藤博文が西欧キリスト教会との対比において「我国に在て機軸とすべきは独り皇室あるのみ」と天皇制国家を成立させたと説く。とても普通の小説とは思えない大論文の趣をもって、「海鳴りの底から」というドラマはその幕を上げるわけである。

「海鳴りの底から」（60・9〜61・9）

一年有余にわたって「朝日ジャーナル」に連載された長編で、「ゴヤ」「ミシェル　城館の人」「審判」「若き日の詩人たちの肖像」に次ぐ長さである。書かれているのは天草の乱（島原天草一揆）という江戸期の歴史的大事件の一部始終だが、そこに追究されている文学的テーマというべきものは多岐にわたってい て、一言や二言では言い尽くせない代物である。何はともあれ、そのエネルギーには驚くばかりである。歴史小説かと思って気楽に読みだすと決してそうではなく、上述のように日本文化論から天皇制論にも及ぶ硬質の一編でもある。信仰と死についての省察もあり、日本の知識人に特徴的な転向の問題が提示されたり、民衆革命が予想されたりと、とにかくどこを開いても話題に事欠かない。その分ちょっと散漫になる嫌いや突っ込み不足なども散見されるのだが、これほどに色々と考えさせてくれる歴史小説はめったにあるものではない。

一揆鎮圧

江戸幕府の開府から三十年ほど経った寛永十四年（一六三七）十月二十五日、島原と天草の切支丹が幕藩体制の圧政に耐えかねて一揆を起こし、益田四郎時貞を信仰の盟主に担いで島原の原城にたてこもるところから物語は始まる。既に幕府はキリシタン禁止令を出して厳しく取り締まっていた矢先である。立ち上がったものは百姓や漁師などの他、浪人や武士も含めて総勢三万七千人、この大人数が狭い原城跡地で日夜生活を共にして、翌十五年の三月二日までの約四年四か月もの間、幕府軍と闘ったのである。時の将軍は三代家光で、征討使板倉重昌が選ばれて二万三千の兵力で鎮圧に向かうものの、十二月十日、諸藩連合の統率の無さと一揆軍の奮戦により鎮圧軍の敗北に終わる。明けて正月元旦に陣を立て直して再度攻めるが、再び敗北、采配をふるう将軍家上使の板倉までもが討ち死にする不始末となる。その間城中の分裂を画策する矢文が射こまれるが、死をものともしない集団の一致団結は強固に保たれる。

しかし改めて松平信綱が江戸から正使となって現地入りしてからは、沖に碇泊したオランダ船の十三日間にもわたる攻撃も功を奏して、一揆勢は次第に窮地に追いこまれる。そして二月二十六日早朝から開始された総攻撃は十二万五千人で実行され、一揆勢はわずかの逃亡者を除いて三万七千人の虐殺でもって三月二日に敗北となる。因みに連合軍の死傷者は七千七百余だったという。

〈歴史其儘《そのまま》と歴史離れ〉

歴史を題材にすることから史実と虚構との問題は、森鷗外の葛藤以来避けがたく存在しており、歴史小説に挑戦した堀田もまた山田右衛門作という実在の絵師を主人公にしないわけにはいかなかった。そして当初は一揆に否定的だったひとかどの〈知識人〉たる右衛門作が、迷いながら行動を共にしつつも最後には裏切るという風に描いた。しかし「真の信仰というものは、つねにユダ、あるいはユダ的なものを必要とする、要求するということは、人間性を考えてみる場合、あると思う」（「プロムナード7」）と言う作者は、山田右衛門作の最期を刑死や殉教、また安楽往生などではなく、変死と予想している。史実として判っているかぎり山田右衛門作は、その後江戸へ行っている。しかしその後は諸説紛々である。

この山田右衛門作と対照をなす熱心な切支丹信者、庄屋の大江源右衛門は、一揆参加を躊躇する右衛門作の家に群衆が火をつけようとするのを止めさせて、右衛門作が一揆勢の旗を描くことで事を穏便に運んだりしている。しかし、我が子を人質にとられた右衛門作が味方に加わった後でも、源右衛門は彼への懸念を捨てることができない。信仰とか裏切り（転向）といった人間のもつ本性を考えるとき、この源右衛門の存在は立体感をもつ。三万七千もの大人数が集まった城内で、源右衛門は絶望感にとらわれている。「遠い海鳴りにも似た人間の寝息が、巨大な物の怪のように身に迫って来るのを、感じた。彼には責任がある。人民をここまでに組織して来たのだ。さむけがした。ぶるぶると身にふるえが来た。物の怪のような人間の寝息の圧力が鼓膜をおさえこみにかかり、はげしく動悸がうった。」と、その行動者としての悲壮感が描かれる。というのも、大勢の寝息が上天に届いても切支丹の神にそれが聞き入れられないと思っているからである。神はこの世に超絶していると思う一方で、しかし神はこの世に確実に戻るはずだと信じている。

そんな源右衛門は「右衛門作を、いしゅたす（ユダ）にしてはならぬ」と考える一方で源右衛門は、いしゅたすの気持ちがわかるような気がする。そして「いしゅたすは、おそらくきりしとをそば近くから眺めていて、危っかしくてやりきれなかったのではなかろうか」とキリストへの不安を表明し、「しゅたすは、この現世においてキリシトを心から愛していたがゆえに、それゆえに裏切った、ということがありはしないか。」と裏切りの心情を忖度する。その上、作者は源右衛門に「人間というものの、底なしの底の方には、そのくらいな秘密はごろごろところがっている……。まして、時節は、裏切りの時節となっていた。殉教の時は、すでに過ぎ去っていたのだ。」とその時代を語らせ、「愛の神といわれるでうすとは、たとえば一切衆生《いっさいしゅじょう》、悉有仏性《しつうぶっしょう》ということになっている仏教とは、まったくかけはなれたものであり、がらさ（恩寵）といわれるものも、仏教がいう慈悲の念などとはまるで通うところのないものであり、手短に言ってそれは絶望という厳酷なものに裏付けられているものだ、ということがわかって来ていた。」と既存の仏教信仰との相違までを語らせる。

裏切り

右顧左眄《うこさべん》する右衛門作を作者はかなり丁寧に描きこんでいる。一揆への参加を躊躇しつつも、一旦棄てた信仰に再びもどる〈立ち帰り〉の誓いをすませた右衛門作は、誰しもが抱く不安のほかに「苦痛という、黒い針のようなもの」に苛まれている。これまで多くの聖画を見ており、長崎でも絵を学んだ右衛門作は領主たちに重用されていた。「多賀主水だけは、ひとつ、どうでもこうでも、殺いてやる」と言われるほどに嫌われている松倉の家老、多賀という「刑罰史上の天才」からも絵を所望されている。源右衛門に比べて右衛門作ははるかに新しい人間であり、外部世界を新しい眼で見て自らの画業を築いてきた。しかし芸術家としての満足感はなく、むしろ自らの画業への自省の念が強い。そのためか源右衛門や三万七千の一揆参加者のような心に城を築くようなことがどうしてもできない。

しかも右衛門作は、いよいよ間近に迫る決選に備える群集の中で、盟主として人々の信仰を集めている天草四郎に疑いの目を向けるようになる。別になんということもない、素朴な少年だったものが、日がたつにつれてその目が異常に輝きをましてくるのに気づく。そればかりか、間近に接した四郎が、「（でうすの）教えのたしかなるという明しのために、命をなげうつものである」とか、万物一体、人に貴賤はなしとかを、当たり前のこととして言うのに驚いた右衛門作は、その発言や行動に不信感をもつ。その果てに「右衛門作の胸中の悶々には、もう一つの新たな要素が加わっていた。おれに、こういう人たちについて行けるか?」という裏切りへの強い意志が芽生えてくる。そして遂に裏切りを決心する、「人類の始祖といわれるあだんとえわの物語がよみがえって来る。生絵師《いきえし》といわれた山田右衛門作は、とうとう心に決めてしまった。彼は一つの深間《ふかま》をとび越してしまったのだ。」

「こんてむつすむん地」

山田右衛門作には和作という息子がいて、自分とは真逆に信心者となってゆくのに気づくのも、いよいよ本格的な戦闘開始という切羽詰まった時期である。和作の朗読する「こんてむつすむん地」を妻や子、周りの人々とともに聞く右衛門作は、ともに死をかけて信仰に生きるか、あるいは別の道を選ぶか迷っている自分に気づく。「あしたにはゆふべにいたらんとおもふ事なかれ。ゆふべには又あしたをみんとやくそく（約束）すること《ママ》なかれ。かるがゆゑにつねにかくご（覚悟）してゐべし……」とか、「……天のめぐりをくふう（工夫）するまん気（慢気）のがくしやう（学匠）よりも、でうすにつかへ奉るへりくだりたるむがく（無学）の人はなほまされり……。物をしりたくおもふすぎたるのぞみをしりぞけよ。其ゆゑは心のまよひみだるる事其中にあり……」など、右衛門作の胸を刺しつらぬく言葉もある。長崎で刊行された平仮名書きのキリスト教典であり、細川ガラシャ、おたまの方かその周辺の人物が書き手かと想像する右衛門作は、一本を愛蔵しており陣中に持参していたわけである。しかしもう今は、皆と別れて異なる方向へ進もうとしている。「信心者であるよりも何であるよりも、自分は物を見据え見きわめる絵師でありたい」と願っており、『宇治拾遺物語』で読んだ絵師良秀を自らに引き当てる。そしてしまいには、吉利支丹殉教者たちに何か耐えがたいものをさえ感じ、仏徒を差別する吉利支丹に何かしら異端的なものを感じ、その徹底ぶりを気味わるく思ったりもする。

お園婆さん

「若き日の詩人たちの肖像」に舞台回しをする老婆が生き生きと描かれる場面があったが、この一揆騒動のほぼ初めから終わり近くまで、多彩な男性群の活躍するなかで一段と異彩を放つ、お園婆さんという不思議な「婦女頭」が登場する。加藤清正が天草で行なった過酷な切支丹弾圧を生きのこった二人のうちの一人で、戦闘が目前に迫ると「いくさはやさしか…！いくさはなんでもなか…！」と、おらんであるく。死後を聞かれると「アニマ（霊魂）は色身《しきしん》をはなれるのじゃから、からだはちりほこりとなるのじゃ」と喝破する。そして戦いがやむと、珍妙な処女非処女鑑別法を教えたりとなかなかの物識りで、周りをなごやかにさせる。娘夫婦とともに一揆に加わって、今では陣中になくてはならぬ存在になっている。また「この世で助からんばってん、ぱらいいそお（極楽）があるとじゃ」などと、お園はまるで縦横無尽である。外来のキリスト教が単なる教義とか思想などというものではなく、土俗の中にすっかり溶け込んで人々の日常の規範となっている。

このお園婆さんが一揆の総大将たる四郎に面会し、何かと諭す場面が際立って面白い。ながの籠城にそなえて城内の士気維持のために城内巡回を勧めたり、碁将棋や歌舞などをもう少しさせて、娯楽の必要や人々の融和を説いたりする。そればかりか、四郎を、「この世とあの世のつなぎ目になって下さる御方」、つまりキリストさまと見て、そんなキリストへの信仰を中心にして「かとりか」（広い世間、人の人たるべき道の意）の「れぷぶりか」（国の意）を説く。「天地は同根、万物は一体にして、一切の衆生に貴賤はないぞ」といった世界である。いわばキリスト教の支配する西欧近代社会がここにイメージとして浮かぶわけだが、自由・平等・友愛を称えたフランス革命の精神に近いと言ってもいいような理想的な社会を、このお園は提示しこれに賛同する人びとの中心にいる。お園やその周辺のものたちに、君主国や帝国、王国ではない、理想的な共和国を夢想させる作者はここでお園に化している、そのことに注目したい。最後には食料も尽きてお園は飢え死にすることになるが、理想の世界を求めるお園を生き生きと泳がせる奔放な筆致が頼もしい。因みに「奇妙な青春」にも、天皇制と対比して共和制が話題となる箇所がある。

「海鳴りの底から」論争

もう一つ、「海鳴りの底から」で忘れられないのは、この作の発表が、ちょうど戦後日本の在り方をめぐって国論を二分した新安保条約の時だったことである。一九六〇年六月に東大女子学生の死を含む大混乱の国会でそれを成立させた岸内閣が、総辞職したのは七月だった。そして九月には浅沼稲次郎が右翼少年に刺殺される。そんな中でデモに参加していた堀田は、「海鳴りの底から」の筆を起こしたものらしい。そしてこれを野間宏（「現代日本文学の問題」62・1）が、安保反対闘争に触発されたものとし、「太平洋戦争の戦争体験と、再び戦争を導こうとする軍事同盟条約反対の安保反対闘争、この二つの体験を重なり合せ、その二つの体験によってはさみ打ちをしながら、日本人の中にうごいている非合理的なものをとらえようとする」と論じた。すると平野謙（「政治と文学の関係」）は、安保反対闘争に触発されたものではなく、島原の乱に堀田が早くから関心をもっており、「記念碑」などの現代史に取材した長編から「鬼無鬼島」の歴史小説へ出て、そこから「海鳴りの底から」に到達したコースは直接には安保反対闘争とは無関係と言い、作家のそのコースと戦後日本の十五年後に到達したコースとが全然無縁だなどということを意味しないと、野間の政治がらみの発言に平野らしく苦言を呈した。これに対してさらに野間(「続現代日本文学の問題」)は、戦後十六年の文学の歴史を振りかえると同時に、日本の全歴史を振りかえらなければならないと反論した。政治と文学の関係を問い直すことが、現代文学の発展に不可欠という立場の野間にすれば当然の言い分であったが、堀田自身はこの論争にほとんど言及していない。

五　小説家としての模索

戦前、戦後と大別して、ほぼ発表順に作品を一瞥してきたが、以下はその時代区分によるよりも、むしろその時代と政治への視点から少々離れて、人間というものそのもの見詰めた堀田文学の花園を遊歩してみたい。むろん、その背景となった時代か政治の動きとかは当然無視できないが、より人間の泥臭さにその文学世界を模索する堀田文学の一面である。

「囚われて」(54・6)

まず「囚われて」は元憲兵で、今はマーケットを経営しながら、町の顔ききになって防犯協力委員などもやっている父をもつ、徹《とおる》という中学生が主人公である。父は奥座敷の違い棚に「聖書」の中身をくりぬいてピストルを隠匿しており、出入りの男衆の一人、剣太郎はその秘密に気づいており、徹も手には取ってみなかったものの、見るだけで慄えが来るものだった。ある日、ＭＰもいる裁判所の前に七百人もの人が集まり、死刑の判決を受けた者が無実であると訴えているのを見た徹は、「人は何のために生きているのか」と考えるようになる。もし無実だったらとどうなるのかとも思う。その結果、叔父のいる北海道へ行って西部劇で見るガンマンの自由な生き方がしたいと決心する。そんな折、高校入試の五日まえに叔父から激励の絵葉書が来る。それを見つめながら、「人生とは一体何だろう。北海道へ行って心を入れかえ、一生懸命にはたらく。だれも知らない未開地へゆく」とノートに書き残し、そして弾を込めたピストルを持ち出して上野駅に向かう。しかし北海道へ向わずに、上野界隈を歩きまわり、試験の当日、不忍池の水上動物園近くで自らを撃つ。身分証明書の裏には「人は何のために生き何のために死ぬのかわからぬ、皆様さようなら」と記されていた。いろいろに書きまくる新聞記事を見て、いつも徹を「坊ちゃん」と呼んでいた剣太郎は、「なに云ってやがんだい」と呟く。母もいるにはいるのだが作者の筆はまるで素っ気ない。人生の意味も目的もしかとはもてない中学生に、北海道をさ迷ったこともあるという自らの少年時代を虚構化した一編で、戦後日本の混乱のなかで希望を見出せない若者のニヒリズムがどす黒く抽象されている。

「水際の人」（54・10）

農業運営に関わる役所で能吏と言われる香山課長は、学生時代に好きだった女が所用で上京してきて三晩つきあったことで、妻雪子を自殺に追いやった。そんな私小説的題材を心理主義的にさばいた作で、傷を癒すために二人が信州の湖畔の宿で泊まるところから始まる。することもない香山は、気まずい雰囲気のなかで、妻の危篤の報に続き瀕死、死、蘇生、罪などの情景が浮かび、「死はもう沢山だよ」と叫びたくなる。真っ暗な湖面に向かってそれを呟くと、「まともな生も、もう沢山なんだろう」という声のない声がはっきりと聞こえるくる気がする。そこへ宿の主人（もと少年航空兵）の搭乗した飛行機が墜落したという連絡が入る。しかも、所在ない雪子がビールを飲むと痒がって、睡眠薬の副作用を示す。あのとき雪子は大量の睡眠薬を飲んだ、その後遺症かもしれない。痒がる雪子は湖水で泳ぎたいと言い出す。

すると同時にそこへ、香山の役所で雇った飛行機が消息不明という連絡が入る。すらすらと応対する雪子を見て香山は、あのとき三日間ほど休んだとき部下の見舞いに病気を装って窮地を救った雪子を思い出す。「あなたが本当に恐しいのは、わたしが死ぬことなんかじゃなくて、それが役所にどんなにひびくかってことでしょう。誰かに何か云われやしないかと、それだけが恐いのでしょう」と喝破され、しまいには本当の愛なら女の所へ行けば、と言われ、「あなたがいちばん嫌がることをしてあげるわよ。役所にもどこにもいられなくしてやるから」と、やり込められる。

外に出た妻を心配してくれる宿のおかみは、一週間ほど前に離婚手続きをした、とこれまた尋常ならぬ事情を明かす。いろいろ聞いているうちに、香山は役所が自分の安息所になっていると気づく。不時着した飛行機が大して破損していないと搭乗者の死亡率が高いという、では家庭が大して破損していないと、人間は……と思うと、雪子の言う会社への〈復讐〉が思い出される。立ち上がると、雪子は手すりの下の水際の石にしゃがんでいる。さらに翌朝、湖で泳いだ妻が宿に戻ると、女の子二人が水門のあたりで溺死して引上げられているのを見る。夫婦間だけでなく、その周辺にも次々と予想不能の、というかむしろ必然的な出来事が発生する。人生には何がおこるかわからない、人間というものは何を仕出かすか解らないという堀田哲学がここにも顔を出している。しかも危機に瀕した夫婦間の機微を描く心理小説のタッチは、先に見た「夜来香」に続く手法を連想させるものがある。

「隠者の罪悪」（55・1）

原題「玄浄遺言」で判るように、八十二歳になる僧、坂口玄浄が、日露戦争勃発時（一九〇四年）に「開教使及び布教使」としてウラジオストックにいた時や、シベリア出兵（一九一八年）の際の出征軍慰問使の一員としての体験談である。死が近づいた今、それを息子の一人に語るのだが、その眼目はシベリア出兵以来の日本の変化であり、「いくさというもののなりたち」が変って、国家戦争とか国民戦争ではなくなった、それが今日まできている、というところにある。そして「由来、僧というものは、慮外に国家の核心とは近いものなのだ、……歴史をみてもな、天皇のことなど、僧がいちばん知っておるものなのだ、利用もしたし、たたかいもしたのだから。」と述懐するこの僧は、「この世のことについては、わたしも、なすべきを知って、あるいはなすべきを知ったがゆえに、なすべきをなさなかった日本の隠者のひとりか。」と、自戒の言をもらす。折しもシベリア出兵を「夜の森」（54・1〜55・2）に描いており、その副産物かと思われるこの一編は、一人の僧に託して日本のいわゆる「知識階級の伝統的な隠者的性格」（『砕かれた顔』あとがき」）を抉り出そうとしたものである。

なお、玄浄が「ボエン……をもって来い。」と言うので、シベリア土産の望遠鏡をもってゆくと、実は「ブェーンジョ」と便器を求めたのを「ボエーンキョ」と取り違えるというくだりがある。この望遠鏡と便器のことは、堀田が家族の思い出を記す「奇妙な一族の話」で臨終の床についた父を語るとき、忘れがたい思い出として記している。玄浄法師が自らを隠者のひとりか、と述懐するくだりに、廻船問屋をたたんで政治家となった父が、堀田から見ると一面では隠遁者のように見えたこともあったろうと想像したりする。父、勝文の死は五十二年十一月のことで、その二年余り後に、父の生き方を再考したと見るのは深読みに過ぎるかも知れない。

『ねんげん』のこと」（55・10）

昭和十二年秋、阿片法の公布で阿片管理部が設立された満州では、その益金を担保に建国公債を出し、日本興業銀行が引き受けて満洲国を建てた。そのアヘン買付の国策会社で働いた「おれ」は、宮城のお濠近くの一等地に大金をはたいて買っておいた家に、戦後帰国して麻薬取締の仕事に就いている。しかし家は丸焼けでバラック暮らし、妻は内職で苦しい生活に苦労している。そんな主人公が、香港から来た怪しい男を羽田から追って、とある美術館に入ってそこに「死と大地の神」と題された巨大な石頭が展示されているのを見て、「人間《ねんげん》」というものは、昔々から何か箍《たが》を頭にはめられて生きていると気づく。「いかに世の中の箍がはずれたらいいとはいえ、こういう物凄い奴が、血や精液をたれ流しにしながら、堂々と、のっしのっしという風に横行しはじめたら……」と、この麻薬取締官は気づく。

その一方で彼は、新宿のパンパンの親玉であるアンペラのお慶が、初めは寒さしのぎから始めた麻薬で命を落としそうになっていると聞き心を痛めている。そして最近読んだ探偵小説で、探偵の坊主が友人の大泥棒に、「賢い人間はどこに小石を隠すかな?」と聞くと、隠す場所がなければその場所を創ると言うのを読んで当惑する。犯罪というものについての、根本的な、本質的な何かがあると思う「おれ」は、「それを隠すために法を創る」ことから、「麻薬販売を隠すためには、麻薬管理部を創る」ことになり、これを突き詰めてゆくと、「おれの存在を危うくするようなもの」が出てきそうだと心配になる。麻薬にからむ話をもとに戦後日本の混乱を活写しつつ、自己喪失というか人間存在の不条理をそこに見るというところは、明らかに堀田のサルトル受容を思わせる。

「もりかえす」（56・10）　意気消沈している男が三人集まって、例によって管を巻く小品だが、作の出来とは別にちょっと面白い点がある。一つはモデルがすぐ浮かんでくること。一人（山口）は東京から三時間の駅弁大学で「方丈記」を教える国文学者、一人（深井）はフランス文学者、母校で仏語を教授するサルトル研究家でフランスへ二年間留学の体験をもつ。もう一人（水谷）は中国文学者で魯迅研究家である。山口は堀田自身、深井は白井浩司、水谷は武田泰淳とすぐ判る。この「テーキの会」（定期会）を水谷家でやったから、水谷の妻も登場する。テーマは「外国文学と日本」で、国文学の山口は「日本文学が果たしてどれだけ日本文学であるか、つまり、日本がどのくらい日本か」と問題提起をする。これに対して「中国へ中国人民を殺しに行って、そしていまも中国文学をやってるんだ」と言う水谷が、もりかえすためには「凹型の学者であってはならん」と言い、「戦争中にだな、戦争に行くのに、たとえば英米文学者のうち、いったい誰が、自分が生涯かけて愛した文学の国の国民を殺しに行くのだ、という風に、どれだけ考えたか。仏文学者のどれだけがそう考えたか」と言うくだりが、ちょっとした問題を提示していて面白い。しかし深井はもちろんのこと山口も何も言わず、話はここで突然終わっていて、作者の意図は充分に伝わらない。ともあれ、この時期、サルトルの影が堀田作にゆらめいているのは確かである。

「黄金の悲しみ」（57・6）　安多財閥の創始者を描く『安多善太郎伝』を読み、日本銀行の理事でもあった安多が、必要の場合その大日本銀行から融資を受けたと知って仰天した「おれ」は、ある夕刻、その銀行に勤める友人、Q野倫理君を訪ねると、「三年は酒飲み、四年は酔っ払い、五年で強盗、六年でとうとう牢屋に入る」と歌う息子に手を焼いている。二人は高級寿司屋でQ野の上役みたいな親日家の銀行員に出会った後、キャバレーでQ野は「遺伝だよ。要するに血と毛だよ」と豪語して、新札で勘定をする。大日銀の上に大世界銀行があり、その横のＩＭＦ（国際通貨基金）に派遣されているQ野は、誇らしげに代々高級官僚をつとめた親譲りの遺伝の大切さを説く。戦時中、日本を動かし陸軍省、海軍省、参謀本部に軍令部といった連中に話が移り、「陸海軍が潰れて、明治建国以来の血のケと毛のケのあるものが、人間だけでなくて連綿とのこりつづけているのが大日銀なんだ。」と、血のケと毛のケ（血筋と毛並み）を吹聴するQ野は、息子ともども近眼でもある。

その夜「おれ」は夢を見る。ネヴァ河畔を歩き、五年で強盗だけでなく、強欲な金貸し婆あを殺そうと考え詰める。婆あの金は銀行から出た、その銀行へ紙幣を出したのは中央銀行、中央銀行を襲わねばならぬ、と思う。と同時にQ野の言う贋札の「おれ」を、ラスコルニコフのように「真札」に高めることが出来るかどうか、と思うと、木の葉のように紙幣が降ってくる。「おれのどこに本当のお札があるのか、何が本物の本音であるか。」と思い銀行に出向く。武装した銀行に千人を越えるほどの優しいソーニャたちがおり、昨夜電車で見た女の子もいる。Q野もそこにいて、「……いまさっきペトログラードで革命があった」と耳うちする。しかしQ野は、「……だからいまモスクワの彼等は、高等数学を用いる統計学を応用して、現代経済学にもとづいて仕事をしている」と平然と答える。「ものの本に曰く、かくて黄金はおのずから身をかくす、悲しみもまた。」でエンドとなる。

堀田にはちょっと珍しい金融（経済）小説で、富山藩の下級武士の生れから身をおこして、のちに安田財閥を築いた、安田善次郎（東大の安田講堂で知名）を作の頭に巧みに利用し、さらにドストエフスキーをちょっと借用している。

「明日《あした》、泣け」（57・12）

妻のいる四十歳を過ぎた樋貝と、同じ会社に勤める二十歳ほど下の弓子の、何ということもないような恋と別れを描く。東京が大空襲を受けた時、いっしょに川につかった幼馴染の栗原八太郎から、「きゅっと来る」と言われる弓子は、そろそろ樋貝との別れを自覚する。「あたしたち、もうおわりにしていいでしょう」とか、「はじめてのおわりだけど。あそこへも行ったし」と割り切っている弓子は、「ね、西洋じゃ、人生七十年でしょう。丁度、半分を越したぐらいのところでガタガタしているのよ。そこへ、あたしが、ゆらり、と舞い込んで来て、何かの影をおとして、そしてすぎて行ったのよ」と、歳に似合わず、樋貝の「ガタガタ」を見抜いている。

最後は何事もなく別れることになる男は、しかし「罰だ。明日《あした》、泣け！」と自嘲して終わるのだが、いったいこの男はどうなっているのかと問いたくなるような不思議な男である。妻がいるらしい四十男の生活がほとんど判らないのは、中国ものの主人公がよく解らない人物に描かれることが多いのと似ている。ただ、金網の中で飼われる猿が懸命に生きる話に感動したり、弓子が青年のプロポーズに心を打たれて床に両膝をついて合掌するのを見て美しいと思ったりするのは、この風変わりな男の人間味を物語って妙な味がある。そして男は「自分が、自分の心のガタツキに事寄せて、この女の子を台なしにした、むき出しにいえば、二カ月半ほどの時間のあいだになんとなく事が自然な風に見えるような具合にはこんでいって、若い、きりきりとしまった性をはじめて、もてあそんだ、という風に思っていた自分の、その思い方が、自分の方が思い上っていたというものだ」と気づく。「神様にドンピシャリとうけとってもらって、それから地獄でもういっぺんみとめてもらってから、それからもういっぺんはい上って来る」などと、弓子は殊勝なことを言うが、実のところこちらがこれから地獄だと気づく男のペーソス、こんな世界を皮肉っぽく巧みに描いている。

ダンテ

　歴史とか国家とかをメイン・テーマにする、やや重々しい堀田にしては珍しい中年男の浮気ものだが、この「人生七十年でしょう」うんぬんと言って別れを告げる女性は、堀田作品にしばしば引用されダンテ『神曲』冒頭を頭においている。「人生の道の半ばで／正道《せいどう》を踏みはずした私が／目をさました時は暗い森の中にいた。」と始まり、「その苛烈《かれつ》で荒涼《こうりょう》とした峻厳《しゅんげん》な森が／いかなるものであったか、口にするのも辛《つら》い。／思いかえしただけでもぞっとする。」と続く。人生の半ば以前で正道を踏みはずし暗い森の中にいたという自己認識は、戦時下の堀田に強烈な刻印を残しており、それはそれで当然なのだが、その次に「その苦しさにもう死なんばかりであった。／しかしそこでめぐりあった幸せを語るためには、／そこで目撃した二、三の事をまず話そうと思う。」（平川祐弘『ダンテ『神曲』講義』による）と、転身をはかるダンテの「死なんばかりであった、そこでめぐりあった幸せ」を語るというのは、そっくりそのまま堀田の生き方でもあった。絶望のうちに希望を見出すというのは、魯迅に負う堀田の処世訓の一つだったが、このように一方に偏らない、バランスのとれた思考が得意なのも堀田の特質である。

「背景」（58・3）・「零から数えて」（59・11〜60・2）

　「背景」について作者は、これを「異様な作品」（全集3巻「著者あとがき」）と自ら言うが、全くそのとおりで小説として読解するにはかなり苦労が要る。しかも尻切れトンボで終わっているためになお解りにくい。だからなのかどうか、作者は一年半ほどおいてこれの続編「零から数えて」を書いた。合わせて読めば作の成り立ちも作者の意図も少しは理解しやすい。しかも親切な作者は「背景」について、「弱年の頃にいっとき凝ったことのあるシュールレアリスムの勉強が、こんなところに出没しているか、とやや意外の感をもった」と自らの作物の出来具合に驚いてもいる。さらに「零から数えて」では、掲載誌「文学界」の編集長（岡富久子）から、「何か桁はずれの作を書いてほしい」と頼まれ、若いころ一時熱中したシュールレアリスムを思い出し、加えて「悪霊」のスタヴローギンと「白痴」のムイシュキンが浮かんだ（全集4巻「著者あとがき」）と記しているのは、執筆にあたる作者の入り乱れた心情の一つとして理解でき、その上で「背景」「零から数えて」が「審判」につながると説くのは、人類の生存そのものを脅かしている原水爆についての警世の言としてはうなずける。

まず、「背景」の主な登場人物は、〈やすこ〉、〈いさむ〉、〈深田〉、デーヴィッドの四人で、「零から数えて」に入ると、〈みどり〉や〈はしもと〉なども出てくる。もう一人、重要な役回りで〈やすこの先生〉という死者が、初めから幽霊のように現れてくる。妻子のある〈先生〉は〈やすこ〉の知り合いで、訳あって首つり自殺したのだが、それがわかった後の、通夜から葬儀へと続く期間とその後が小説の主な時間である。テーマは〈死〉であり、死というものが大きな意味をもっていることは、天井から非ユークリッド幾何学用の定規で切り抜いたアルミか何かがキラリキラリと光る喫茶店で、「ジャスト・ウォーキング・イン・ザ・レーン」（雨ノナカヲアルイテイルダケダヨ）を繰り返し聴いている

〈いさむ〉が、〈やすこ〉を待ちながら、「……ちょっとでも調子を間違えたら、倉庫の梁に首を吊って、天井のビラビラといっしょに死にたくなる」と思っていることでも判る。

〈先生〉の死を伝える〈やすこ〉に、〈深田〉はうなずき、アメリカ人デーヴィッドも同意する。「異様な作品」はこうして幕を上げるのだが、それぞれの日常などは全く描かれない。例えば無職のデーヴィッドは帰国しなければならないが、それより先に水素爆弾が落ちる前に昆虫になりたい、と願っている変り者である。地球上の生き物すべてに襲いかかる水爆の恐怖を作者はここで強調する。核兵器が大量に作りだされている世界では、人間として生きてゆくことの不安は限りなく大きい。死と隣り合わせの現代を寓話風に仕上げたわけである。

実はデーヴィッドにはアメリカで、原子爆弾の爆発を描く絵に傷をつけて、三か月間刑務所で拘束された過去があった。それ以来、デーヴィッドは、人間からインセクトへの変身願望にとらわれている。そんな〈A〉体験を知った〈みどり〉は、デーヴィッドと寝ることでその苦悩からの解放を手助けしたいと願い実行する。そんな簡単なことでデーヴィッド（つまり、人類の）苦悩が癒されるとは思えないが、〈いさむ〉と〈やすこ〉の間にも性が存在する（ペニスとか性交という語が露出する）。生（性）と死の問題は堀田文学を底流するものの一つである。デーヴィッドはその過激な思想を危険視された日本でも逮捕されて、作は結末を迎えるのだが、しかし作者のこのデーヴィッドに託したものは一考を要する重大事である。

実存の窮極、つまり〈死〉を見てしまったデーヴィッドは、ゼロに向かって収斂することを知っており、〈みどり〉が自分のいるゼロ地点にまで下りてきたことに感謝するわけである。ただ、〈いさむ〉

も〈やすこ〉もともに生の不安を抱きながら、何らかの行動に座標を移そうとはしない。「ジャスト・ウォーキング・イン・ザ・レーン」のメロディが、「無意味さの底の抜けた唄」として随所で効果的に用いられているのも、核兵器に守られての一時的平和を思えば無理からぬところで、堀田の音楽好きがここでも薬味として効いている。

アンチ・ロマン

ともあれ、これほど実験的な作品は他に見当たらないといってもいいくらい、奇抜な着想と異様な表現（特に性的な）が見られるのだが、そこにはちょうど安保改定前後の日本全体の混迷とあいまった堀田自身の精神の揺れみたいなものが歴然と見える。死という零地点から生への思いをこらす点では、かつての堀辰雄への親炙に共通するものを見せてもいるが、病気とか戦争というにとどまらない、人類滅亡の危機への恐怖はそれまでの小説作法では表現不可能ということで、シュールレアリスム云々と堀田の言うアンチ・ロマンの影響がここに見えている。一九五〇年代から七〇年代にかけてフランス小説の主流だったヌーヴォ・ロマンの動きを、サルトルが「小説自体の形を借りて小説に異議を申し立てる作品」としてアンチ・ロマンと称したことは周知のとおりである。物語そのものだけでなく、登場人物やその心理描写その他、伝統的小説のもつ概念への疑問・批判がなされたわけで、堀田も愛読したロラン・バルトはこれを支援して、「従来の小説概念によっては分類不可能な小説」と意味づけた。

「主題と変奏」（58・12）

男の一物を切って大切にするオサキなる女が出て来てびっくりするが、何のことはない、二・二六事件前後の軍国日本を諷刺した小品である。音楽仕立ての一編は例の阿部定事件に材を取って、オサキの小学校時代の先生で今は校長になっている男が、オサキの雇い主である料理屋の主人に頼まれて、その男狂いをとめるべく訓戒を垂れるという趣向である。愛する男を独占するためにその男の局所を切り取ったのが主題で、その理由は読者の推理に任せると言う作者が、オサキに対する校長の対応を三通り考えるというのがミソである。一つは逆にオサキのとりこになった校長が、「……教学の所有者、連綿たる国体に関する権威代理者として、この非常時には、心得なき赤子に対しては、ふさわしくエネルギーに充ち満ちて、たとえ馬上にあろうとも、エネルギーをこめて心得なき赤子に対しては申すべきことは申さねばならぬ。馬は泡を噛み、騎手たる教学の所有者は文部の大臣《おとど》のごとくに獅子吼した。『オサキ、オサキ、ああ……』」といったお粗末で、結局オサキの妖力に降参するシナリオ。また「女はな、世間が大事だ」とか、「そろそろキメテを見つけて最後のものを確保したらどうだ」と身を固めるように諭して「婦徳の基本的構造」を説き続けると、オサキは「ほんとにキメテになる男がみつかったら、その男のひとつのものをとっといて、そしてあとは我慢したらいいんでしょう。そしたら聖女みたいになるわね」と、まるで事件を予告するようなことを言う。

さらに「女はな、世間が大事だ」とか、「婦徳についての基本的構造」を繰り返す校長は、「教育勅語のおはなしは勿体ないからお断りですよ」と、はねつけられる場面もある。そこで校長は「年齢という自然警察」を使って、「年とったらどうするつもりや」と聞くと、オサキは学校や警察、軍隊、お役所、裁判所のいう「ガワ」と自分の「ガワ」が違うと言いはって、話は決着しない。以上、三つの変奏曲があり、待ちくたびれた料理屋の主人が、二人のいる四畳半に行ってみるところで変奏曲は終わりとなる。うんともすんとも音がしないその部屋で、両者のコミュニケーションが出来して新しい道が生ずると思う主人は、「この奥まった四畳半に発生すべき弁証法は果して生であろうか、それとも死あるいは殺であろうか。」などと思う。そして作者は「敬愛するオサキさん」に呼びかけ、「いったい誰にでも通じる道徳なんてものがあるかどうか、もしあるのなら、いかなる姿勢と状況に於て説かれるのがもっとも道徳的であるか」を、教えてくれと頼む終楽章が、作者の痛烈な体制批判、政治風刺となっている。

「その姿」（60・7）

これも人間の情痴にからむ小品だが、先とはだいぶ異なる。愛するL女を雨の中に訪ねる男は、敢為実行の徒、強姦コンクールの第一人者、人類の悲劇的で従って悲劇的な牡の英雄、また宗教的禁戒の裏打ちとなる人、などと言われている。しかしL女は男の愛を受け容れず、「あなたの情熱がさめたときをわたしは待っているの」と言い、そうでないと真偽がわからないと言って男を相手にしない。男はもう一人の女、Q女のもとに行き事をなし、終って再会を約して帰る。しかしドン・ファン物語という古今未曾有の本を読んだ男は、ついにL女を愛してしまう。しかし「情熱のさめるのを待つ」という「認識と論理」を憎む。自分の部屋にもどった男は、机上の剣に、愛にみちて情熱を分析し、心深くもさめるのを待ってくれている認識の象徴を見ないわけには行かず、その剣をついに愛してしまった。そして美女を掻き抱くようにして、心臓をその剣に押しつけて行った。思弁的な要素は堀田作品に濃厚だが、認識と論理を超えたところに存在する愛の永遠を称えたものとも言える。

「黄塵」（60・8）

政治的なオルグ活動をして疲れている男が、四国旅行で港町をめぐりながら自分の先祖を回顧する小品である。宇野駅で列車をおりて連絡船に乗り高松港で虚無僧に出会った後、多度津港に入る前に金刀比羅宮に参拝する。石垣の寄進者に鶴屋善右衛門の名を探すが見つからない。その代りに、心を通わせている夜須高子の先祖、夜須屋吉右衛門の名が眼に飛び込んでくる。鶴屋の名は多くの灯籠にもなく、社務所でもその名での記録がない。しかし金沢の銭屋一族の名は石垣にあり、その子孫である蔵月明を訪ねた過去へと連想が連なる。その夜、電話をかけてきた高子に先祖のことを言う男に、高子は血の騒ぎを覚える。男もまた蔵家で見た古文書から、自らの先祖の栄華とそして没落に思いをいたす。鶴屋善右衛門の持ち船が漂流し、アメリカ船に助けられ、イギリスからロシア経由で帰国したと記されていた。そんな鶴屋は大正に入って、時勢に押されるままに店を閉じてしまって、今は跡形も残っていない。そして翌朝、列車で今治に向かうと、来島海峡に蒙古からの砂塵が吹きつけていた。男はかつて堺で昆布と干鰯の問屋を営んでいた高子の家に、鶴屋の射水丸が立ち寄っていたと想像し、何だか先祖返りしているような奇遇を思う。珍しく話が単純で、これを自伝的な要素をもつ「鶴のいた庭」と「表裏の関係」にある（全集3巻「あとがき」）と記す作者の意図はよく解らない。なお、文中に出る蔵月明は、俳人として知られた金沢の郷土史家でもあって、筆者も銭屋五兵衛の俳諧関係について教えを乞うたことがある。

「黒い旗」（62・8）

これは明らかに自伝的要素をもつ短編で、六十八歳で死ぬ父を三人兄弟が酒を飲みつつ見守る内容である。と言っても父を語るといったものではなく、作者らしき人物自身の回想録の趣きが強い。「若き日の詩人たちの肖像」に描かれるのと同一の体験や情景が描かれることから推して、その習作の感もある一編である。夢の中で暗いところを歩きながらふと死を思ったりするという冒頭が物語るように、うとましい戦時下における死と直目する日々への怨嗟の情が凝視されている。子供のころ眼底出血を患い、あらゆる風物景観に、黒い旗のような四角に近い点が、距離感とは関係なくはりついて来たという体験を生かした作である。末期の父を見守るという現実と、その間に思い出されてくる過去とを巧みに組み合わせた構成になっている。

昭和十四年か十五年、東京で学生生活を送っていて、オモトの好きなレスリング選手が、それを置いて満州に帰省するので代わりに世話をしていると、そこへ警察に踏み込まれて十三日間も拘束される。「支配と秩序というものの内実には、必ずや死の奴がいるのだ」と知る。そして解放されてニュース映画を観ると、満洲国皇帝溥儀が登場しており、溥儀のその後に思いを馳せる。号外に「皇軍仏印に進駐」とあるのを見て、「とうとう、戦争だ……。」と思う。やがて開戦となり死者が続出する。そこでウクライナでのナチの大量殺人を告発する映画を、モスクワで観たのを連想する。横の席にいた通訳のアンナが英訳しつつおびえ、ふるえている。アンナは十一歳のときその場にいた。ウクライナも広島もともにあてどのない《ポイントレス》気持ちへと誘い込む、というあたり、国際的な視点をもって人類の罪を警告する堀田の本領が垣間見える一編である。

「風景異色」（63・6）

男は金沢のとある長屋で鼠が少女になり替わるという奇談「鼠妖《そよう》」を読んで、ふと二、三年前に見た入り江の異様な光景を思いだす。大潮でもないのに、大潮の三倍も五倍も水が引く津波だったが、そのときわが身の死を直感し、ダンテの「われ人生の道半ばにして小暗き森に入りにけり」を想い出し、友人の三分の二が戦死したことを実感する。そして男はまた京浜工業地帯を走る電車に乗ったとき、昭和十七年四月の東京大空襲を思い出す。そのとき散歩していて、隅田川のあたりで空襲警報を聴き避難して木馬館に入ると「天然の美」が鳴っていたのも懐かしい。

東京駅で降りて地下鉄に乗り、大学の研究所へ向かい、そこでMに官報第九号に載る「天主教ヲ殴《タタク》ノ議」について尋ねる。組合委員長で忙しいMは、会議の合間に懇切に教示してくれる。提案者は挙《こ》母《ろも》藩の川西六三、明治二年五月二十二日。議決は「可トスル者二百十六人、で、否トスル者、一人、なんですよ」と判る。忙しいMさんは呼ばれて行ってしまう。「たった一人、断乎として反対した人のことはこの次にのびたが、それはそれでいい。別にいそぐことでもない。」と終わる一編だが、鼠に変身した少女の話からオムニバス風に話が拡がって、何か空恐ろしい世界を作りだす、ちょっと面白い作に仕上がっている。この鼠の話は十八世紀に金沢で活躍した俳人、堀麦水が加賀・能登・越中の奇談を集めた『三州奇談』に載るもので、この奇談集は泉鏡花の愛読したものの一つである。また、作品の結びや街あるきの記憶、過去の出来事を回想する箇所など、全体的な雰囲気が中野重治の小説を連想させる。

「酔漢」（72・1）

堀田小説には珍しく、日本中世に取材した時代ものである。作の末尾に「方丈記」に記す安元の大火が引かれているが、京の都の中心部を焼き尽くしたその大火を引きおこした平家の武士《もののふ》の死を描く話である。安元三年（一一七七）四月の末、成田兵衛為成（平重盛の乳母子《めのとご》）ら五人の侍が酒盛りをするが、皆一様に鬱陶しい思いにふさぎこんでいる。というのもそれには理由がある。前年の夏、加賀の国司近藤師高によって弟の師経は加賀の目代（代官）に任命されると、それにふさわしい権勢をふるいたくなり、白山中宮の末寺涌泉寺の湯屋に使用人どもが乱入し、そこで馬を洗うという狼藉を働いたというのが事の起こりである。怒った寺僧たちが師経秘蔵の駿馬の尻毛を切り足を叩き折ったことから、それに怒った師経は、坊舎のすべてを焼き払った。数百人の寺方の大衆が国司の庁へ押し寄せると、師経はいち早く京都に逃げ帰ったので、僧たちは本山の比叡山延暦寺に訴えることにしたが、本山では白山本社ならともかく末社のこととしてとりあわない。そこで三千人の大衆神輿をかついで上洛という大騒動となる。そこで警護役の源頼政は下馬して神輿を拝み、勅命に従って門を固めているが神輿に向って弓矢を放てないとして見逃す一方、平重盛は侵すべからざる神輿に矢を射させた。その事態に周章狼狽した天皇は、大衆の要求をとりあげ、矢を射った官兵七人を禁獄の刑にした。その七人の中に成田兵衛為成がいた。山門の衆徒は為成を誅殺しようとしたが、乳兄弟である重盛は山門をなだめ為成を伊賀の国へ追放と決めて妥協を見た。この騒動をその舞台となった石川県小松市では、「涌泉寺事件《ゆうせんじ》」として語り伝えている。

作者は「莫迦莫迦しい話である。」と言いながら、為成の送別会という後日談を続ける。一人が餞別にと自分の頭の髻《もとどり》を切ると、別の仲間は「面白い」と言って自分の片耳を切って投げ出す。三人目はいちばん大事な財《たから》といえば所詮は命、と言って腹を掻き切る。これを見て為成は「おお、由々しい肴じゃ、是は。もはや京へ戻って酒を飲むこともあるまい。おれも酒の肴を出すぞ」とこれも潔く腹を掻き切った。残った一人は生き残ったところで難儀と言い、家に火をつけてこれも死ぬ。髻と耳を切った男はどうなったか解らぬという。これとほぼそっくりの話が『源平盛衰記』の巻第四にあり、古典のリメークものであるが、甘んじて死を受け容れる武士を描くのは、死と向き合う文学という特質をもつ堀田ならではの一編と推察される。

以上、さまざまな短編を一瞥してきたが、長編執筆の合間にちょっと息抜きのような感じで書かれたものや、他の作品との関連で話題となるものもあって、その小説世界構築への模索ぶりもうかがえる。しかし概して好短編と言えるほどのものは少ない。

Ⅳ　世界を見る文明批評家

一　小説化された世界の断面

アジア・アフリカ作家会議

第二次世界大戦の終止符によって世界の平和はいったん回復されたが、その後の朝鮮戦争に始まる冷戦時代の到来は、世界の平和を保証するものとはならなかった。とりわけ大国の植民地として苦汁をなめてきたアジア・アフリカの国々は、民族独立と国際平和を希求してアジア・アフリカ会議に結集することになる。インドネシアのバンドンに二十九か国が参加し、基本的人権と国連憲章の尊重や主権と領土保全の尊重、人種・国家の尊重、紛争の平和的解決などのいわゆる「バンドン十原則」を合意した。それが一九五五年四月だった。その一年半ほど後（56・12）に、インドのネルー首相らを発起人にしたアジア作家会議がニューデリーで開催された。参加国は十七で、日本からは堀田善衛を団長にした代表団がかけつけた。堀田は発足にあたってその書記局で開会のお膳立てをした。そして連帯の輪を広げてアフリカ諸国もまじえたアジア・アフリカ作家会議へと発展して、一九五八年十月にその第一回会議がウズベク共和国で三十七か国参加のもとに開催された（団長は伊藤整）。反帝国主義と反植民地主義をうたった「タシケント精神」が確認されたことで知られている。その後、一九六一年三月には日米安保条約反対運動を背景に東京で緊急大会を開催した（団長は石川達三）。第二回カイロ大会（62年、団長は木下順二）の後、インドネシアの政情不安定で一九六四年のジャカルタ大会は中止。第三回はレバノンのベイルートで（67年、団長は長谷川四郎）、第四回はインドのニューデリーで（70年、団長は堀田）、第五回はカザフ共和国のアルマ・アタで（73年、団長は野間宏）、第六回はアンゴラのルアンダで（79年、団長は堀田。五十八か国参加）で開催された。参加国は多かったが、しかし、その後、常設の事務局をおいたエジプトの政情から開催のメドがたたなくなってしまい、以後は開かれていない。ただ大会の時以外でも一九六八年には、会議の十周年記念集会でウズベク共和国のタシケントへ出向き、北欧や英仏などを訪問してもいる。なお、野間宏と堀田が会議への功績を認められて、同会議からロータス賞を受賞している。

「香港にて」（58・5）

アジア・アフリカ作家会議や、「ゴヤ」執筆の下調べで世界を駆けまわる堀田は、その途次に香港で飛行機の乗り継ぎをすることも多くあって、そこを舞台にしてアジア各地で商売をくりひろげる日本人を描いた。最初の香港立ち寄りは一九五六年十一月のアジア作家会議の折で、自宅の焼失を香港で知ったとの忘れがいた衝撃を、堀田はしばしば記している。さて、主人公は弱電気器具を売る零細貿易業者、四十八歳の簗瀬義一で、戦時中は特務機関にあって中国とビルマで働いた体験をもつ。その経験を生かして、セイロンやパキスタン、中近東にかけて交渉のつど、帰りは必ず香港で一息つくことに決めている。そこへ日中戦争に何か関わりをもっていそうな貿易商の中国人、方文錦が現われて機中で英語を使って話しかけられて以来仲良くなる。日本軍占領地域で重慶政府にために働いたことや、方の妻が日本軍のために働いていたことが判り、かつての中国もので描いたような漢奸として動きまわった夫婦は、ダブルスパイのように暗躍して巨額の金を貯めたという。しかもその妻は戦争末期に自殺しており、その理由を強姦によるものと想像する方は、動乱の時代を生き抜いている点では梁瀬と似ている。

日本人で繁盛しているダンス・ホールで、梁瀬はお目当てのヘレン・ラウを探すが不在で、代わりにその妹のグロリア・ラウと踊る。年は自分の娘と同じく二十三、四ぐらいの天津生まれで、ヴェトナム戦争が起ると香港に逃亡した家族の一員だった。姉ヘレンはオランダ人と結婚して、やがてアムステルダムへ移住するという。そのヘレンは、ハノイにいたころ日本人のコバヤシ大尉と知り合って互いに好感をもっており、一家そろって日本人に親愛の念をもっている。戦後十年余、日本人のアジア進出の速さは見事なもので、一読して観光小説の趣きもあって国際的な雰囲気を醸し出して楽しいのだが、中国で殺人の罪を犯した梁瀬が、日本にいる時は戦争責任なんていうことを考えたこともないと方に語る場面は、決して単なる読物ではない。「不思議だよ、とにかく。正直に言って、日本では、おれは商人として、戦争の責任なんということを、いまとなってはもう考えたこともない。日本では、第一そんなひまがない」と語る梁瀬に、「ここへ来ると感じる？　この無責任の象徴みたいな英国の植民地へ来ると？　それやまったく不思議だ」と方が驚く。「ほんとに不思議だ。日本の政界や財界では、戦争責任なんていうことばは、もう完全に廃語だよ」と、梁瀬は強調する。方もまた革命側に立ち、抗日戦線で日本人や日本に協力した中国人を殺害した体験をもっていて、ここで両者が人を殺したことで一体感をもつ。

この運びに少々違和感があるが、作者の意図は理解できる。続いて方が、「しかし、とにかくそれを忘れて暮せるとは、日本は不思議で、そしてありがたい国ですね」と言い、「日本には、物悲しいような、くすぐったいような情緒というものがあるんだ」と梁瀬が応えているからである。さらに方が、「いい国だ。それが人を傷から守り、癒してさえくれるらしい」と相槌をうつ。なんとも不思議な中国人がいたものだと驚くくらい、このブラック・ユーモアにまぶして展開される日本人論というか日本風土論は堀田独特の表現である。気楽に読めば、同業のほぼ同年配の、ともに戦争で心に傷を負った日中の二人の男の、そこはかとない友情物語のようでもある。

「河」（59・1）

冒頭、エジプト人ムルシィとカメルーン生まれのエコロ、それに日本人の私の三人がナイル河にかかる橋の上で語り合う場面がある。北欧のある町で、私に原爆病について教えてくれと言って二人が近づいてきた時以来の知り合いで、原爆がテーマかと予想させるが、しかしこれは次作「審判」への序奏として試みた実験的な意図をもつ作と思われる。黒人差別とか植民地主義やそれにともなう虐殺、そしてアフリカ各地での独立をめぐるフランスとの戦いをエコロは語り、一方、ナイル河の灌漑事業に従事したムルシィは揚子江で中国流の洪水対策を勉強したことを話す。加えて私はカイロの日本大使館で、日本のT代議士がイラクのクーデター を知って、巨額の金をもって日本を飛び出して来たのと出会う。かつて名参謀とか作戦の神様とか称された男で、まるで戦時下の日本軍のようにこの際、一働きしようと意気軒高である。一九五〇年代から六十年代にかけての世界の動きに眼を瞠る異色の作家がここにいる。A・A・作家会議に積極的に参画する堀田の面目躍如といった一面が濃厚である。

さて、「河」の舞台はムルシィやエコロと語る現実から、一九四六年春の上海に時間をもどして幕が開く。華中の戦線で捕虜になって重慶から出てきた木葉《こば》信一という軍人から、重慶の国民政府と延安の共産党政権との抗争、農民の苦難、黄河堤防の破壊と修復などの状況を聞く。捕虜になって重慶まで送られる間に多くの河を渡った木葉は「河は地獄だ」と言う。一方、国連のアジア救済機関で働いたデンマーク人ディルクセンは、揚子江に橋をかけられぬものか、と聞く私に「橋をかけることの出来ぬ河というものは地上には存在しない」と主張するのだが、結局、中国には失望したので今度はインドで働くと言う。

そして次はパリの「溝」のようなセーヌ河がちょっとばかり描かれ、続いて東京からアンカレージ、グリーンランドを経てコペンハーゲンまでの飛行中に、「私」の見た下界のさまが点綴される。そこから連想される胸底の風景はやはり東南アジアの戦場であり、友人の詩句を借りて戦地で命はてた同胞を追悼する。例えば「その海は／とおい沖まで／メコン河の水で濁っていた」「不幸な兵士は空をあおぎ／翳りゆく運命の暗示をもとめて／大いなる積乱雲のさけ目をみつめた」（「海上の墓」）とか、「穫りいれがすむと／世界はなんと曠野に似てくることか／いまはきみたちの肉と骨とがどこまでもすきとおってゆく季節だ／空中の帝国からやって来て／重たい刑罰の砲車をおしながら／血の河をわたって行った兵士たちよ」（「兵士の歌」）など、計四編からそれぞれ、部分が引用されている。その友人の詩人とは作者の註するとおり、「荒地」の仲間だった鮎川信夫である。

文明紀行

堀田の「河」に借りた文明紀行はさらに、ガンジス、インダス、ユーフラテス、ティグリスに及び、日本の河に転じている。「フランスの農民が退蔵している金貨の甕《かめ》のなかから流れて来る」とろりとしたセーヌ河と異なり、日本の河は時に暴れ河にもなるのだが、おおよそ人間の統制に服している。しかし次第に工場汚水は「別な化け物」をそこに住まわせていると、経済発展の陰の部分への指摘も見られる。そして再び機中の人となった私はタシュケントに飛び、中央アジアの内陸、砂漠と草原の大地をサマルカンドまでわざわざ車で行く。〝神秘の河〟、シール・ダリア河と〝気狂い河〟、アム―・ダリア河をしみじみと見たいがためである。私はここで、なぜ大陸の巨大な河を見たいのか自問する。「現実に見るとき、いつも私は腹にこたえる、あるいはこたえすぎる重い衝撃を感じる」、「見ることによって、訂正し、是正してもらいたい気のする何物かが、私のなかにある。大いなる河は、私に歴史以前、史前、あるいは人間の歴史以後、史後、あるいは自分自身の死後というものを考えさせる。」と「歴史」への一考察となり、さらに「人間の努力というものを正視したがらない、無責任な美観、人間を捨離捨象したがる自然観がひそんでいる」と、ややもすれば日本人に顕著な自然観をぶちこわしたいと主張する。このあたりにも、世界の河を語りつつそこに発生した文明に言及する文明史家の眼が光っている。それを小説ともいえない、エッセイと決めつけることも出来ない独自の表現手段で試行している。

浪漫詩人

広大な草原を走る車から眺める河の様子や、周辺に暮らす多種の人々を楽しむ私は、時にルーヴル博物館でレオナルドの「モナ・リザ」を見たときの無感動と、いま目前に見る河と草原への感動とを比べたりする。歩き疲れていたせいもあったのだが、「なるほど、あなたがモナ・リザさんですか。そうでしたか。ではごめん下さい」というにとどまったという。名著と言っていい『美《うるわ》しきもの見し人は』では、それを「夢のなかにあらわれてうなされる」傑作とも評している堀田である。ユーモラスな永遠の詩人は車中にあって眠気を払うために、アルメリア人運転手に続いて、「佐渡おけさ」「ソーラン節」「追分」などをうたったあげくに、自作の「心の歌」をうたう。その歌は「ふるさとの山を見よ／もみじ色映えて／ふるさとの川面はうつす／清きその影　（二段）戦いに荒れはてるも／みどりまたもえむ／親なき子たちも今は／若者となる」という、まことに素朴なふるさと賛歌であり、戦禍を乗り越えた人々のたくましさだけでなく、不変の自然美をも賛美する浪漫詩である。両親も兄も姉もドイツとの戦争で死んだという運転手が、これにいたく心をうたれるという微笑ましさもただよう一幕もある。その上、河を巡る旅はまだ続き、河の流れを従来の流れと逆流させることで、人々のより豊かな生活を目指す計画という大きな希望にも筆が拡がる。例えばシベリアを流れる大河は、そのほとんどが絶望的に北極海へ流入してしまう。河に希望を託することが出来ないのは悲しい、などと浪漫詩人はここで過酷な現実をも凝視している。

無常観の克服

そしてようやくこの河をめぐる物語は終りに近づき、再びムルシィとエコロ（妻のジャンヌも加わり）、それに私の四人がいろいろと語り合う冒頭に時間がもどる。日本に帰国する私への送別に、ジャンヌは「どうか雲が人を殺さぬように」（トルコの詩人、ナジム・ヒックメットがビキニで死の灰をかぶった第五福竜丸の死者を悼んだ詩）を朗誦する。橋のたもとで三人と別れた私は、「子在川上曰、逝者如斯夫、不舎昼夜」（「論語」）を思い浮かべる。重慶で案内をしてくれた人は、この一文の意味を、長江で働く渡し船の船員や荷物を船に積み込む労働者たちの、昼夜を舎《お》かぬ労働のことだと言った。そしてまた、その断崖絶壁を流れ下る長江の全水量をダムで堰き止めて発電するという説明を聞いて、永劫に流れ去る水や河などではなく、それを利用しようとする人間の努力だと理解した。孔子ほどの人が「おれのように安っぽい無常観にとっつかまったりする筈がない」と思い至る。「ゆく河のながれはたえずして、しかももとの水にあらず。云々」に象徴される人生観、無責任の体系、これに長いあいだ腹をたてて来たものだ」と気づく私は、「無常観とは、もともと諦観などではなくて、人間の戦いの終始についての、正確で痛切な認識ではなかったのか。」と自らに問いかける。もうここらたりではほとんど作者が私になり代わって自説を披露しているのは明らかで、いちおう小説の形はとっているものの、ほとんどエッセイというか評論の類と見なされる。言い方を変えれば、作者はここに新しい小説を意図している。しかし、全集第3巻につけた「著者あとがき」では、「この『河』は、発表当時すこぶる評判がわるかった。何を利いたふうのことを書きやがる、とでも思われたものであったろうが、筆者としては、無常観の克服という、筆者なりの基調低音は通した」と、作への非難を気にしつつも誇らしげである。作者の創作意図というものが、必ずしもすべての読者に理解されるものではないということは確かにある。

「スフィンクス」(63・4〜64・4)

世界各地の河を語ることによって、「方丈記」に称揚される無常観なるものに一本の楔を打ち込んだ堀田は、続いて二十世紀の世が抱えこんだ原子爆弾というものに立ち向かって「審判」を書いた。その延長線上で、今度はフランスの植民地だったアルジェリアの独立という世界史的事件を背景にしながら、フランスのサハラ砂漠における核実験を真っ向から文学の主題にした。文明批評家としての主張は、これ以上の殺戮手段はないという超怪物「核」の廃絶しかないのだが、それを小説として描くための苦労を堀田はさほど苦にしていない。楽しく読ませるための工夫を随所に凝らしており、その最大のものは世界を股にかける魅力的な女性、それも日本の一女性、菊池節子が初めから終わりまで作の展開を引っ張っていることである。パリ大学に留学しユネスコの試験に合格した節子は、アスワン・ハイ・ダムの完成とともに水没する遺跡の救済事業に従事するために、エジプトのカイロに駐在している。一九六二年の二月、一年ぶりにパリに来た節子は、カイロのアルジェリア臨時政府の出張所《ビューロー》につとめるベン・アシュラフから、パリ在住の友人あての一通の手紙を預かっている。物語はこの手紙を軸にして拡がってゆくのだが、この内容がわからないままに、これに多くの人物が関わってくるという国際的推理小説の趣きもある。

史実に照らすと、作中にいう一九六二年はアルジェリアにとって画期的な年であった。一八三〇年以来のフランス支配による植民地だったアルジェリアは、一九五四年、五五年と二度の一斉蜂起をきっかけに、民族解放戦線（ＦＬＮ）主導で一九六二年四月に独立を達成した。その前年の十月にはソ連が五十メガトン核爆弾実験をやって世界中を驚かせ、十一月には国連総会で核兵器使用禁止宣言・アフリカ非核武装宣言を可決している。米ソ冷戦下の国際情勢は混沌としており、アジア・アフリカは新時代を迎えていた。堀田は一九六二年初め、カイロにいて第二回アジア・アフリカ作家会議カイロ大会の準備をしており、亡命臨時政府をカイロにもっていたアルジェリア人との交流もあって、激動する情勢を肌で感じていた（「盃の行方」、全集6巻「著者あとがき」）。

珍しく作者らしき人物が登場しないこの物語にもどると、もう一人、奥田八作という中年男が地下で何をやっているかわからないという、ちょっと得体の知れない人物として作の無気味な雰囲気を盛り上げている。白人入植者と現地人との対立、保守政治家と革新政治家との血で血を洗うような動乱の裏舞台で、死の商人のような働きもやっているようだが、後には革命側のFLNに資金援助をしたりもする善人としても登場し、しまいには節子と婚約を交わすという設定になっている。このあたり、ややリアリティに欠けるところでもあるが、奥田はかつて中国戦線で節子の父の部下だったという因縁ももっている。

登場する人物も多彩で、節子を含めてアルジェリア独立を模索し行動にうつすFLN側や、それに対抗するフランス側の秘密軍事組織（OAS）のテロリスト、さらにはアフリカ独立運動そのものを押さえつけるテロ組織などの暗躍と、作者は世界中が注視するアルジェリア独立という今日的な問題を政治的サスペンス・ドラマに仕上げている。そこにはかつてナチスとして活動した人物も、作の効果をさらに盛り上げる役割を負って登場する。まだ若い頃に堀田が愛読したグレアム・グリーンの代表作「第三の男」を連想させるような国際的政治物語の世界である。

核実験反対

さて、節子の預かった手紙は結局、フランスがアルジェリアとの停戦交渉で、独立のための条件としてサハラ砂漠での核実験を主張しているが、それを許さないと記されたものだと判る。それをFLNの組織全体に伝えるために国連職員の節子にことづけたという、その理由に節子は驚く。そのために節子は手紙を渡した相手のムスタファ・アーセンとともに車で移動しているときに、体制側の過激派に狙われ、アーセンは瀕死の傷を受け、節子も重傷を負ったのである。それを詫びたFLNの首席代表は、「それは、お国の広島と長崎で、数十万の罪もない人々が殺された、原子爆弾に関係があります」と、日本への深い哀悼を述べ、同時にフランスの核実験反対を強調する。他ならぬ、あのレマン湖の船上での会話という作者の読者サービスつきである。傷から癒えた節子は無論、感動のあまり心臓の鼓動がたかまっていくのを感ずる。その鼓動はアルジェリア独立という政治的な願望と、核兵器廃絶という全人類的課題とが一つになった作者自身の鼓動のようである。

そして節子を借りて作者は、「人々は我慢に我慢をかさねて、それでいったい、本当にあの茸型の雲などが地上に湧き起ることの決してない世界が果して来るものなのかどうか……。このレマン湖の湖底がどういうことになっているかは誰も知らないだろうが、人間の世界というこの湖の底に何があるかはもっとわからないだろう。」と核なき未来を予想させる。しかし作中の節子は、自分が自動小銃の弾丸を免れたのを幸運だったとも何とも思わなくなり、スフィンクスの鎮座するカイロにもどりたいと願う。かつて祖国喪失の悲哀をうたった堀田は、今や国際的な視野にあって国際人節子に日本回帰などを志向させない。それにしても、なぜカイロなのか。節子はレマン湖の湖底から連想で「人間の湖底には、あのカイロのギゼーの高台に、そこから砂漠の始まるあそこに腹這いになって、首だけを高くさしあげているスフィンクスのような謎が無数にいるのだろう」と「謎」を強調する。そして「あの砂漠の高台に誇り高くうずくまっている彼は、永遠に、ひょっとして核戦争で全人類が死滅し果てた後にも、人間がもちえた謎とともに、あれらのピラミッドとともに残ってゆくものであろう。」と、全人類死滅という恐るべき未来を予見する。

横光利一

それはまぎれもなく作者堀田善衞の、直面する「核」と真剣に立ちむかおうとしない世界への非難をこえた警告である。堀田の敬愛する文明批評家、ポール・ヴァレリーが、かつて戦争に明け暮れる世界にあって、西洋の危機を唱えたことがあった。そのヴァレリーに圧倒された横光利一が、悶々と上海で暮らしていたころの堀田の愛読した対象の一つであったのは留意すべきことである。例えば、「「旅愁」論を書くこと」（46・4・30）であり、横光の『欧州紀行』を読んでいる（46・11・8）ことが、その上海日記でわかる。中国へ行くことを足場にして、ヨーロッパへの旅立ちを意図した堀田の一つのモデルケースとしての横光が眼前にいたわけである。「私は少年のときから、幸福といふものを夢想する度に、スキスの湖辺が頭に浮び、シロンの城の水辺が偶像となつて現れたものである。」（「スキス行」）と書く横光の紀行の一節を堀田は引き、上海に閉じこめられる自らに比して、「全く結晶体を見るやうな観念の美しさが逆に印象深く感銘され、逆治療をされたやうなもので、後の心の始末にこまるのである。」なともらしている。

ついでに記すと、欧州の旅の途次でスフィンクスを見た横光に、その不思議な微笑を語る一文「スフィンクス―覚書―」（39・7）がある。ダ・ビンチのモナ・リザに似たその微笑に「歴史といふものの不思議さや、またその深さ広さといふものの計り難さ」を看取し、そこにさらなる魅惑を感ずるというものである。横光の十分に理解できなかった核時代という世界全体にも及ぼされる危機を体感することで堀田は、横光以上に人間のやっていることの意味、その測り難さをこの一編に込めている。

「あるヴェトナム人」（64・3）

物書きの男が中近東や東欧をごろごろ転がり歩いて来て、既に懐ろも淋しくなり、パリで疲れが抜けるのを待って帰国しようとしている。そんな男が三流のホテルに滞在して、とあるヴェトナム料理店に入って、「飛天女像のような、ひらひらしたものを風になびかせている」女性のペンキ画を見ているうちに、二十年前の戦時中に、来日した男五人と女三人のヴェトナム人留学生、それもみな王族の子女たちの世話をしたことを思い出す。当時は安南といい、フランスの植民地にあってみな完璧なフランス語を駆使するので、仏文出身の男は奇妙にねじ曲がったような劣等感に悩まされた。戦時下の食糧不足の状況にあって、主として食べ物の調達にいちばん苦心した。そして、どこへ行くにしてもあの例の民族服のアオザイ姿の女性たちは、モンペやズボンの日本女性とはかけ離れて優美で、しかもフランス語などを喋っているものだから街の人の眼を引いていた。

さて、料理の注文をする段になって店の青年が説明するのだが、男には料理の内容がよく解らなくて困っていると、先ほどから店の奥で食べていたヴェトナム人が立ってきて、フランス語で男の注文を手伝ってくれた。そのヴェトナム人はよく見るとあの時の留学生の一人であると判る。鎌倉や京都・奈良にも連れて行ったのを思い出した男は、食べ終わって感謝の言葉をかけようとする先に、その親切な男はそそくさと出て行ってしまう。しかし男が外に出ると彼は男の名を呼んだ。そしてその後の消息を語り出す。日本での苦労のあとハノイに帰され刑務所に収容され、フランス軍に協力を誓って出所したものの、ホー・チー・ミンの軍隊に裏切り者としてまた逮捕される。逃亡してサイゴンに向ったが、支配者のアメリカ系政権に追い出されて、ようやくたどり着いたフランスで、アルジェリア戦争を戦う政権側のスパイになっていると打ち明ける。それを聞いて溜息もつけなくなった男は、あのアオザイを着た優美な女学生たちのその後の気にもなれずに、そのヴェトナム人と別れる。その名ももう今は思い出せなくなっている。「冬の北国の石だたみに、男は自分もがめり込んで行く、と思っていた。かれもわれも、そのうち石にめり込んで行く。」と終る、そんな物悲しい一編である。私小説の手法で自らの疲弊ぶりに重ねて、あるヴェトナム人の限りない辛酸の思いを抒情的に描出する。

そしてそこに、ヴェトナムやアルジェリアでおきた二十世紀の世界的なトピックスをからませているところに、一人の国際派戦後作家がいる。

「水牛の話」（65・6）

　これもヴェトナムもので、東西冷戦のあおりを食って南北に別れて戦った同一民族の悲話に因んでいる。主人公は日本の新聞はむろんのこと、外国ダネの多い英字新聞やアメリカの週刊誌なども読んで〝ベ〟の片仮名や〝V〟の大文字にビクリとして繰り返しそこを読んでいる。というのも、ヴェトナムでの戦争がかねて気になっており、その上に友人K君もそこへ行っていて、「死にやしないかな、あいつ」と心配されてたまらないからである。〝他人〟の戦争へ、その戦場へ何をしに彼は行ったのか、と考えると、「とにかくそれを見に、行った。われわれにそれを知らせてくれることのために行った。」とわかってはいるが、もしKが死んだらその死はどういう意味をもつか……」などと思案する。そんなKを思いやる男の眼底に八年ほど前に、インドのニューデリーで出会った北の人たちと南の人たちがよみがえる。

　同業文士たちの会議があったあと、北の人たちに、「南から来ている人たちと話をしたいのです」とフランス語で頼まれたことがあった。「あなたは変に思われるでしょうが……、直接に会談を申し入れたのですが、断られてしまいました」と言葉を続け、さらに「南から来ている人々と私たちとは、言うまでもなく同胞なのです。そうして、御承知のように私たちは内戦をやったわけではないのです。フランスとアメリカと戦って、ヴェトナム全体の解放を得ようとしたわけでした」などと言う。そしてヴェトナムの風景写真を見せるのだが、幅広い道路はどれもこれもツギハギだらけである。その跡にできた水たまりで水牛が水浴びを楽しんでいる写真である。男は木曽義仲が、倶利伽羅峠で牛の角に松明をつけて敵を蹴散らした話をする。

その数日後、南の人たちに会い英語で北の人たちの要望を伝えると、「何を話すのですか？」とつれない。「何から何までぜんぶでしょうが《エブリスイング・アンド・エニィスイング》」と男が答えると、「何から何までぜんぶを話すことなどは出来ない」とやられる。さらに「そうだとすれば何も話すことはないということになる」と言い、「話すことがなければ会う必要がないということになる」と合理的な米語でまくし立てられる。男は「仕方ねえなあ」と口の中で繰り返すしかどうしようもない。帰って北の人たちに報告すると、「南の人たちがどうともあれ、あの南の人たちも私たちも、畢竟するところ同じヴェトナム人民なのですから」と、溜息と嘆息とともに囁きが聴こえた。同じヴェトナム人民のことばに凛然たる響きを感得した男は、痩せこけた彼らに水牛を思い、そしてKを連想する。「毎日毎日降って来る爆弾の穴のなか、泥々の泥水の中で、彼らはがんばっている。Kよ、生きて帰って来い。彼らの痩せた水牛たちよ、がんばれ。」

開高健と小田実

Kが朝日新聞臨時海外特派員としてヴェトナムへ派遣された開高健であるのはすぐに判る。一九六五年十一月、米軍の北爆開始がますます激しさをくわえた頃で、翌年二月には行方不明と伝えられた開高が、危うく難を逃れてサイゴンに帰着したというニュースもあった。その『ベトナム戦記』は、読売新聞社にいた日野啓三が『ベトナム報道——特派員の証言』を残したのとともに、作家の一つの行動記録として注目される。堀田はそこまでは踏み込まなかったが、小田実が鶴見俊輔などとともに「言いたいことはただ一つです——ベトナムに平和を！」（「べ平連」）と訴えたときの呼びかけ人のうちに、堀田も開高健とともに参加している。アジア・アフリカ作家会議に情熱を注いでいた堀田としては当然の行為で、ベトナム南北の代表団のすれ違いをちょっとユーモラスに描いた「水牛の話」が、一九五六年十二月にニューデリーで開催された第一回アジア作家会議の一幕に因むのは確かである。時代の動きと無関係ではいられない戦後派作家たちの、政治への深く、強い関心がそこにある。

「ルイス・カトウ・カトウ君」（66・5）

アジア・アフリカ作家会議日本協議会事務長の堀田は、東京大会（一九六一年）を開いた後はますます外国作家との交流を深くして、一九六四年夏には、キューバ革命蜂起記念祝典への招待を受けてキューバ各地を訪問することになる。その折りの見聞に取材した作は、キューバで生まれ育った日本人移民二世、加藤憲逸《のりはや》、二十四歳の話である。その名は家の中だけの飾りみたいなもので、加藤姓の父と同姓の、カトウ・カトウのルイスと呼ばれている。滞在中の案内と通訳をしてくれたが、書ける漢字は名前とあと数語、片仮名がどうやら書けるだけで、わずかに日常語が通ずる程度の日本語力である。移住してきたばかりのハバナで、日本から来た日本人に会うのは初めてというのだから驚きである。しかもここで不思議な言語体験をする。「姉ノヰタハバナ」の「ヰ」をウイと発音し、「職ヲサガシ」の「ヲ」をはっきりウヲと発音するルイスに、昭和七、八年ごろ四国の多度津港で、知り合いの婆さんの発音を聴いて以来の「生粋の日本語を聞いたという、奇妙に倒錯した感慨」に襲われる。他にも「言ふ」の「ふ」に日本語の美を感得したり、「年貢」「監獄所」「売女《バイタ》」などの語を久方ぶりに聴いたりと、ルイス君は日本人の忘れてしまった日本語表現力を豊かにもっている。一方、日本からの移民が住んでいた松島（日本名）で、三百人ほどの人が苦労を強いられていて、中には家族もろとも方々を漂泊した末にその〝宝島〟にたどりついたなどと話すルイスは、革命に対しては、「キューバデ金ヲタメテ、ソノ金ヲモテ早ク日本ヘカヘリタイ人タチハ、反対デス。……革命ハ、キューバノ金ヲ外国ヘモテ出ルコトヲ許サンモンネ」と納得し、日本語を忘れた父母はもう日本への帰国はせずに「革命」がくれる恩給で暮らしてゆくと冷静である。そして背の低いルイスは、背の高いキューバ女性よりも日本女性との結婚を望んでいる。堀田はよほどこのルイスの日本語が面白かったものと見えて、エッセイ「キューバの内側から」に、通訳としてのルイスが最初に発した日本語として「ドコサイクカネ」を挙げ、街を走るポンコツ車について、「ヨーサリ（夜のこと）ハ走ランモンネ」と言ったなどとも記している。堀田が中野重治の「梨の花」と同じく、「若き日の詩人たちの肖像」に方言を巧みに取り入れて、効果をあげているのが想起される。

キューバ革命

その後、田舎町でカルナヴァル（街頭仮装舞踏行進大会）をルイスの案内で見物したり、ルイスの父母に会ったり、民兵の服装の姉夫婦がともにピストルを腰にさげているのに驚いたりして半月ほどの滞在が終わった。そして四人ほどの日本人を雇い、持ち船に十五名ほどの船員が乗り込んでいるという漁業会社にルイスが就職できたのを知ったころ、彼との別れがくる。「日本へ行ケルワケデハ、ナイデスケド……」と言い、「アナタトハ、サヨナラデ、ゴザキマス」と最大限の丁寧語で言うところで、このキューバ激動の裏面にあった一つの物語は終る。旅の本来の目的であったキューバ革命蜂起記念祝典のことは、わずかに「フィデルサンノエンゼチ（演説）ハ、ムチカシーテワカランモンネ。ワタシ、チーヤク（通訳）ハ出来《デケ》ンモンネ」の一文で片づけられているのだが、共産主義革命というものにとりわけ興味をもつ堀田は、帰国後に『キューバ紀行』なる一書を物している。

「墓をめぐる」（67・1）

「……ところで君は墓場をうろつくことが好きだったね。」と始まるその冒頭に、ボオドレエル詩がちょっと引用されるところ、堀田独自の世界である。「こんな突飛な看板の前で／君のことを思い出したよ」（「墓地見晴亭」）と、墓場をうろつくことの好きな「君」に宛てた書簡の体裁で話が進められる。『パリの憂鬱』に収まる「射的場と墓地」（訳・阿部良雄）で確かめると、「――酒場、墓地見晴し亭。――「奇妙な看板だな、――と、わが散歩者は胸に思った、――それにしても、飲みたくなるようにうまく出来ている！」とある。まずは「君」と同道しての墓探しを、広島から始めるのはいかにも堀田らしい。市街地をやられた広島では原爆による墓碑銘は平地に建っており、そしてすべてが真新しい。太田川から亡霊のような白い靄《もや》が茫々と立ちのぼってきて気味が悪い。同じく原爆でやられた長崎の墓地は山やその蔭にあって、今もそのまま昔のままに残っていた。長崎でも一緒だった「君」は、稲佐の悟真寺に建つ中国人やロシア人、ヨーロッパ人の墓の維持費を心配するお坊さんに、「それじゃフルシチョフさんに手紙を出されたら」と言ったのを思い出す。そこからスターリンに話が飛び、蝋人形になって立派な廟におさまっているスターリンが、先に亡くなった妻のためにどんな墓を建てたのか見てきたことを語る。そしてロシアの森に墓標もなく建つトルストイの墓に移り、その後一九四五年六月、敗戦の前にやはり「君」とともに上海で見た魯迅の墓に転ずる。（この「君」はお寺の住職でもあった武田泰淳を思わせる。）

魯迅

「魯迅の眼が、あの眼だけが、ぼくのふらふらする心の底までを見透かすようにしてきらきらと光っていた。」と、魯迅の例の写真が白いタイルに焼きつけてはめ込んであるのを、日本統治下の中国で敗戦間違いなしという時点で見たというわけである。「優しく冷酷で、怒りと悲しみとが、中国古代の鼎《かなえ》のなかの油で煮たてられて真黒に凝縮したような、悲惨と高貴の合金のような眼、その眼がぼくを凝視している」と思い知らされた堀田が見た魯迅の顔は、その時、顔の鼻半分ほどから下が投石で欠けていたという。写真は欠けていても威厳のある墓だった。ところが二年後に上海を訪れて再び墓地に参じてみると、上海の解放後に墓は虹口公園に移され巨大な魯迅像へと変化していた。それはそれで光栄にみちたことだが、「ぼくはと言えば、ぼくはごめんを蒙ります」と蹴躓《けつまず》いた。「そこらあたりに、近代、現代の中国の歴史と、同じく近代、現代の日本の歴史との、また国の在り方の、決定的な違いが見える気がするし、未來をもまた決定的に違ったものとしてもつであろうと思わせるものがひそんでいる」と思われるからである。魯迅その人の思想と文学に深く傾倒する堀田と、共産主義を標榜する中国政府の政治的判断の乖離ともいうべきものがここに大きく際立って見える。因みに、堀田は武田泰淳と対談「私はもう中国を語らない」（73年）をしている。

魯迅の巨大な新墓からスペインの作曲家、デ・ファリアに飛び、そしてゴヤの墓に話が及ぶ。ゴヤは亡命先のフランスのボルドオで死に、そこに埋葬されたが、亡命の政治的な理由が解けて故国スペインのマドリッドで、いざ正葬となってお棺の蓋を開けてみたら首がなかったという。また、ベルリンへ行った時、ドレスデン近くのケーニヒスタインで、ナチス親衛隊に殺された三人の日本人墓地を見たという。ドレスデンへもどると、エルベ川から白い靄が立ち昇っている。まるで広島で見た白い靄と同じだと思い、「墓などに興味をもつのはもうやめだ！　地球全体、墓じゃないか。」と心で叫ぶ。そこで終わるのだが、末尾に「追伸」があり、ボンで出会った同胞から聞いた話として、二人は親衛隊に殺害されたのでなく、北イタリアで山賊風の反フアッショのレジスタンによるもの、と記される。

訂正ではなく書簡の一部であり、事実と虚構を織り交ぜる堀田の〈シュールレアリスム〉がここでも働いている。「あるヴェトナム人」から「墓をめぐる」までの4編を収める全集5巻の「著者あとがき」に、堀田は自らのその手法に言及している。しかもそれらを「私小説、と筆者は考えている」とも明言している。

「19階日本横丁」(71・11〜72・5)

ちょっと奇異な題名の、堀田にしては最初にして最後の新聞小説は、一九七一年十一月から翌年五月にかけて「朝日新聞夕刊」に連載された。戦後の復興期を踏台に高度経済成長期へと向かった一九六〇年代の経済トピックを拾ってみると、神武景気や所得倍増計画にオリンピック景気、列島改造論という言葉が躍っていた。特定の商品を取り扱う専門商社と異なり、ラーメンから航空機までとうたわれた巨大卸売り業は、六〇年代には十大総合商社体制となって海外へと雄飛していた。乱世とか動乱などに眼を向けてきた堀田はここで、世界を渡り歩いて日本製品を売る商社員たちの平和な時代における経済戦争に的を絞った。堀田はA・A会議などで外国旅行をする機会も増え、世界各地で活動する企業戦士たちと接することで、経済にも強い作家としての力量を発揮することになる。しかし経済だけに焦点を当てたのではなく、その蔭で問題となる言語を初めとするカルチュア・ショックや、徐々に看過できなくなってきた環境問題にも視野を拡げているところが新傾向として注目された。

物語は「北方の寒い寒い広大な国の首都」モスクワの広大なホテルの十九階にある商社駐在員木村夫妻宅で、まるで横丁の飲み屋みたいに同僚たちが集まって飲んでいるところから始まる。と言っても、自分の仕事の不満や人間関係にかかわるグチなどではなく、日本人のもつアジア蔑視や地球規模で拡大する環境汚染、商売にも直結する言語の問題などといった、かなり深刻な話題に熱中している。例えば木村の部下でまだ若い斉藤はコペンハーゲンへの飛行で、四人の小学生らしいコドモが一人の先生つきで旅行しているのを見て、コドモにまで及ぶ日本の海外旅行ブームに驚いたとまず話す。斉藤は、広島で両親を失い長野で伯父夫妻に育てられるうち鯉の養殖になれ、今住んでいるホテルの二十六階に鯉を飼って、時に木村宅へ鯉料理を持参するという、貧困の時代を知っている世代の青年である。東京からハワイへ、そしてサンフランシスコへ行き、南米をぐるりと一回りして、それからヨーロッパに来たと、斉藤はその日本の経済力の強さに呆れている。それを聞いてシンガポール駐在の山田は、その日本人にありがちなアジア無視を咎める。山田は二年前まではブラジルのアマゾン流域で木材資源の調査をやっていて、木材を買いあさる日本がフィリピンからボルネオ、マレーシアときて、今やインドネシアのジャングルを裸にしていると憤慨する。エコノミック・アニマルに成り下がっている日本人への批判を、何でも買い何でも売る総合商社の職員がやっているのだから皮肉なものだが、彼らは一面では熱烈な正義漢として設定されている。

総合商社

他にはカルカッタから高原、ロンドンから森が来ており、遅れて安野がパリからやって来て計6人の海外駐在員の定期的な飲み会には、時に木村と同じホテルに住む別の商社の代表、通称バッカス（横井大人）が加わったりする。木村たちは日本工業製品展示会を開催予定にしているのに対し、バッカスは繊維製品と機械の展示を計画しており、仲間でありライバルでもある。そのバッカスは応接室に日の丸を張り、その横の三角戸棚の上に小さな仏壇と神棚をすえている。かと言って神がかりの国粋主義者かといえばそうではない。終戦時にシベリア抑留組だったバッカスは、日の丸の赤丸が縮んで白旗になって無条件降伏、そこから頑張って働くことで小さくちぢかんでいた赤丸をまた大きくしたといって得意がっている豪傑である。「なにかあったら手伝うぜ、お互いさまだからな」と気軽に高原が言うと、「いや、ありがとう」と応えたバッカスが、実は家庭内で困っていると打ち明ける。家では日本語以外は禁止としている二人の男の子に、オ・サンキューと拒絶しながら、実はありがとう、なにかあったら頼むよと言っている日本語のあいまいさを指摘されていると言う。それに応じた森は重役のバカどもが、「ソレハ前向キニ考エマショウなんて言いやがると、腹が煮えくりかえるな」とぼやくと、高原が若い頃に重役の「ソコヲナントカ」を「Can't you do anything?」とやった話をもち出す。すると三人そろって即座に「I can do nothing!」と合唱する。毎度繰り返してきた異文化体験に三人とも懲り懲りになっている。そんな悲しくなるような滑稽なカルチャア・ショックを、英語の得意な堀田は巧みに諧謔まじりに描く。

　もう一人、異彩を放つのは同ホテルの住人で元スチュワーデスの虎崎八重子である。同じホテルの十三階の十三号室という縁起の悪い部屋に住んでいる未婚の女性で、スチュワーデスに嫌気がさして、もっと自分なりの人生を求めている。そこへ運よく、横丁に顔を出しているパリ駐在の安野の上司である竹尾という独身男が現われる。パリに留学して前衛芸術に絶望した体験をもつ安野といい、ジェット機であちこち駆け回って自分を失っている竹尾といい、パリ出張所は大丈夫かと心配される両者は、魔都パリの毒気にあたっているのかと想像されている。とりわけ竹尾は仕事に追われた挙句に童謡の「月の沙漠」をひとりで歌ったり、ピラミッドを見上げてもギリシアの遺跡に近づいても何も考えがない、ひっかかりがないという〝生活〟の抽象度が昂じてきたと実感したりする。そしてしまいに、「いったい何のためにおれたちは生きているんだろう?・」と、商社員であることに意味を失ってしまいそうになる。そんな竹尾に八重子が接近するという風に物語は進展して行く。

〈日本軍艦主義〉

日本工業製品展示会を開くにあたっての共催者である商工会議所と、外国貿易省の面々を招待した大宴会が無事終わった後、骨休めの二次会が十九階横丁で開かれる。モデル嬢も日本から来た業界紙の記者も参加しての会で、いちばんの年長者で〝印哲〟(インド哲学者)のあだ名をもつ高原が、日本という国家について話題を提供する。かつて軍国主義国日本が今や文明国日本としてその顔を変えている。しかしシンガポールの日本への留学生から、戦時中にできた食管法を今も残している日本はもう一度戦争をするつもりではないか、と言われたという山田に、高原は同意する。そして駐在するカルカッタの夜の闇に比べて、「日本島はまことに文字通り不夜城なんだな。煌煌と電気輝く不夜城だよ。不夜城の軍艦だ」と言い、一方で排気ガスやら騒音やらで、その居住性はインドの田舎よりもひどいと人間的な観点を示す。さらに山田はシンガポールに「日本軍占領時期遭難之碑」なるものが建っていて、日本軍国主義が何万人もの華僑をスパイとして虐殺したと憤る。木村も議論に加わると、「君たち一家だってホテルに詰めこまれて居住性は最低、しかもなお商社員としては、夜昼テレックスをぶったたき、ときには大宴会を催し、自分でも何だかわからぬ機械を売り込むについて商品リストをひっくりかえして、西へ東へエコノミー・クラスで飛び歩き、とにかく、こと商売にかけては戦闘能力は世界最高だ。水兵たちのための、居住性最低、しかも戦闘能力最高。これすなわち日本軍艦。現在の日本が、たとえ軍国主義でないにしても、日本軍艦主義であることだけは、だれも否定出来まい」と言い切る。これに感服した斉藤は、世話になった長野の過疎地で観光会社が土地を買い取る話をし、安保闘争でデモの先頭に立ったことのある山田は、ベトナムへ撃ち込まれた砲弾や破壊された戦車などの屑鉄を、サイゴンまで買い付けに行ったのを思い出す。黙って聞いていた竹尾は、パリの油圧機器（ジャッキ）製造会社で増産を依頼した時、会社の利潤、労働者の賃金ともにこれで満足だからと言われたと、日本の利益至上主義との違いを語る。

しかし不慣れな外国で苦心惨憺の日々を送る企業戦士たちの物語に、さらなる不幸を作者は付け加えている。それも広島で人類史上はじめての原子爆弾で両親を亡くした斉藤が、東京の本社からの指示を受けたその出張先で、不慮の交通事故死を遂げることになるという設定である。本来ウィーン駐在員の担当なのだが、チェコスロバキアのプラーハに出張を命ぜられたその日は、横丁に集う面々とともに苦労を重ねてようやくその日を迎えた日本工業製品展示会の開会式の日だった。作者は「会社は冷酷なものでありました。」とストレートに会社側の非人道性を告発している。斉藤が現地女性の通訳を同乗させていたことなどで殉職扱いにならず、遺体を日本に送り返すことも、遺族をプラーハに呼ぶことも許さない。それに怒った森事務所長の辞職申し出でようやく殉職となるが、弔慰金は規定でたったの五〇〇万円だった。打撲傷の通訳はチェコの規定で日本円の六〇〇万を超えているのにである。せめてもと木村は日本横丁に集う飲み友たちから二〇〇万円をかき集めた。このあたり虚構に多少無理があり、作のリアリティに欠ける嫌いを指摘する向きもあると思われるが、誰にでも理解されるような非人間主義を、作者が強調しているものと理解したい。駐在員と本社との意識の差というものはかなりのものがあるのだろうし、現実にはこの類の事例は泣き寝入りに終わっていることも一面の真実だと思われる。作者はこういった組織のもつ非人

〈人間中心主義〉

間性、ニンゲンそのものがもつ怪物性をこの現代の日本軍艦のなかにも凝視しているからである。

経済小説

たえず小説というものの領域を拡げようとして模索を続ける堀田は、ここで数少ない経済小説を書ける作家の一人となった。素材として選ばれたのが今を時めく商社員であり、経済大国日本を牽引するエリートたちを、堀田独特のユーモアとウイットでくるんで、その喜怒哀楽を戯画的に描いたのはさすがである。堀田は作の終りにマレーシアのクアラルンプールで、「背筋が寒くなるような経験をした」と書いている。ある日本商社の駐在員宅での食事の席で、日本の紙・パルプ業者の代表が、「われわれがここを裸にしているあいだに、日本は緑になりますよ」と言うのを聞いて、その愛国心に恐れをなすと同時に背筋が寒くなったというのである。かつての日本軍国主義と同じように、アジアに進出する日本経済の罪深さを堀田は胸に畳み込んでいる。そこに中国を舞台にした小説の世界と通底する、日本という国家の傲慢さを指弾する堀田の人間至上主義があるのは言うまでもない。

そこで一つの重要な創作上の問題であるが、作家自身の知らない世界を小説化しようとするとき、その素材をどのようにして手に入れるかである。堀田が書いたものの中で最も素材のために時間と労力を要したのは、ゴヤ関係のものだったろうと想像するが、次いでこのまさに現代的な企業戦士たちの世界という素材も堀田には得難いものだったに違いない。書きたいけれども材料が十分ではない、と思う作家の眼に飛びこんで来たのが、東レ・ロンドン支店長だった森本忠夫の『奇妙な惑星から来た商人――海外における日本人の評判』だった。堀田は全集6巻の「著者あとがき」に森本の名を挙げて、「多くの情報を頂いた。記して謝意を表しておきたい。」と一言記した。折しも「朝日新聞」（72・

9・10）が、昭和四十七年度上半期芥川賞の受賞作「誰かが触った」（宮原昭夫）を、その九年前の刊行になる鈴木敏子著『らい学級の記録―えせヒューマニズムとのたたかい』からの「借物」として大きく問題視した。その「朝日新聞」の夕刊に連載された「19階日本横丁」の連載が終って四か月ほど後だった。連載中から「19階日本横丁」にはタネ本があると知れていたらしく、平野謙がこの問題を先の「借物」問題と合わせ取り上げている（72・10・13「週刊朝日」）。〈盗作〉の文学史、などとこれを言挙げする人もいるが、それなりの文体をもち、文学作品としてのリアリティをもつ場合は、一言、断り書きを加えればすむことではある。

二　キリスト教世界の諸相

「聖者の行進」（71・4）

金沢での中学時代に牧師宅に一年ほど下宿していた堀田は、早くからキリスト教に興味を持っていた。しかし信仰をもつというのではなく、その超越神が憧れの西欧思想・文学に深く食い込んでいることから、超越神の〈便利さ〉を説く福田恒存に深く共感したからだという（「インドで考えたこと」の「洞窟の思想」）。既に「海鳴りの底から」で見たように堀田は、鎖国下に日本にもじわじわと浸透してきたキリスト教というものへの〈神秘〉と〈怖れ〉を小説化していた。単行本『聖者の行進』は、「海鳴りの底から」の十年ほど後の執筆になる「聖者の行進」を初めとした五編のキリスト教にかかわる短編を集めたものである。その一編の「聖者の行進」は、ブラジル北東部にある広大無辺の内陸曠野で、ポルトガル語で奥地の意味をもつセルタンの最後の聖地カニュドスが舞台である。時は十九世紀末、教区顧問のアントニオ師が、「われに、続け」とただ一言叫《おら》んで、人々の先頭に立って一本の巡礼杖をもって歩き続けてきた極限の土地である。襤褸をまとったアントニオは、まさに原始時代のキリストを思わせるように、聖者として行進を続けつつ、人々の俗世一切の罪業を一身に背負って荒野に座して祈る。酷烈な陽光に照りつけられて湿気を失った砂漠地帯では、生い茂るものすべてが棘をもっており、信仰者の集落は敵から守るために城塞化していた。しかもすべての財産をなげうって現世に救いを求める信仰者の集団をたばねるアントニオは、精神錯乱者にして神託受領者、偏執狂者にして聖者、預言者にして悪魔であり、かつそれらのすべてでもあったというのだから、これは尋常の話ではない。この救世主のために狂信者たちは四方の村々を襲って食糧や武器を奪い、人を殺したり徴集したりしている。当然ながら叛逆者の集団と政権に認知されていて、軍隊が討伐のためにやって来る。しかし各地から「預言者に栄光あれ」と、となえて集まる襤褸の絶望者と、討伐に向う当局者の軍隊との戦いは襤褸組の勝ちとなり、海岸の肥沃、温和な土地で育った兵士たちは、乾きと渇きとに加えて、襤褸組の巧みな戦術と、残酷な報復にさらされる。

カヌードス戦争

このブラジル史に名高いメシア思想の再現ともいうべき一大争乱は、一八九六年におこり、三度の失敗の後に大砲などの重装備の八千人に及ぶ軍隊の派遣で、ようやく鎮圧されたという。元はと言えば、植民地から解放されて国家が近代化しつつあるなかで、大土地所有制と奴隷制度の残存に苦しむ農民はいつまでも貧窮にあえいでいたところに、キリスト教の千年王国思想がよみがえってきたことである。現代日本でオウムが怖ろしい力をもったことを想起すれば、これも理解に難くはない。ブラジルの北東部バイーア州にカヌードスという名の町が出現し、そこに三万人もの現地住民が寄りあって集団生活をしたというのだから、オウムとはその規模が違う。初めは州の軍隊が対処したものの敗北し、知事は連邦軍隊の派遣を依頼。それでも二回惨敗し、その一度は指揮官の大佐も戦死した、その時の様子を堀田は生々しく描いており、神秘を通り越した宗教というものの魔性的な一面は、その指揮官の多くの勲章をつけた屍を謝肉祭の花飾りとして、棘だらけの一本の木に串刺しにするという残虐な報復に象徴している。「大佐の屍は、軍服のなかにあって、乾きに次第に縮んで行ったが、勲章は輝きつづけた。来る月も来る月も、輝きつづけた。／至尊にして、しかももっとも冷厳なる師の誓いは、果たされた。」と、作者は権力側を嘲笑し、抑圧される信仰者を賛美する嫌いがあるが、これは後に見る「路上の人」にも顕著である。堀田の宗教観は、宗教をもっている人を別して羨し《ママ》いとは思わないが、しかし祈っている人々には心をうたれた（「インドで考えたこと」の「洞窟の思想」）と、さりげなく記されるところに現われている通りのものかも知れない。動乱を描くことの好きな作家として、キリスト教の世界もまた好個の素材であったということだろう。

「方舟の人」（80・1）

創世記に名高いノアの方舟がスペインの地に上陸したペニスコーラ。そこの城塞でカトリック最高の権威である法王の廃位宣言を受けた、ベネディクトゥス十三世の、現実にあった史上名高い話を戯画風にまとめあげた短編である。折しもカトリックの歴史上〈対立法王〉の呼称で知られる教会大分裂の時代である。アヴィニオンの法王庁が選任した合法的法王に対して、ローマ皇帝が対立法王を選出するといった異例の事態を招来した中世キリスト教世界のこれも堀田得意の乱世が舞台である。その混乱に憤りを発した詩人ペトラルカが、「悲しみの湧く泉、神怒をかう宿り／誤謬を説く学び舎《まなや》　異端の聖域。／かつてはローマの地、いまや邪悪バビロン／このありさまを、人は泣き吐息する。」と、その神をも恐れぬ所業を嘆じたことでも知られる。十三世は一三九四年九月、アヴィニオンの法王庁で〈対立法王〉に選任されたものの、やがて〈政治〉の力学によってフランス側の支持を失う。アヴィニオンは一三九八年春以降五年間にわたって大軍に囲まれ、石の弾丸による攻撃、火矢、爆破、下水道からの攻撃、糞尿攻めに耐え抜き、塩漬けの肉がなくなれば猫も鼠も雀も料理して、薪がなくなれば天井を壊してまでして抵抗した。そしてこの頑固一徹、強情我慢の十三世は、混乱を収束させるべく発足したコンスタンツ公会議においても、自らの正当性を主張してローマ皇帝を説き伏せた。地上におけるキリストの代理者であり、精神・霊界の王として、俗界の王者たる皇帝に一歩も引けを取らなかった。しかも俗界の政治状況の変化によって孤立無援となっても、皇帝をはじめ公会議のみならず、全世界、全人民を破門するという前代未聞の破門状を発した。事、ここにいたり一四一七年三月、コンスタンツ公会議は四か月の協議のすえ、背誓・分離主義・済度しがたき異端者と決めつけて十三世の廃位を決定した。それを皇帝に伝える使者をペニスコーラの要塞で迎えた法王は、「此処がノアの方舟なのだ！」と静かに言った。そして九十五歳での死の日まで世界で、ただ一人の真のキリストの代理者として方舟の舵を握り続けたという。教会公会議から異端者と決めつけられても、それを歯牙にもかけずに自らの道を邁進する十三世の頑固一徹さに、作者は呆れつつも賛歌を捧げているわけである。

「メノッキオの話」(83・6)

初め、エッセイ風にキリスト教世界へのイスラム側からの影響を言い、筆者の所感を少し述べて、それからメノッキオの話へ移るという形をとり、末尾も筆者が自己の見聞を語るという風に終わっている。エッセイか小説かと見紛う文体は、しかしあまり違和感もなく気楽に読める。しかし、背が低いことからピノッキオと呼ばれた男の、異端審問にまつわる話と解ると事は深刻になる。ヴェネツィア北東部の生まれのピノッキオは、営んでいる粉屋が集会所にもなるということで、いつも最新の情報を入手していた。お喋りでもあったが、知識欲は人一倍あり、多くの書を読んでいるインテリでもある。禁書の『俗語聖書』や、ボッカチオ『デカメロン』、ダンテ『神曲』、マキァヴェルリの諸著書、特に宗教をもって政治的統一のための強力な武器とみなす諸論説などにも接していた。

そして『コーラン』(俗語訳は既に一五四七年に刊行)をもっとも美しい本としていた。厳しい気候と貧困に苦しむ山村にあって、豊かな農民的ユートピアの世界を展開する『コーラン』に歌われるイスラム世界はこの上なく魅力的に見えたからである。キリスト教の経典があまりに罪や罰を強調しすぎていたことにもよるが、イスラム教は仏教の極楽浄土とその贅と美を競っているかのように思われたらしい。

〈異端審問〉

議論好きのメノッキオは、神とは何か、処女マリアが子供を生んだのは?、とかの疑問を呈し、周りの忠告も無視して法王や司教や坊主どもの悪口どころか、しまいには神の悪口まで言うようになって、五十一歳の年に異端審問所に告発される。そして逮捕され審問にかけられ、七つの秘蹟のすべてを否定したり、懺悔告白の無意味を唱えたりするものだからいよいよ怪しまれる。さらに〝神と汝の隣人を愛せよ〟を信じており、「あなた方僧職の方々は神よりももっと多くのことを知ろうとして、悪魔のように、地上の神々になろうとしているのであります」などと、率直に批判して審問官を驚かせる。そんなメノッキオは、自らの発言は「悪い霊にみちびかれて考え出した」と言い、「私は、むしろ哲学者であり、占星家であり、予言者であるのかもしれませぬ。」とまで答える。また、同じころ南西フランス・ペリゴール地方の領主ミッシェル・ド・モンテーニュが求めた〈新しい世界〉と同様な生き方を模索してもいた。

結局、イスラム風の天国構想を披歴するメノッキオの「農民としての頑固一徹さ」は、有罪の判決となり、その異端思想が厳しく弾劾され拘置される。そして二年後に許されて故郷の水車小屋にもどったものの、前に変わらぬ言動のせいで再び異端審問所に逮捕される。しかも吊るしの刑の拷問にも節を曲げずに、結局、法王の直命で死刑となる。六十七歳でその頑固一徹の生涯を終えたが、それは一七八一年に信仰寛容令が発布される百八十二年も前だったという。その後も異端審問は延々と続いたということになる。前の「方舟の人」の主人公とその身分は天と地ほど異なるが、ともに自らの信仰を守って権力とか異端審問にも一切屈しない篤い信念をもつ点ではよく似ている。それにしても異端審問の過酷さは、よほど堀田の心をとらえたものか、そのキリスト教小説の主要低音となっている。

「傭兵隊長カルマニョーラの話」（83・10）

冒頭にニコロ・マキアヴェルリ「君主論」から、傭兵や外国人補助部隊の無益、むしろ危険を指摘する一文を引用して始まる物語は、中世の水上の都市国家ヴェネツィアで活躍した一人の傭兵隊長を主人公にしている。十四、五世紀の北イタリアに栄えた諸都市、ミラノ、フィレンツ、ヴェネツィアなどは都市国家としての歴史と伝統をもち、それなりの自衛手段が不可欠だった。とりわけヴェネツィアは、「ヴェニスの商人」でも知られるとおり、ユダヤ人金貸しに対する反感というより、ヨーロッパ全体からの嫉妬の強さを物語る。しかしその強力なヴェネツィアにも直属の陸軍はなく、国を守るためには傭兵を必要とした。一一八代に及ぶヴェネツィア総督のうちで、その有能さで知られる六十二代総督モンチェニゴは、勢力圏の拡大を目指すミラノの南下政策に対抗するために、そのミラノのヴィスコンティ家の傭兵隊長だったカルマニョーラ生まれのフランチェスコ・ブッソーネを高額で引きぬいた。その傭兵隊長カルマニョーラの才覚と力量によって、ミラノ公国を恢復し拡大してきたヴィスコンティ家のフィリッポ・マリアは、その功績を認めて傭兵隊長を優遇した。しかし、ミラノがかなりの基盤と勢力を得てからはカルマニョーラは必要とされなくなり、カルマニョーラはフィレンツェと同盟締結したヴェネツィアの本土軍司令官に任命され、ミラノ軍との戦いでは勝利をおさめて八千人をも捕虜にするほどの働きを遂げた。

ところが、このあたりからカルマニョーラの行動は不可解なものとなり、捕らえた捕虜を独断ですべて釈放したり、再び起こったミラノとの戦闘では遅参したり、必要な救助に出向かなくなったりする。しまいにはヴェネツィア元老院の命令にも従わない事態になり、一四三二年三月、召喚命令を受け、裁判で死刑となって処刑された。ヴェネツィア一流の陰謀による犠牲者とも言われるが、中世ヨーロッパの「歴史を読む者を当惑させ、更に歴史を書く方までを立往生させるほどの様相」には、歴史好きの作者も呆れ顔である。そして「程を経て、次第に近世の国家間戦争の怖るべき顔貌が明らかになって来、死者は歴史に戻されるにはあまりにもその数が多くなり、歴史に掬い上げられることもなく地に朽ちて行く」と、中世を生きた一人の武人を掬い上げた自らを思いやって、作者はこのイタリアのルネサンス期における都市国家物語の一幕を引いている。

「至福千年」(84・6)

キリスト教の世界に隠然としてその力を発揮する千年至福説を、一つの文明批評として小説化する作者は、ここでも「私」の物語として作を形成し、人間生活の一断面を鋭く探っている。冒頭にヨハネ黙示録から「我また新しき天と新しき地とを見たり。」の一文を引いた「私」は、「非信仰者として、長年にわたって新旧の聖書に親しんで来た。」と読者に明かす。そして「私に最大の謎を投げかけるものが、預言者、すなわち予言者、あるいはその複数者たちの言句であると思う」と述懐するところから、根強く伝わる至福千年、または千年王国への様々な検討を加える〈所感小説〉が始まる。新約のヨハネ黙示録と旧約のダニエル書に拠る至福千年、千年王国説にいうユダヤ民族という「選ばれし民」も、納得できないことはないとする「私」は、その民が最後の審判によって「新しき天と地」エルサレムを獲得したことに驚く。しかもそれを説く預言者の言葉が、否も応もない迫力にみち、あるいは呪力にみちているのに呆れる。そして聖都エルサレムの言語に絶する黙示録の表現に、宗教的幻想というものの無気味さを指摘して、これを「人類最大のデマゴーグ」と言い切っている。

実は「私」は少年の頃に洗礼を受けようかと考えたことがあり、そのときにこの黙示録を読んで驚愕した体験をもっている。それは理性的ヨーロッパという、いわば一つの規範を根本的に覆してしまったからである。それ以後、「もっとも恐るべく、また強烈かつ狂熱的な預言」のもつ意味について興味を抱き、多くの史書や研究書を読んだ。その中で特にユダヤ民族の問題について強く惹きつけられた。

「ローマ帝国の圧政に苦しみつつ、従って解放者としての救世主《メシア》を熱烈に待ち望みつつ、しかもついに紀元後の七〇年にエルサレムを征服され、聖堂を破壊されると殆ど同時、ということは血腥い弾圧と民族の政治的実体の喪失と同時に、彼らからこの救世主待望による終末論的な世界帝国への夢が次第に退潮して行き、地上の単なる民族国家建設が問題となって行く」ことである。迫害を受け続けたユダヤ人が、堀田の中国もの小説に重要な登場人物として描かれるのは既述したとおりである。そのユダヤ民族が受けた迫害の中で、一一四七年の第二回十字軍遠征では、ユダヤ人を殺すことはキリスト信仰者の罪の償いになるとまでされた。

〈タフール〉

その先、一〇九六年秋から冬にかけて、シリア、パレスチナ地方に異様な浮浪者集団タフールが結集して、ユダヤ人だけでなく、エルサレムに暮らすイスラム教徒を殺害した。タフールは裸足で袋用の粗麻衣を身にまとい、木の根や草を食べ、時には敵の屍体を炙って食った。武器を持つには余りに貧しく、棍棒や、手斧、石弓などで生きてる奴も食ってやると言わぬばかりである。諸侯の軍隊とは勇敢に戦ったイスラム教徒も、この「生きている悪魔」には怖れ戦いたと伝わる。おだやかな巡礼ができればよしとする軍隊にとって、聖都回復が目的だが、タフールにとってはそこを取ることだけが目的だった。最初にエルサレムに入城したタフールは、掠奪や強姦だけでなく、イスラム教徒のすべてを虐殺した。後に入った兵士たちは足首までが血につかるほどの町じゅうを走り回り、キリストの聖墓に詣でて、歓喜にみちた幸福に酔いしれた。「彼等のこの大歓喜が、これが至福千年であり、千年王国の実現であったか?」と、「私」は「狂熱、あるいは狂信」と言ってもいい千年王国説に疑問を投げかける。因みにこの千年王国説は、現今の教会の教義としては無力化されている。

「路上の人」（85・4）

新潮社から〈純文学書下ろし特別作品〉と銘打ち、〈純文学〉という懐かしい呼称で世に問われた「路上の人」は、その執筆のきっかけが、藤原定家の『明月記』にあったと記される（「現代から中世を見る」）。定家に親しむうちに、法然や親鸞など当時の国家宗教と対立した「異端派」としての念仏衆につきあうことになり、さらに「ゴヤ」を書くために南仏にゴヤの作品を求めて歩いていたころ、「普遍宗教としてのカトリックに撲滅された、いわゆるカタリ派と称される過激な異端キリスト教の問題が、再び私自身のなかによみがえって来た。」と回想している。北陸地方は親鸞の後をついだ蓮如が浄土真宗を広めた地域で、堀田家も浄土真宗派に帰依していた。これまでのキリスト教ものにあった、異端派とか異端審問をモチーフにしたものも、そういう革新的宗教への関心に基づいていたと判るわけである。金沢で牧師宅に下宿して以来のキリスト教と聖書への関心がその基底にあり、そこで頻繁にみられる異端審問もまた、早くから堀田の心をとらえていたと思われ、それが法然・親鸞へとつながるきっかけになったものと見なしてよかろう。

さて、「路上の人」はかなりの長編で、舞台まわしをするのはイタリア北東部の山地で生まれた貧しい男、ヨナ・デ・ロッタである。十七歳くらいで故郷を離れ、北フランスの海沿いの路上でノルマンディーからパリに向かう英国貴族の一団に拾われて以来、生涯を貴族や僧職の人の伴をして旅を続けた男である。途中で妻をめとったこともあるが、定住する家も家族ももたず、旅行者の手助けという仕事のない時は、乞食《こつじき》としてその日暮らしをする日々を送っている。ヨナはどちらかというと騎士よりも僧侶に仕えることを選んでいるが、それは僧侶にはいつも食と宿が約束されていたからである。そして多くの知識をもつ僧侶はヨナの好みでもあって、キリストは笑ったかどうかといった疑問を投げかけたりもできて、長旅の艱難辛苦もやわらいだからである。

「路上の人」の中心は南フランスに向かって、ピレネー山脈の麓にある異端教団カタリ派の本拠地をたずねるところにあるが、そこへ行くまでに次々と各地をまわって、多彩な人々を登場させ読者の好奇心を十分に満足させる。旅行好きの作者ならではの町あるきでもあって、それにキリスト教のもつ神秘をからませてゆく、独特の宗教小説である。脇役として重要な人物に、法王宛の密書をしたためている病弱の僧セギリウスがいたが、その旅の目的地で死に、ルナはその密書を後に仕えたアントン・マリアという騎士とともに読むことになる。そこには、あらゆる人間の魂にあって、神に対する信仰は同じであり、教会がその固定した教義《ドグマ》を、それに背く者に厳罰の脅しをもって上から課するのは誤りとある。また、教会が聖書の自由な閲読を禁止するのは誤りであり、教会が迷信を信者に強制したり、地獄の脅しによって人々を恐れさせたりしてはいけない。さらに、ヨハネの預言を教会の利益のために正当化したり、占星術を教会が用いたりするのは、人間の尊厳に背くものである。従って、改革されるべきは教会自体であって、ただその存続のための政治のみに心を奪われたり、他世界を無視、あるいは敵視するのは誤りである、等々と記されている。信仰というものの在り方を明示したもので、アントンもヨナもこれには全幅の信頼を寄せている。この物語を創出する作者の理想とする宗教観を示すものとしても読みとれるもので、その自由な信仰をひたすら守っている黒衣の人々、つまりカタリ派の集団をアントンとヨナにたずねさせるわけである。

カタリ派

実はセギリウスが書面で告発する教会の堕落に心を痛めているアントンも、かつて自由奔放な大学生だったころ、ヴェネツィアで開催の謝肉祭のおり、恋仲の尼僧、ルクレツィアと〝裸身顕示《コンタンプラシオン》〟（渇仰する騎士に貴婦人が報いる儀式）をやって、警官に踏み込まれた体験をもっている。そのルクレツィアは罰として結婚そのものを禁じられて、今、カタリ派の長老女性に仕えている。カタリ派が閉じ籠って抵抗するモンセギュール城塞を調査していたアントンは、そこに恋人がいると知った。しかし、結局、彼女を含めて多くの熱心な信仰者たちを助け出せずに死なせてしまうことになる。作者は悲惨なカタリ派の最後を物語るとき、そこにはかない恋の物語をひそませたわけである。史書の伝えるところによれば、一二四四年にカタリ派の最後の拠点、モンセギュール城塞において二年間の籠城のすえに、立て籠った二百人余のキリスト信仰者が、棄教すれば助命するとの条件に従わず、進んで集団火刑へと身を投じたという。作の末尾は、ローマにもどった法王付大秘書官、アントンの自由な生き方に仰天するヨナが描かれる。そしてアントンが法王庁からあたふたと退出するなり、法服を脱ぎ捨て、秘書や召使との打ち合わせもそうそうに、「行くぞ」とルナに声をかけ、「どこへですかい？」と聞くルナに「路上へ、だ」と答える。シチリアから船でエルサレムへ行くものとみたルナは、「イエス・キリスト様が再臨なさるとすれば、やっぱり、もとのエルサレムにでしょうな」と、ともに路上の人になるところで終わる。

なお、このように異端一派の顛末を書いたこの作が、その五年ほど前に発表されて世界各地でベストセラーになった『薔薇の名前』（ウンベルト・エーコ著）に似るとの指摘があることに一言する。たしかに主従二人という設定や、キリスト教内部の内紛を問う点では酷似し、「路上の人」前半に登場するセギリウスが、キリストは笑ったかを問うているところも共通するものの、話が異端派に属するヒロインを探し求める騎士の恋物語へと転じてゆくのは「薔薇の名前」と異なる。シャーロック・ホームズの探偵小説を思わせる「薔薇の名前」に比して、「路上の人」にはそれがほとんど無く、むしろ宗教というもののマイナス面からの逃避をはかる一近代人のあがきが垣間見えている。

「ある法王の生涯――ボニファティウス八世」（86・5）

カトリックの歴史上に有名なアナーニ事件（一三〇三年）は、その後に続く教皇のバビロン捕囚（一三〇九年）や、教会大分裂とともに大きなテーマを堀田に提供している。教皇至上主義を唱えて絶大の権勢を誇ったボニファティウス八世（俗名、ベネディクト・ガエタニ）は、枢密卿兼法王庁法律顧問からローマ皇帝的法王にまで上りつめ、しかもその最後をつとめた人物として知られている。時代は先に堀田が「方舟の人」に描いた史実に少し先駆ける十三世紀後半から十四世紀にまたがるころで、フランス国王フィリップ四世（美男王）が、ローマ皇帝の選んだボニファティウス八世を死に追いやった聖俗争闘の血腥い時代である。破門を宣告されたフィリップは、教皇庁をローマからアヴィニヨンに移した（教皇のバビロン捕囚）ことでも著名であって、この時期ローマカトリックは危機に瀕していた。そんなフランス国王の俗権に敢然と立ち向かったボニファティウス八世は、つねにローマの政治の中心にあり、外国の体験も多く、ローマの大貴族の多くと縁戚関係をもって聖権をほしいままにしていた。堀田はここで中世ヨーロッパの騒乱期における宗教と政治の問題を、真正面から小説という批評の形で追究した。しかも前法王ケレスティヌス辞任という神聖な宗教界にあるまじき、ドロドロの闘争劇を天下にさらけ出したものだから、その時代を生きたダンテ（一二六五〜一三二一）が、その『神曲』の中で激しく非難したことでもこれは知られる。

時に一二七一年、法王選出のための枢機卿会議を開くが、二大貴族、コロンナ家とオルシーニ家との対立で、六八年以来えんえん三年にわたった取引と陰謀で次の法王を決定できない。そして一二九四、ケレスティウス五世（オルシーニ家出身）と決定はしたものの、しかし新法王にはいろいろ問題があり、戴冠後わずか十五週間で法王権放棄承認書を読むことになる。おそまつな辞任劇の十日後に、まるで既定のことのようにして一九四代法王となったのがボニファティウス八世である。果てしない議論と陰謀と報復工作とが続くなかで、枢密卿のひとりであり、しかも法王庁法律顧問でもあったボニファティウスの、強靭な資質は遺憾なく発揮されたのだろう。ナポリから離れてローマ市民の大歓迎を受けた八世の最初の仕事は、ローマへともに戻った前法王が、古巣のモローネ山に逃亡したのを逮捕することだったというから、すさまじいかぎりである。しかし、ボニファティウスの治世初期は比較的安定しており、次第に確固たる手腕を発揮して、法律家として巧みに捌いた。しかも一族は繁栄し、親族縁者たちの土地所有も拡大し、最強の敵であるコロンナ家と一触即発の状態になっても、難なくそれを乗り越えてゆく手腕を見せてゆく。「神曲」には魔王よりも大なる者としての法王が描かれるくらいである。

一二九九年、八世の威勢は頂点に達し、聖ペテロの継承者としての法王と、全ヨーロッパに君臨する帝王と合体したかの様相を民衆に示した。ローマは永遠の都としてよみがえり、八世は神聖ローマ皇帝の紫衣をまとい、金箔をうち金の拍車をつけた靴をはき、大剣を佩びて胸に十字架を下げていたという。一方、既に詩文集『新生』を書き上げて盛名を博していたダンテは、政争に巻き込まれたこともあって、一三〇二年初めに法王への反逆罪などで永久追放の処分を受けた。その結果、二度と故郷に帰ることのない流浪生活の中で、ダンテはひたすら『神曲』の構想に取り組み、ボニファティウス八世が一三〇三年十月に死去すると、その後は一切の政治的活動をやめて文業に励み、一三〇七年前後には『神曲』を書きはじめた。その冒頭に「われ人生の道半ばにして小暗き森に入りにけり」とあるとおり、ダンテは一三〇〇年の復活祭にちょうど人生の半ば（三十五歳）に達しており、その年から『神曲』は書き起こされている。堀田はこのダンテを八世の対照軸にすえて作を構成してゆく。

そしてヨーロッパ全体に歴史的変革と呼ばれてもいい地殻変動がおとずれ、国家となったそれぞれの都市が、国家権力をもって争うという時代に入っていた。国家を維持し戦争を続けるために莫大な金が必要だったから、とりわけ教会が保有する広大な土地に目が向けられる。その結果、国家権力と教権との衝突が、フィリップ王とボニファティウス法王との衝突となって表面化してゆくことになる。両者に妥協の余地などは全くなく、結局、武力にまさる側が有利になるというのが歴史上の通例である。一三〇三年二月、フィリップ王のもとで腹心たちがボニファティウス対策を練りあげ、かつてボニファティウスによって枢機卿の座を追放された宿敵、コンナ家のシアーラ（海賊に捕まったときフランス王が助けて保護していた）とともに、法王暗殺計画を立てる。そして実行に及ぶ。生地アナーニの宮廷にいた法王は、玉座に端然と座していたところを襲われ、鋼鉄の手袋で撲殺を企むシアーラに殺害される寸前、からくも助かって捕縛される。法王の権力とその機構は崩壊し、法王一族も分裂し、法王は絶望のうちに自然死を望んだという。折しも最後のローマ皇帝的法王が死に、教皇庁がローマからアヴィニオンに移り（教皇のバビロン捕囚）、さらに教会大分裂という異常事態の発生となる。

そういう動乱期にあってひときわ強烈な個性を発揮した人物として、堀田はこのイタリアルネッサンスを生きた法王を描き、合わせて詩聖ダンテをその傍らにすえて、純文学としての香りをそえたものと思われる。それにしてもこのボニファティウスという人物は、けた違いの何かをもっていたのか、堀田は別のところで、法王の医者が痛風と胆石の苦痛を癒す薬として、ダイヤモンドの粉末を飲ませたと記し、その糞便が輝光を発するのを想像するだけでも、ヨーロッパ「中世の人々は私に人間像をゆたかにしてくれた」（「ホテルと法王ボニファティウス八世との関係」）などと、ちょっと奇矯なことを書いている。

三　スペイン、その魅力

「ゴヤ」（73・1〜76・9）

全集全十六巻のうち二巻を占める長編「ゴヤ」は、堀田畢生の集大成とも言えるが、一人の特異な画家をモデルにした伝記小説かといえばそうではなく、その人生と画業をたどりつつその生きた時代や社会を考察してゆくところに、文明批評家としての堀田独自の文学世界が展開される独特の歴史小説である。週刊誌「朝日ジャーナル」一九七三年一月から連載が開始され、九月で第一部（全三十四回）を終えて、しばらく休み、七十四年も一月から九月まで、七十五年も七十六年もそのパターンで、四年間、計百三十五回にわたって書き続けたその根気強さ、驚嘆すべき粘着力は見事なものである。先に「甲乙丙丁」（中野重治）を二度通読したことがあるが、これをはるかに上回る長さで、全編を一読するだけでも並大抵のことではない。

作者五十五歳から五十九歳の最も脂ののった時期の執筆だから、得意の重層的な筆さばきに一段と磨きがかかって、天才画家にまるで乗り移っている感が強い。一九七七年十月に大佛次郎賞を受賞するという栄誉も獲得している。

スペインという国

第一部「スペイン・光と影」は、まず冒頭に「スペインは、語るに難い国である。」と総括され、ゴヤの生誕地の自然環境から説き起こされる。ピレネー山脈を越えればフランスというスペイン北部のサラゴーサに近い、人口百人あまりの寒村にゴヤは、一七四六年三月三十日に生まれている。幼少期のゴヤについてはほとんど不明で、多くの伝説が伝わるというが、堀田はゴヤのすべてを知り尽くす史家の目と想像力を存分に発揮する作家の目と合わせもっているからこの上なく強い。だから読んでいて面白い。少年期の絵画修行、アカデミイ会員で画家フランシスコ・バイユーの妹ホセーファ・バイユーとの政略的結婚などに続いて一七八〇年、アカデミイの会員となったころ、三百八十枚もの肖像画を描く働きぶりなどが克明に追求される。着々とその画家としての不動の地位を確保してゆくゴヤはやがて、宮廷御用画家となって一七八九年に皇帝カルロス四世とその妃の肖像画を、それぞれ三点描くまでにその地位を上げるまでに昇進する。

そんなゴヤを寸描しつつ、スペインという国のもつ栄光と暗黒の歴史を概観するから、時にゴヤから離れて文明批評に傾く嫌いもないではない。しかし何と言っても、八百年にわたるイスラム時代の文化が刻印されている国であり、かつては広大な土地を領有する世界帝国の建設者でもあったスペインである。その反面、多くの国民にとってはいつも貧困の悩みに加えて、イスラム教、キリスト教徒、ユダヤ教徒三者の平和的共存における諸問題があった。カトリック・キリスト教の支配下での異端審問は、特に例の有名なアルハンブラ宮殿が、カトリックの手に落ちてからはとりわけ過酷なものだった。強制洗礼はまだしも、フェルナンド王、イサベル女王の設立した異端審問は、一七八一年までの三百年ほどの間に三万二千人が焚殺され、一万七千人が絞首刑に処され、二十九万一千人が投獄されたというのだから怖ろしい。ゴヤの類まれな絵が、続々と誕生してくるその素地は巧みに描かれている。

宮廷画家

第二部「マドリード・砂漠と緑」は、首都マドリードで着々とその地位を築き上げたゴヤが、念願かなって宮廷画家として一七八九年一月に戴冠式を迎えた国王カルロス四世と王妃マリア・ルイーサの肖像画を、それぞれ三点も描くという栄誉にあずかるあたりから始まる。しかし一七九二年秋、四十七歳のゴヤは目まいをともなう部分的な麻痺に襲われ、それが全聾へと拡大するという不運に見舞われる。そのころ描かれた自画像はベートヴェンにそっくりだと作者は言うが、実は早くに堀田は、これはもっと致命的な音を失うという悲運にぶち当たったベートベンを「ハイリゲンシュタットの遺書」の一文に追懐している。ともにその運命を逆手にとって目指す世界をより高く、優れたものにした稀有の偉業として描くわけである。ゴヤの場合にも、当然、その画業の見事な展開が発病後に示されるのは、三部以後に詳しく解説されることになる。王妃マリア・ルイーサと何かと張り合ったアルバ公爵夫人登場のくだりは、全編のうちでもとりわけ小説的な面白さを提供する。画面の中央に凛然として立つ王妃をすえた《カルロス四世家族》に見る国王は、ゴヤの恩人の一人でもあるが、政治的には無能で王妃の愛人マヌエル・ゴドイ宰相に国家運営を任していたことでも知られる。その画面の右奥ではゴヤがこちらを凝視している。ゴヤの尊敬したベラスケスの《宮廷官女図》というミステリアスな傑作にも、絵を見るものを見ている画家自身が描かれているのを、「私の派遣したスパイ」（『美《うるわ》しきもの見し人は』）と読み解いた堀田を想起する。ともあれ、このゆるぎない権勢をもつ王妃がこの上もなく嫉妬の焰を燃やしたのが、例の二枚のマハ像のモデルと噂されるアルバ公爵夫人だというから興味深い。一八〇〇年八月、ゴヤが竹馬の友に、「彼女はぼくのアトリエに入り込んで来て、顔を描けっと言った。ちょっと断れないよね。まず、ぼくは絵を描くより、彼女の方が好きだよ。彼女の全身像を描くことになっているので、いまぼくが描いているアルクーディア侯の騎馬像の下絵がおわり次第、また来るだろう。」と書き送った謎の手紙が残っている。文中にあるアルクーディア侯の騎馬像は、マヌエル・ゴドイのそれであるが、その習作が残るだけで作品は現存しないという（『ゴヤの手紙』大高保二郎他）。名画《裸のマハ》があるばかりに、ゴヤとの関係を取りざたされるアルバ公爵夫人ではあるが、その全身像はむろん《白衣のアルバ女公爵》である。

ナポレオン

前に続いて、一八〇〇年頃の制作と推定される《着衣のマハ》《裸のマハ》の話題で始まる第三部「巨人の影に」は、もう一つの政治上歴史上の大きな話柄、ヨーロッパを席捲したナポレオンの登場である。《カルロス四世家族図》にその栄華がまるで夢の跡のように描かれるカルロス政権が、フランス皇帝ナポレオンという巨人の登場によって崩壊し、フランスとの戦いで大勢の犠牲者が出たスペイン激動の時代が詳細に再現される。一八〇八年五月二日、マドリードで蜂起した独立戦争は以後六年間にわたって続けられ、フランス軍との戦闘を眼前したゴヤは、殺戮や凌辱という人類のもつ酷薄な一面を余すところなく描き切った。中でも版画集《戦争の惨禍》の解読は、自らの戦時体験とないまぜに鬼気迫るもので、堀田ならではの趣きがある。

そして、仏軍退却の後のスペイン情勢を描く第四部「運命・黒い絵」に移ると、まず父王カルロスとその政権を操ったゴドイを追放したフェルナンド新王が、対仏戦争への協力者を査問し粛清しはじめ、ゴヤもまた親仏派として訴追されるという、またしても騒乱の時代の到来を通観する。その上で、マハ像が一八一五年になって猥褻と判断、告発される憂き目を見ることにふれるが、うまく査問から逃れたゴヤは、一八二〇年初頭、ラファエル・デル・リエーゴがアンダルシーアで叛乱をおこしたスペイン革命を描くことに命を燃やす。権力を掌握したリエールは、フェルナンド七世に一八一二憲法への忠誠を誓わせ、イエズス会派の追放、言論の自由、修道院の閉鎖、教会財産の国有化等の民主化宣言をした。異端審問所廃止令に署名もした王は、ここで大幅な譲歩を迫られた。言わば革命の勃発があり、まさに三十年ぶりのマドリード版バスティーユであり、フランス革命後に似た内戦状態におかれたスペインの最大の騒擾である。ゴヤは版画集《妄＝ナンセンス》に「大バカ者」そのものとして描くが、そんな政治上の混乱を、スペインはまた飽きもせずに自ら招くという極めて愚かな幼児性を示す。

「黒い絵」

一方、ゴヤが一八一九年にマドリード郊外に引退用の館（ツンボの家）を建てたころ、傑作のひとつ《ホセ・デ・カラサンス聖人、最後の晩餐図》を描いていることに堀田は深く感じ入って、最後の祈りを行うキリストを描く《橄欖山上の祈り》とともに特筆している。そしてゴヤの宗教理念を「聖職者に代表される瞑想的生活と、俗人における現実生活との統一、弁証法的昇華」と要約する。さらに、「この作品群に触れなければならぬ日の来ることを怖れていた」という「黒い絵」のもつ「老画家の狂気の沙汰」に筆が及ぶ。そのもっともよく知られる《わが子を喰うサトウルヌス》というこの上ない不気味な作について、「これが人間だ、人間の世界だ、と魯迅のようにもゴヤは言いたかったものであろうか。」と作者は、ここでも魯迅を引き合いに出し、辛酸を嘗めつくした中国人民に人間性の回復を熱望した魯迅とゴヤを対比させる。

「黒い絵」シリーズで最も謎めいた一枚《犬》は、赤褐色の砂とおぼしい傾斜に一匹の犬が首だけをのぞかせて、恐怖に近い注視の表情を見せている。犬好きの堀田は死に瀕した犬の見せる、それまでは飼い主に絶対に見せたことのない表情に言及し、それは神のみの知ることであって、それを描いたゴヤ自身にもわかっていないと言い切る。七十九歳のゴヤ自身は一八二五年晩春、亡命先のフランス、ボルドーで何か麻痺をともなう病気に苦しむが、それでも象牙細密画を描いている。その中の一枚が長い一生をひたすら生きてきてもなお、自分の命を燃やそうとする《おれはまだ学ぶぞ!》である。両手に杖をついた老人がうつむき加減に歩を運ぶ姿である。そして一八二八年四月十六日、ボルドーでゴヤは遂に不帰の客となる。

四年間にもわたって一大長編をものした堀田は、第四部の冒頭にすえたエピグラフをあらためて末尾に引いて、ゴヤを鎮魂する。スペインの近代詩人マヌエル・マチャードの詩である。

《わが子よ、休むためには、
眠らねばなりませぬ、
何も考えず、
感じず、

夢も見ず……》

《──では母上よ、休むためには、
死なねばなりませぬ。》

〈乱世を生きる怪談師〉

執筆の四年間もの間、ゴヤという〈怪物〉と取っ組み合って堀田は体調を崩したこともあったというが、そのゴヤの超怪談師ぶりというか〈魂の大爆発〉(「スペインの沈黙」)は、つまりは堀田自身を語る言葉として相応しい。怪談なる語を独特の意味で使用する堀田は、日本文学では宇野浩二、室生犀星、佐藤春夫の三人を怪談師としている(「日本文学の怪談師たち」)。また「核戦争怪談流行」の題下に核戦争を取り上げ、『現代怪談集』と題した作品集に、「米軍占領下のわが国の状況が色濃く反映しているかもしれない」(全集2巻「著者あとがき」)などとも記している。これらを合わせ考えるに、画家ゴヤには超がつき、堀田もまた並みの怪談師をこえる超怪談師であると言ってよい。間違いなくこの長編が、堀田善衞の生涯をかけて追究した文学世界の総決算であることは確認しておきたい。そしてこの「ゴヤ」執筆の二年半ほど前に書かれた「方丈記私記」が、鴨長明という日本中世の動乱期をしたたかに生きたジャーナリストを描くことで、ゴヤに継続されており、さらにその怪談師ぶりは「明月記」に追究される藤原定家にも連なっている、と明言して差し支えないと思われる。

「アンドリン村にて」（87・9）

さて「ゴヤ」の後、しばらくスペインを素材にした小説がなかったのは、「ゴヤ」に力を入れた疲労や、ちょうどスペイン滞在をやめたことと関係があるのかも知れない。そのスペイン滞在をモチーフにした物語が3編ある。まず「アンドリン村にて」はスペインの片田舎に住む日本人の物語である。土地の住民にも親しまれ語り合うという、一風変わった国際的なストーリーである。ヨーロッパの歴史に興味をもち、とりわけ巨石遺跡や、村の祭りに見るキリスト教に心を惹かれる主人公は、作者自身の風貌を偲ばせ、国籍（特にユダヤ人）や民族（バスク人）、無政府こそ理想だといった政治的な要素も含んでいる。外国訪問の僅かの見聞を楽しむというのではなく、それも観光地でも何でもない人口二百五十人、牛も二百五十頭というアンドリン村（南部のアストゥリアス地方）に、約二か月滞在した体験に基づいているから、独特の私小説として楽しむことができる。物語は友人の父がアンドリン村に別荘をもっていて、それを貸してくれるということで知り合った、その父親ニコラスを一つの中心にしている。ハンガリー生まれのユダヤ人であるニコラスは、多くの言語に通じていたが、帰国して弁護士を開業するとナチスに家族を殺され、無国籍になったという経歴を持つ。一時写真家としてジャン・コクトォやピカソを知り、ポール・ヴァレリー宅も訪問したという。その祖国喪失と初期堀田文学との関わり、そして堀田愛読の、ヴァレリーを介しての不思議な国際的連帯がここにある。

もう一人、地元の顔役であるパコ老人との出会いである。これも驚くべき人で、既に十五歳のとき神の不在を信じてアナーキストとなり、組合運動に没頭しているうちにスペイン内戦の勃発で、アメリカに亡命したという波乱万丈の人生である。ニューヨークに十五年いたから、主人公とは英語で話が通じる。そしてスイスによって村の唯一の産業である乳業が、搾取されていると嘆くのを聞いて、隣町のカニ料理店で日本商社がテングサを買い占めていると知ったのを思い出す。日本ではそれを干して薬品にするというのだが、そのうちここの漁民などから日本による搾取という指弾を懸念する男は、「19階日本横丁」に描かれる商社員を想像させるものがある。旅路での見聞記のようでもあり、現代の経済世界への批判が堀田文学に目立つ自責の念というか、人間としての罪悪感として顔をのぞかせている。

「バルセローナにて」（88・4）

第二次大戦を運よく生き残り、晩年を外国で暮らしている「私」が、バルセローナで知り合った老人から、スペイン内戦の体験を聞く話である。老人は左足が義足で、「私」もまた左足が少し不自由になっており、犬をつれて散歩しているのも犬好きの「私」の心をひいた。しかし「私」は、老人が内戦の体験を自ら語り始めるまでは、相手の傷口に手を突っ込むようなことはしない。それほどスペインでは内戦が残酷な刻印を一人ひとりにその跡を残していると解っていたからである。スペインに住み始めた一九七七年初夏、アンドリン村で幼い子供が木銃のようなものを肩に『赤旗の歌』《バンデーラ・ローハ》を歌っているのに驚いた。その歌を誰に習ったのかと聞くと、亡くなったおじいさんからと答えたからだが、まだ独裁者フランコの死後二年目で、スペイン全土はまるで真空状態で混迷の時期だった。

「私」には「赤旗の歌」には忘れがたい思い出があった。一九三九年ころの学生時代に、新宿のバー・ナルシスでそれを覚えたものである。バンデーロ・ローハという繰返しはスペイン語のままであった。その数年前、「私」が慶応義塾の法学部に入学したとき、スペイン内戦を新聞で知った。日本では二・

二六事件が勃発し、フランスに人民戦線が結成され、スペインでは共産党とともに無政府主義者も加わる人民戦線が成立した激動期である。ヒットラーのベルリン・オリンピックに対抗して、バルセローナで労働者オリンピックを開催との新聞記事を読んだころ、ポール・ヴァレリーの「方法的制覇」によって、何やら無気味なものが前途に黒々として待ち構えている、と案じられたのを思い出す。

何度か話すうちにうちとけてきた老人は、十六歳での内戦参加と、その後の戦いを語り出す。ムッソリーニの演説に騙されたようにして、ファッショの党事務所に志願して共和国側と戦った老人の部隊は、国際義勇兵旅団が共和国側支援に加わったころから非勢となり、アメリカ大隊によって敗北を喫する。しかしマドリードがフランコ軍に囲まれたころ、教会から女ドイツ兵とイタリア兵士二人が投降してきた時、指揮官がそのイタリア無政府主義者を殺させ、女をモロッコ兵にプレゼントしたのを見た老人は、「おれはいつか、この指揮官のファッシストを射殺してやろう、と決心した。」という、そういう戦時下にあっても、守るべきものは守るという節義をもつ人間として老人は描かれる。

また「私」は、「ゴヤ」の取材でまわったスペインの農村地帯で、無政府主義者たちがその理想実現のために試みたことや、内戦時の状況を調べていた。答えは純粋な無政府状態のもとでの集団化や、学校の教会からの分離、男女共学などを実行してみたものの、結局うまくゆかず、混乱したということだった。文明批評家たる作者はここで自説を披露する。「自由な社会をめざしての無政府・無権力への志向が、単純明瞭に武装をした独裁制にならざるをえなかったのである。無政府主義的、無権力主義的権力独裁である。」と。そしてさらに、十七世紀以来の西欧政治思想の叩き台のようなスペイン内戦で、人類にとっての一つの理想、無政府主義というものが歴史の舞台から去った、と嘆く。そしてかつてスペイン共産党の代表だったドロレス・イバルリが、国際義勇兵旅団の献身を、スペイン人が記憶すべきだと訴えるラジオ放送を聴き、〝インタナショナル〟の歌に見られた、国を超えようという夢とは、いったい如何なる夢であったのか、と空しい思いにとらわれる。同時に青春の入口に濃い影を落としたスペイン内戦は終った、と作者は自らの体験と合わせ語ったこの作を締めくくる。

「グラナダにて」（89・1）

「グラナダに住むことは、生涯の夢の一つであった。」で始まるこの一編は、先の二編以上に、小説ともエッセイともつかぬものである。ほとんど作者自身を思わせる「私」は、「広大な領域にわたるイスラム文化の、その西方の都の一つであるコルドバかグラナダに住んで、その甘美にして妖艶な残香と、いままさに落ちようとしている夕陽の残光との中に、わが生涯の終期を置いてみたい、と長きにわたって考えていた」という。一九七七年十一月一日から七八年九月二十四日まで、ほぼ十一か月、最も長く滞在した場所であるから、堀田の宿望は叶えられたということになる。また、そのイスラム文化を象徴するかのようなアルハンブラ宮殿が、堀田の美学を語る書『美《うるわ》しきもの見し人は』の劈頭を飾っていることでも、堀田は生涯の最も幸福な時期をもったことが解る。滅びゆくものの美しさを示す一方で、その八百年もの長きにわたってアンダルシーア地方を占有していたイスラム王朝の崩壊が、スペインの全土的統一となる歴史上の劇的変化を宮殿は見ていたはずで、歴史作家の堀田は宮殿そのものに歴史上の有為転変をまざまざと見ている。

一四九二年一月にアルハンブラ宮殿は、カスティリアの王女イサベルとアラゴン王子フェルナンドとの結婚をきっかけに無血開城され、以後スペイン・ハプスブルク朝の栄華となるのは周知のとおりである。ここに展開される物語は、このイサベル女王の娘ファナ・ラ・ロカ（ロカは狂女の意）によって、母親とファナの夫フィリップが振り回される悲劇とも喜劇ともいえる、これも堀田の得意とする〈乱世〉そのものを、王朝一家に焦点をしぼって描くところに作られてゆく。周辺国との交渉で多忙なイサベル女王は、一五〇三年、その異常ぶりに耐えられずに娘を城塞に閉じこめるが、ファナは監視の隙を見て裸足で逃亡し、一昼夜、門の鉄柵にしがみついて咆哮したことから〝気狂いファナ〟の綽名で呼ばれる。しかしその翌年にイサベルは死去。臨終の間に夫フェルナンデスとトレドの大司教が侍立し、「カスティーリアよ！　カスティーリアの君主、ファナ女王万歳、カスティーリア万歳！」と宣言したのを聞いた貴族たちは動揺し、ファナ女王と対立するフィリップにつくべきか、ファナにつくべきか思案する。王朝内部の混乱が、そのまま国家の存亡に結びつく危機に瀕することになる。このあたりを描く作者の筆は躍動感に満ちており、冷厳沈着な歴史家にして、しかも温情ある下世話もの好きの小説家という、その両面を巧みに使いこなしている。

四　美・無常観・モラル

「美《うるわ》しきもの見し人は」（66・11～68・8）

詩人としてその文学活動を始めた堀田善衛が、歴史家の鋭い視点でもって、人間の築いてきた文明を深く省察する営為一瞥してきたが、その全活動の金字塔として長編「ゴヤ」を書き上げるまでの過程を通観すると、そこに美を求める芸術家としての本領を垣間見ることができる。その独自の審美眼を検証するのに「美《うるわ》しきもの見し人は」は、恰好のエッセイである。「アルハンブラ宮殿」に始まり、「受胎告知」に終わる二十一章はいずれも、堀田文学の特質をその裏面から、また側面から物語る趣きをもつ傑作である。その特質を思うに、一つには堀田引用のヴァレリー言うところのヨーロッパを構成する三主柱（ギリシャ、キリスト教、科学精神）の上に、厳然と控える人間の死そのものへの考察である。エピローグとして冒頭に掲げるドイツ浪漫派のプラテーンの詩「美《うる》はしきもの見し人は、／はや死の手にぞわたされつ、／世のいそしみにかなはねば、／されど死を見てふるふべし／美はしきもの見し人は。」に見られる生死相反の世界を掲げる堀田は、早く戦時下に「身にこたへる死の実感」（「未来について」）を体験している。しかも生の不条理もまたそこに厳然としてあり、人は美に立ち向かうとき死を超越することができるとの思いは、一九五六年以来のA・A作家会議の活動に従事した堀田が、世界各地を回る間にますます実感されたものと見える。

そして圧倒される美に対して、あくまでも「自分の自然」を保つという姿勢を堅持する堀田は、美の背後にあるキリスト教の「罪」に対しては、やや距離をおく立場に立ちながら、自らを「まったくの無信仰者」とは考えず、「多分に仏教的な者」（「2　ガウディのお寺」）ともらしている。それは日本海側の北陸地方に根をはった、異端宗派としての浄土真宗を指すものと理解される。カトリックに対抗したプロテスタントだけでなく、異端審問そのものや、ヨーロッパキリスト教世界に出現した異端教団に並々ならぬ興味を抱く堀田の、宗教と人間の関わりへの問題意識と関心に加えて、たえず科学的なメスをそれに対して持ち続けたこともここで想起される。しかも文明発達のかげに見え隠れする、人間というものへの認識も豊かである。さらに歴史家としての眼差しが随所に光っており、一つの文明史論としての深い滋味も味わえる好エッセイである。いちいち紹介するのは今、控えるけれども、堀田の文学世界を理解するためにも必読の一書である。

「方丈記私記」（70・7〜71・4）

先に「河」で無常観の克服に挑んだ堀田は、東京大空襲に遭遇した自らの体験と照らし合わせて、その二十五年後に鴨長明（一一五三〜一二一六）と真正面から向き合うことになる。長明の生きた時代は源平争乱の真っ最中であり、堀田は病気のため徴集解除となったとはいうものの、戦時下の苦汁を人一倍なめていた時である。「方丈記」の「鑑賞でも、また、解釈、でもない。それは、私の、経験なのだ。」と苦々しく語るところから「方丈記私記」という堀田独特の〈私記〉は始まる。その経験を語る一九七〇年は、三月にやはり戦争に起因する友人の死を悼む一編を含む「橋上幻像」を発表しており、経済発展を遂げた日本社会に公害問題がおこり、若者たちの反政府行動や左右思想による争いの頻発する時でもあった。堀田と親交のあった三島由紀夫がクーデターを呼びかけて、割腹自殺を遂げたのもこの年だった。ちょうど十年前に安保騒動を横目で見ながら「海鳴りの底から」が描かれたのと状況は似てはいるが、「方丈記私記」はしかし一般的には小説ではない。長明という人物に託した日本人論であり、広くは日本の政治や文明にも及ぶ評論的伝記である。この後はゴヤに飛び、藤原定家へもどり、またモンテーニュやロシュフーコに飛ぶという次第である。東西まじえての対象への本格的な思索と論評は、人間の築き上げた文明というものの実体を明らかにする。

まず京都の惨状を描く長明のジャーナリスティックな実証精神を持ち上げる堀田は、「自分でも、徹底的には不可解、しかもたとえ現場へ行ってみたところでどうということもなく、全的に把握出来るわけでもないものを、とにもかくにも身を起して出掛けて行く、彼をして出掛けさせてしまうところの、そういう内的な衝迫をひめた人」として長明を認識する。そして同時代の藤原定家や後鳥羽院などのいわば朝廷一家が、芸の共同体を作ってその美学を和歌のうちに高度な抽象化を目指したのと異なる、長明独自の散文の世界を開いていったと見る。そこに政治的関心と歴史の感覚をもつ長明の「個性」あるいは「私」の卓越を指摘する。対して右大臣藤原兼実の『玉葉』には有職故実家の決まりきった記録が目立ち、また定家は例の「紅旗征戎吾事ニ非ズ」の芸術至上主義であって、庶民の苦しみなどには全く視線を投げていない。「古京はすでに荒れて、新都はいまだ成らず。」であり、「羽なければ、空をも飛ぶべからず。竜ならばや、雲にも乗らむ。」の惨状である。それはまるで終戦直前の東京であり、堀田の視界では広島・長崎へとつらなるものである。

〈無常観の政治化〉

しかし「もっとも男らしい男、政治の中枢に死を置かない唯一の男」「生きてなさねばならぬことが山のようにある男」と、受け取って来た政治家レーニンを少年時代から尊敬してきた堀田は、焼跡の瓦礫に額をこすりつけて、「申し訳ありません」を繰返して天皇へのお詫びを衷心から叫ぶ臣民を見たとき、その〈優情〉が「方丈記」にいう無常観から単純に引き出されてきて、政治的に利用されているものと鋭く糾弾する。アンガージュマン（社会参加）を強く唱えたサルトルにまねて堀田は、ここで〈無常観の政治化〉の新語を創り出す。「この無常観の政治化されたものは、とりわけて政治がもたらした災殃に際して、支配者の側によっても、また災殃をもたらされた人民の側としても、そのもって行きどころのない尻ぬぐいに、まことにフルに活用されて来たもの」となる。たしかに支配者の頂点に立つ天皇は、敗戦の日も国民に対しての責任をとらなかった、と堀田はいつも生真面目に主張している。

その一方で「方丈記私記」を物語る「私」は、この東京大空襲の直後の一九四五年三月十八日に、実は深川に知り合いの女を訪ねている。激甚な空襲をうけて深川あたりは全滅ということで、本当は行っても無駄だと解っていた。「死んでいるとしても、その屍など見分けもつかず、第一に屍は何よりも早く処理されねばならぬものであった。無駄なことではある。けれども、やはり私はその現場へ行って訣れが告げたかった。」と女への未練をつづる。しかしそれほどの愛着のある女であるのなら、そこで時間をかけて屍を捜し出すのが「人間」のすることではないか、とちょっと物足りない思いがする。捜し出して可能なかぎり手厚く葬ってやれば一段とその〈経験〉の重みは増すものとなるにちがいなく、たとえ捜し出せなくても、それはそれなりに感動を呼ぶ愛の物語となるはずであるが、とつい思うのは、全く戦争というものを知らないものの感傷に過ぎぬとも思う。

そして乱世に生きた長明に重ねて自らの青春時代を語る「私」は、一方で後鳥羽院のもとに集う現実無視の芸術至上主義者の美的世界に目を向ける。戦時下の若者が死を目前にして愛読した日本古典に顕著な、いわゆる「本歌取りの文化」という伝統憧憬が、日本人にもたらした生者の現実無視である。現実には武家政権が成立しているのだが、それに対抗する有効な手立てをもたず、宮廷中心の儀式や先例、典礼などを優先する有職故実がまた蘇ってきて、「神州不滅だとか、皇国ナントヤラとかという、真剣であると同時に莫迦莫迦しい話ばかりが印刷されていた時期は、他になかった。戦時中ほどにも、生者の現実は無視され、日本文化のみやびやかな伝統ばかりが本歌取り式に、ヒステリックに憧憬されていた時期は、他に類例がなかった。」という、現代からはとうてい想像できない当時の現実への批判が根底にある。しかも「天皇制というものの存続の根源は、おそらく本歌取り思想、生者の現実を無視し、政治のもたらした災殃を人民は眼をパチクリさせられながら無理矢理に呑み下させられ、しかもなお伝統憧憬に吸い込まれたいという、われわれの文化の根本にあるものに根づいているのである。」といった、未成熟な文化しか持ちえない日本と日本人の低劣さへの凝視・指弾である。それを見すえた長明には「歴史」が見えており、「歴史」と化した長明が「方丈記」を後世に残したと堀田は言う。それは至言と評してもいい。

「定家明月記私抄」（81・1〜84・4）・「同　続」（86・1〜88・3）

「方丈記」と並んで堀田の日本古典ものの双璧をなす「明月記」論は、歴史家にして詩人であり、しかも文明批評にたけたジャーナリストでもあるという、多面性に富む文学者堀田ならではの話題作である。その好尚の基盤にあるものは、ここでも乱世にあって戦禍にあえぐ人々の、避けがたい死に直面した情況への視点である。一方は俗世間を遠ざかって隠棲し、他方は「紅旗征戎、吾ガ事ニ非ズ」と現実に背を向けつつも、そこに生きようとしたことで多少の相違を示している。しいて区別すれば随筆と日記であって、いわゆる小説とも歴史書とも言えないが、平安の貴族社会から鎌倉の武家政権に移る史上最大の混乱期を両書がそれぞれの個性でもって書き留めていることが、堀田の食指を動かしたのだろう。大学生のころ「明月記」を読まないうちには死にきれないとの思いで入手したと冒頭に記しているのは、とりわけ抒情詩人としてその文学活動を始めた戦時下の堀田にとって、日本中世の文学が生きるよすがだったことを物語る。定家の和歌のもつ高度な文化に対しは、意味も思想も皆無であり、読後には虚無感ばかりが残ったという所感も記されるが、たしかに死を目前にした若者たちに、世事に背を向けてひたすらその芸に生きる定家の不可思議な魅力があったのも事実である。しかも、そんな定家の和歌よりもむしろその日記に着目していたところが、いかにも並みの文学者ではない堀田のユニークなところである。

その当時、徴兵検査に合格し召集を待つ間の一九九四年に、堀田は「西行」と題したエッセイを書いている。「私は戦時中にも西行について書いたことがあり、（中略）結局は天皇制というものにぶつかるということなのだな、と痛切に感じたことがあったけれども、そこまでのことは書かなかった。おっかなくてとてもそこまでのことは書けなかった。それに、当時においては私たちの語彙に、天皇制、といったことばもなかったのである。天皇は神としての戦争遂行者であった。」（「方丈記私記」）という一節もあるが、早くから天皇制に心を留めてこの変転の時代に関心をもっていたことを示す。西行、定家、それらに加えて後鳥羽院など個性豊かな文学者の輩出の見られるのも、動乱の世相という政治的状況がその背景にあってのことである。「方丈記」や「明月記」を読み解く堀田は、これらの人物を生身の人間として登場させるのだから、人間臭い読物としても抜群に面白いということになる。またここに、中世という時代にひときわ関心を示す、戦後派作家としての大きな特質が現われているのも見逃せない。

そもそも「方丈記私記」と言い、「明月記私抄」と言う堀田の「私」へのこだわりは、その間に怪物画家のゴヤ私伝をはさんで持続されている。その持久力というか粘着性というものはとうてい真似のできるものではなく、日本を離れてスペインに住まいを構えたことで、雑事に煩わされずに「定家明月記私抄」をバルセローナで書いたというのもよく理解できる。「最大限に自分の自然を保って見て行きたい」(『美しきもの見し人は』の序)との発言があるが、自分の「自然」を決して失うことなく先輩文学者に立ち向かう堀田が、続いてモンテーニュやロシュフーコに立ち向かおうとするのもよく解る。そうすることで自らの〈老〉を思い、かつ精神の自由をますます強固なものにしたいと願ったのも必然の成り行きだったのだろう。

「ミシェル　城館の人」(88・11〜93・10)

堀田は自らの〈老〉の熟成を長明や定家になぞらえたのと同じ手法で、今度は十六世紀フランスのモラリスト、モンテーニュ(一五三三〜九二)の生きた時代を描きつつ、その精神生活に自らとの強い共感を看取している。もともと、ヴァレリーの言う、ギリシア、キリスト教、科学精神の三本柱で成り立つヨーロッパの美に惹かれていた堀田は、聖書の中では「空の空、空の空なる哉《かな》。都《すべ》て空なり。」で始まる「伝道の書」に早くから関心をもっていた。既に「若き日の詩人たちの肖像」(第三部)に、堀田らしき若者が、その中学時代に止宿宅の牧師から「伝道の書」が、ペルシア思想を取り入れて仏教などの東洋思想に近いものをもつと聞くくだりがあった。モンテーニュの枕頭に「伝道の書」が置かれており、それが新旧の聖書の中で最も甘美な、むしろオリエンタルな無常観を湛えたものと理解する堀田は、「無常観に深くひたされた、一種の高貴な諦念の中に、深々とした生への積極的な肯定」をモンテーニュに看取している。その上で堀田は「このオリエンタルな虚無観は、それが虚無的であればこそ、人間的現実を突き刺している」と、堀田流の〈エセー〉を繰り広げている。

日本と西洋との文明に楔を打ち込んでいる堀田の、単にジャーナリスティックとばかりも言い切れない文明史観を、歴史家ではなく文学者が展開するところに堀田善衞の本領がうかがえるところである。ひょっとして、モンテーニュ家が、元来武人の帯剣貴族ではなく、ボルドーで廻船問屋を営むことで貴族たる地歩を固めた（第三部「エピローグ」）というのだから、堀田とちょっと縁がある。モンテーニュは幼くして徹底したラテン語教育を受け、パリでの遊学期には宮廷や貴族のサロンに顔を出しつつ、多くの人と接した。法学を修めて租税法院の審議官職になり、ついで高等法院に勤務（法官）したが、三十七歳での退官後は『エセー』（『随想録』）の執筆に取りかかったという文人である。しかも、領主として市長の職も務めた父の死後は、領主の地位を継いで城館に住まいし、『エセー』初版（一五八〇）を刊行。その後、二期四年にわたって町長となったが、次第に文名があがる中で執務しつつ、さらに『エセー』執筆を続けた稀有の思索家であり、フランスを代表するモラリストである。

ルネッサンス期を生きたモンテーニュの学識・見識、箴言の卓抜さは、敬愛の情をもって、自由奔放とも評すべき堀田の自在な筆さばきで描かれている。中でも興味を惹かれるのは、プロテスタントとカトリックとの新旧対立激化の時代にあって、延々と続いた宗教戦争の中で起きた〈サン＝バルテルミーの大虐殺〉（一五七二年）である。これを一編の歴史物語として見事に成立させる歴史作家堀田の面目躍如には驚嘆するばかりである。しかも、「たとえ時代がそれ自体として最悪であったとしても、絶望の必要はない。」と、モンテーニュは自らを納得させる。それに共感する堀田は、「キリストの名において、殺戮の限りをつくしていた王侯貴族どもには想像もつかなかった、思考変革がなされている、……。見事なルネッサンス人である。」と、モンテーニュを認識する堀田には、絶望的な状況の中でこそ希望が芽生えると信ずる独特の思考回路がある。それが早くからヴァレリーと同様に私淑する魯迅の、「絶望の虚妄《きょもう》なることは、まさに希望と相同じい。」（『野草』、竹内好訳）に拠っているのは言をまたない。

精神の祝祭

第一部「争乱の時代」から、第二部「自然　理性　運命」ときて、第三部「精神の祝祭」の、三部に分けての詳細な論述が、モンテーニュとの強い一体感に支えられてのものであることはもう言うまでもないが、両者の旅行好きについてちょっと触れておきたい。「旅行は私にとって有益な訓練である」とか、「精神は未知のもの、新奇なものを見て、絶えず修行をする」(『旅日記』)などを引く堀田の旅行好きも、その文学世界を形成するのに大きく貢献しているのは周知のことである。中国やヨーロッパだけでなく、世界各地に取材した小説もけっこう好評を博しており、『インドで考えたこと』や『後進国の未来像』『キューバ紀行』などのエッセイもまた、今のように誰でもが世界に行ける時代ではなかったせいもあって、これまた多くの耳目を集めたものである。

『エセー』に見られる自己描写と人間研究の深さは、モンテーニュ自身の思想と生活を規制する、一種の区画、あるいは尺度のような役割を果たしていると堀田は指摘する。「モンテーニュが『エセー』を作り、その『エセー』がモンテーニュを作るという、文人としてはもっとも幸福な、一つの型が成立していた」との評言は、まさにモンテーニュの自由な精神が祝祭するルネッサンスの近代的精神を堀田もまた共有することを示す。小説家と歴史家との不可思議な結合がここにもあり、老いという厳然たるものを前にした精神の躍動もまたここに鮮やかである。とりわけ、堀田が愛読の『ドン・キホーテ』を借りて、時のフランス宮廷を中心にした既存の腐敗した世界をドン・キホーテに象徴し、対してそれを見る健全な人間たちをサンチョ・パンサに見たという(「モンテーニュへの試み」井上ひさしとの対談)、そのルネッサンス観は興味深いものがある。

「ラ・ロシュフーコ公爵伝説」（96・1〜97・11）

十六世紀フランスの混乱期をモラリストとして生きぬいたモンテーニュの、その時代と生涯と『エセー』とを語ったモラリストたる堀田は、その流れのなかで、それからほぼ八十年後の十七世紀フランスの相も変わらぬ動乱の時代を、武人貴族として生きるかたわら、数々の箴言《しんげん》を残したラ・ロシュフーコ六世（一六一三〜八〇）にも注目した。満年齢で七十九歳を過ぎた堀田の、生涯最後の作である。そのフランス文学への傾倒は、「ミシェル　城館の人」とともに、やはりヨーロッパ文明を知悉した文学者であり稀有の歴史家でもある堀田の面目を十二分に明らかにする。しかもモンテーニュの『エセー』が、その初めに死や苦痛に対する克己的な記述をもつのと同様に、ロシュフーコの「太陽も死もじっと見詰めることは出来ない。」という周知の箴言に始まる死への考察を含む箴言は、「西行」や「方丈記私記」・「明月記私抄」にも通底する死を超える生への省察と表裏一体のものとして重みをもつ。詩人的感性をもち、若くしてモラリストへの敬愛を深くしていた堀田を、ロシュフーコが虜にしていたものと推察される。大学時代以後、文学活動の仲間だった同年生まれの中村真一郎が、大学時代の友人から、仏文学科の卒業論文にラ・ロシュフーコ公爵の箴言を採り上げてよかろうかと相談を受けたと記している（「文学の擁護」）。箴言が日本の文壇常識では文学なのかどうかと、危ぶんだ小説家志望のその男とは多分、堀田なのだろう。

「伝説」の語を標題に付したのは伝記でもなく、いわゆる小説でもないとの作者の文学観によるが、ロシュフーコ家の初代から、本書を語り始める六世フランソアに至る代々の歴史が点綴されるのは、モンテーニュの場合と異なる。六世自身が語り手となり、時に作者がそれに代わるあたり、主人公と作者とが一体になっているのも表現上の一つの趣向である。とりわけ宮廷を中心にして、カトリックとプロテスタントの宗教戦争と宮廷を中心にした政治とのからみあいが、事こまかに繰り広げられるのは見ごたえがある。堀田文学の世界に共通する乱世あっての歴史の面白さであって、モンテーニュの項でもふれた名高い〈サン＝バルテルミーの大虐殺〉では、フランソア三世ロシュフーコ伯爵が殺害されている。後に四世となるその息子はあやうく難を逃れたが、ロシュフーコ六世にとってその犠牲になった三世はとりわけ影響を受けた先祖だったという。カトリックとプロテスタントの新旧キリスト教の対立が、国家と王室を巻きこんで、まさに血で血を洗うような凄惨な展開を示した。その多難な時代はモンテーニュがしたたかに生きた時代であって、フランス中世の歴史物語としてこれを「ミシェル　城館の人」と合わせて読むと興趣は尽きない。堀田は時にモンテーニュになりきり、また時にロシュフーコになりきって、生き生きとその時代を闊歩している。

おわりに——今、なぜ堀田善衞か

　昨年、二〇一八年は堀田善衞の生誕百年ということで、出身地の富山県では、その文学世界の再発見を試みる催しが数多くもたれた。多くの読者が参加されているのを目の当たりにして安心したが、反面、これが一過性のものでないことを祈らずにはいられなかった。というのも、隣県から見ていて、堀田はあまり読まれていないという偏見を久しく抱いていたからである。かねて私は室生犀星を中にして、片方に中野重治をおき、他方に堀田善衞をみるといった、北陸文学のもつ優しさと復讐、とでも称する文学世界をぼんやりと思っていた。復讐の文学というちょっと意味のとりづらい犀星の発言があるが、これは虐げられるものが力を持つものに対して発する反撥、抵抗を文学に描くということだろうと思う。つまりは人間が人間らしく生きることへの強い願望である。三者はこの一点で深くまじわっている。

　さて、昨今の世界は一見して文明の恩恵に大いに浴しつつも、堀田の注視した動乱の類は相も変わらず各地で発生している。二十世紀は大量殺人の時代だったが、今世紀はどうなるか。民族とか国家とか政治とか、多岐にわたって人類がその叡智をかたむけて解決しなければならない問題がそこにあるのに、いつまでも戦いや争いをやめない人間というものの愚かさを堀田は鋭く指摘し警鐘を鳴らし続けた。そんな堀田文学のすべては今日、何かと示唆に富む。第二次全集掲載の小説はすべて取り上げたが、多くのエッセイや詩、それからラジオドラマ、戯曲などは割愛した。何はともあれ、戦後を生きて来たものの一人として、とにかく堀田文学の世界を知らないではすまされないという心持である。

大きく四章に分けて堀田作品を読んでみたが、その世界の全体を見る軽重の比重が適当だったかどうか、忸怩たるものがある。その私小説家的分野に筆をさき過ぎた嫌い、中世ヨーロッパに強く惹かれているあたりへの軽視も自覚する。好奇心旺盛な堀田の文学者ぶりを可能なかぎり理解すべくつとめたが、垣間見るだけでも至難の業と思い知った次第である。傘寿をすこし超えてその生涯を閉じた堀田とその齢を同じくしたこの時に、まがりなりにも堀田の足元に近づけた幸せを思い、以後はさらに、裏日本とも蔑称された北陸の文学世界により深く、こまやかな散策を試みたいと願っている。

おわりに、ここ数年、金沢で堀田善衛の会（代表、丸山珪一氏）に加わり、ともに作品を読んできて、会員の方々から多くの情報や示唆をいただいた。感謝申し上げるとともに、今後とも、さらに多くの堀田文学愛読者の増加を切望したい。また、本書の上梓では、先に拙著を煩わしたことのある桂書房の勝山敏一氏にお世話になったことを深謝したい。

二〇一九年一月　　笠森　勇

著者略歴

笠森 勇　（かさもり　いさむ）

1939年石川県白山市生まれ。駒澤大学文学部卒。
金沢女子短大高校教諭、金沢女子短大（現、金沢学院短大）教授を経て2008年4月から2014年3月まで、（公財）室生犀星記念館館長。1984年4月設立の室生犀星学会の理事を経て、2017年から会長。

（著書）『詩の華―室生犀星と萩原朔太郎』（1990、能登印刷出版部）、『犀星のいる風景』（1997、龍書房）、『蟹シャボテンの花―中野重治と室生犀星』（2006、龍書房）、『室生犀星　小説事典』（2006、生活文化社）、『犀星と周辺の文学者』（2008、北国新聞社）、『この１冊で犀星を知る』（2009、生活文化社）、『犀星の小説100編―作品の中の作者』（2013、龍書房）、『犀星・篤二郎・棹影―明治末、大正期の金沢文壇』（2014、龍書房）
（共著）『六人の作家　小説選』（1997、東銀座出版社）、『我が愛する詩人の伝記にみる室生犀星』（2000、龍書房）『金沢　名作の舞台』（2001、能登印刷出版部）
（編著）『金沢の文学碑』（1998、こぶしの会）、『表棹影作品集』（2003、桂書房）
（共編）『論集　室生犀星の世界　上・下』（2000、龍書房）、『室生犀星事典』（2008、鼎書房）

堀田善衞の文学世界

2019年9月30日 初版発行　　定価2,000円＋税

著　者　笠森勇
発行者　勝山敏一

発行所　桂書房
〒930-0103
富山市北代3683-11
電話　076-434-4600
FAX　076-434-4617

印刷／モリモト印刷株式会社

ISBN 978-4-86627-069-2

地方小出版流通センター扱い